일바르 강
디안
변화의 산맥
마일린 강
마일라르 강
라덴 신전
카슈타르 사막
(얀 족의 땅)
룸바크
라덴 해
코슈
닌
트라스크반
간트
아위노르 탑
간타드 언덕
(간티 족의 땅)
사렐
간타드 신전
다글레두
아위노르
(용의 땅)
해양 왕국
(바루 족의 땅)
이수
아글리
글레수
텔리
리브 아르네트 섬
블레누
마법의 탑
신전
인간 왕국들
늪지

대신전
나나이
(거인족의 땅)
얼음고리산맥
타레스
(해적섬)
카슬룬 탑
바니스
바니사르
놀리로
라헬드
나네텐
산다
다르트
에스테인 강
탈리스
아마르 강
레스
슈르 이카일
(야만족의 땅)
에스티드 강
케스
에스메랄다 항
에벤
남레
난델트
(인간 왕국들)
룬 산
시아
누르곤
이베론 강
루드
아일 강
딩그라
아와 숲
데르바드 탑
낭갈
드락웬 탑
아렌
아와 강
알리스 리스반
(유니콘의 땅)
르히르
켈레스 반
셀레스티아
(천상족의 땅)
심연
율 강
데르바드
(요정족의 땅)

이둔의 기억

MEMORIAS DE IDHÚN

제2부 트리아다

MEMORIAS DE IDHÚN. TRÍADA
by Laura Gallego García

이 도서의 국립중앙도서관 출판시도서목록(CIP)은
e-CIP 홈페이지(http://www.nl.go.kr/cip.php)에서 이용하실 수 있습니다.
(CIP제어번호: CIP2008000356)

MEMORIAS DE IDHÚN

이둔의 기억

4

제2부 트리아다

제2권 깨어나다 II

라우라 가예고 가르시아 장편소설 | 고인경 옮김

문학동네

이둔 연대기

제1시대 § 마법의 시대

고대 신들이 여섯 종족(인간족, 요정족, 거인족, 바루 족, 천상족, 얀족)을 창조한다. 여섯 종족이 신에게 기도를 올리자 유니콘이 도래하여 마법의 시대가 열린다. 마법을 배운 인간들은 마법사가 되었으며 마법의 네 탑이 건설된다. 어둠의 화신 셉티모의 자녀들이 세상에 도래하여 셰크가 나타났고, 여섯 종족의 신들은 이에 대항하여 용을 세상에 보낸다. 이둔인들은 셉티모에 대항해 전투를 벌이지만, 만오천 년 동안 계속된 이 시대는 어둠의 편으로 돌아선 강력한 네크로맨서 탈만논이 '뱀의 눈' 시스카셰그를 손에 넣어 마법사들을 조종하게 되면서 막을 내린다.

제2시대 § 어둠의 시대, 일명 탈만논 제국 시대

이둔을 손아귀에 넣은 황제 탈만논이 자신의 제국을 넓혀가고, 마법 종단의 모든 마법사들이 그에 복종하며 셉티모를 섬기는 약 천 년간의 시기. 시스카셰그의 마법을 견뎌낼 수 있었던 유일한 준마법사 아이셸(아와의 아가씨)이 유니콘과 함께 마법 지팡이인 '아이셸의 지팡이'를 만들고 사제 세력을 집결하여 탈만논에 맞섰으며, 용들도 셰크를 무찔러 이둔에서 추방하며 차원의 문을 닫는다.

제3시대 § 명상의 시대

여섯 신을 섬기는 사제들의 시대. 시스카세그는 어디론가 사라지고, 셉티모를 섬겼던 마법사들은 추방당하여 지구와 다른 세상으로 탈출한다. 지구의 마법과 림바드를 창조하고 『제3시대의 서』를 쓴 것도 그들이다. 교단에 대한 신뢰가 추락하고 마법사들이 귀환한다.

제4시대 § 대마법사들의 시대

돌아온 마법사들의 전성시대로 네 마법의 탑의 대마법사들이 중심이 되는 시대이다. 그런데 네크로맨서 아슈란이 흑마술로 여섯 천체를 결합시키고, 셰크와 동맹을 맺어 그들을 다시 이둔으로 불러들인다. 이날 이둔의 모든 용과 유니콘이 떼죽음을 당하고, 마지막으로 살아남은 어린 용 얀드라크와 유니콘 루나리스가 바니사르 왕국의 왕자 알산과 마법사 샤일에게 구출되어 차원의 문을 넘어 지구로 보내진다.

이야기가 펼쳐지는 시점은 '대마법사들의 시대'의 말기로, 네크로맨서 아슈란은 이둔을 다스리며 지구와 그밖의 세계로 탈출한 '변절자'들을 찾아 처단한다. 탈출한 세력들은 곳곳에서 규합하여 저항 세력을 조직하고, 샤일과 알산은 빅토리아와 잭을 암살자들로부터 구해내어 제3시대에 만들어진 중간계 림바드로 데려와 보호한다.

등장인물 소개

잭 금발 머리에 마른 체구, 불같은 성격의 소유자로 주위에 불을 일으키는 염화 능력을 타고난 소년. '저항군'의 일원으로, 불의 검 도미바트의 주인이며, 마지막 드래곤 얀드라크의 영혼을 지니고 있다.

빅토리아 치유 능력과 마법사를 만들어내는 능력이 있으며, 전설의 무기 '아이셸의 지팡이'를 다루는 소녀. 잭과 키르타슈 사이에서 커다란 감정적 혼란을 겪는다. 최후의 유니콘 루나리스의 영혼을 지니고 있다.

키르타슈(크리스티안) 셰크와 인간의 혼혈인 하이브리드 암살자. 네크로맨서 아슈란의 명을 받아 루나리스와 얀드라크를 처단하는 임무를 맡았지만, 루나리스인 빅토리아와 사랑에 빠진다. 얼음의 검 하이아스를 주무기로 사용한다.

키마라 얀 족과 림야티 족의 혼혈 소녀. 얀 족 특유의 불을 속성을 지녔으며, 얀드라크인 잭에게 이끌린다. 루비빛 눈과 희고도 푸른 머리칼을 지닌 이국적 용모의 소유자로, 사막의 기운을 읽어내는 안내자.

알산(알렉산더) 이둔의 인간 왕국 바니사르의 왕위 계승자. 누르곤 기사단의 전사이자 전설의 검 숨라리스의 주인이며, 엘리온의 흑마술로 인해 반인반수인 늑대인간이 되었다.

샤일 젊은 마법사. 천체 결합의 날에 루나리스를 구해냈고, 알산과 함께 최후의 유니콘과 용을 수호하기 위해 지구로 파견되었다.

알레그라 다스콜리(아일레 알레나이) 빅토리아를 입양하여 지구에서 키운 지혜로운 마법사 요정.

아슈란 최강의 흑마술을 구사하는 네크로맨서. 이둔의 여섯 천체를 결합시켜 셰크를 소환하고 용들과 유니콘을 전멸시켰다. 키르타슈의 후견인이자 아버지.

사이세이 천상족 여사제 중 하나로, 부상당한 마법사 샤일을 치료하고 그와 깊은 감정적 교류를 나눈다.

쾨이다르 드락웬 탑이 낳은 최후의 인간 대마법사. 루나리스의 능력을 이용하여 이둔에 다시 마법의 힘을 되살리려 한다.

가에달루 세 달 교단의 여교왕. 바루 족으로, 셰크에게 강한 적대감을 품고 있다.

덴얄 이둔의 또다른 저항군인 누에보스 드라고스를 이끄는 지휘자.

케스트라 누에보스 드라고스의 인조 용 파그노르를 조종하는 젊은 여자 조종사.

이데온 크리스티안의 검인 하이아스를 만들어낸 거인족 장인.

세스하크 아슈란과 결탁한 셰크들의 왕. 셰크들을 이끌고 차원의 문을 넘어 다시 이둔을 침략했다.

에이세슈 세스하크의 명을 받아 바니사르를 감시하는 셰크 총독.

시에셀 딩그라 왕국을 움직이는 셰크 총독.

수슈 아위노르 지역을 통치하는 셰크.

브라흐두 코슈 지역을 좌우하는 거부(巨富).

페이나르 브라흐두의 밑에서 일하는 마법사.

용어 해설

이둔의 천체 §

이둔에는 세 개의 태양과 세 개의 달이 뜬다. 세 개의 달은 각각 가장 작은 아예아, 중간달 일레아, 가장 큰 달 에레아로, 세 달 교단의 상징이다. 세 태양은 가장 큰 칼리노르와 쌍둥이 태양 이메노르, 아베노르로 이루어져 있으며, 세 태양 교단의 상징이다.

이둔의 종족들 §

용 불의 신 알둔이 창조했다는 전설에 따라 불의 본성을 지닌다. 황금빛 눈에 날개와 치명적인 상처를 입힐 수 있는 발톱이 있으며, 불을 내뿜는다. 여섯 천체의 결합으로 멸종하기 전, 이둔 최남단의 아위노르에 살았다. 수백 년을 살 수 있으며, 셰크를 제압할 수 있는 유일한 존재.

유니콘 빛의 본성을 지녔다. 하얀 털과 갈기를 지닌 말 모양의 몸뚱이에 이마에 나선형의 뿔을 지녔다. 이둔의 대기 중에 흐르고 있는 마법을 전달해주는 매개체이자 순수의 상징이며 살아 있는 생물에게 마법사로서의 능력을 부여해줄 수 있는 유일한 존재. 여섯 천체가 결합하는 날 한 마리만 남고 모두 멸종했다. 네크로맨서를 파멸시킬 예언의 주인공.

셰크 물과 얼음의 성질을 지녔다. 어둠의 왕과 그 세계의 중심인 뱀 샤크시스의 결합으로 태어났다는 전설이 있다. 거대한 뱀의 몸뚱이에 날개가 달렸으며, 치명적인 독을 지녔다. 셰크들은 서로 텔레파시로 소통하며, 새로운 것에 대한 호기심이 많고 고도의 지능을 지녔다. 용에 맞설 수 있는 유일한 존재.

거인족 키가 삼 미터가 넘는 바위처럼 건장하고 용맹한 종족으로, 북쪽의 얼어붙은 산맥 나나이 왕국에 산다. 고독을 사랑해 다른 종족들과 어울리지 않는다. 보통 백 년 넘게 살며 수명이 길다. 돌의 신 카레반의 보호를 받는다.

바루 족 깊은 바다에 사는 양서류와 닮은 족속. 피부는 푸른색 비늘로 덮여 있으며 머리카락이 없다. 납작한 코에 아가미가 있으며, 물갈퀴가 있다. 이둔 남동쪽의 해양 왕국에 산다. 물의 여신 넬리암의 보호를 받는다.

얀 족 고대 이둔어로 '최후의 존재들'이라는 뜻. 전설에 따르면, 이둔이 젊은 별이었을 때 불의 신인 알둔이 세상에 내려오면서 남쪽 영토인 카슈타르를 태워버렸는데, 그 벌로 그의 자손들인 얀들은 사막이 되어버린 그곳에 살게 된다. 이둔에 사는 종족들 중 신에게나 인간에게나 가장 믿음을 주지 못하는 존재.

요정족 요정, 님프, 실포, 두엔데, 그노모, 트라스고 등의 종족으로, 이둔 동부의 데르바르 왕국의 숲속에 산다. 초록빛 머리칼을 지녔고, 대지의 여신 위나의 보호를 받는다.

인간족 지구인과 똑같이 생긴 종족으로, 주로 나델트라는, 고원과 언덕이 있는 곳에 여러 왕국을 이루어 산다. 빛의 여신 이리알의 보호를 받는다.

천상족 인간과 닮은 종족이지만 키가 더 크고 독특한 외양을 지녔다. 길쭉한 두개골에는 머리카락이 없고, 커다란 검은 눈과 하늘색의 고운 피부를 지녔다. 평화로운 종족으로, 공기의 신 요하비르의 보호를 받는다. 셀레스트 평원과 완만한 계곡에 산다.

이둔의 여섯 신 §

전설에 따르면 이둔에는 여섯 신이 있으며, 이들은 이둔의 세 달 중 가장 큰 에레아 달에 산다. 불의 신이자 얀 족의 수호신인 알둔, 돌의 신이자 거인족의 수호신인 카레반, 공기의 신이자 천상족의 수호신인 요하비르, 빛의 여신이자 인간족의 수호신인 이리알, 물의 여신이자 바루 족의 수호신인 넬리암, 대지의 여신이자 요정족의 수호신인 위나가 있다.

전설의 무기 §

도미바트 잭이 사용하는 전설의 무기. 불의 성질을 지니고 있다. 다른 전설의 무기와 마찬가지로 무기 스스로의 의지가 있어서 아무나 다룰 수가 없다. 전설에 따르면 불의 신이자 용들의 아버지 알둔이 사용한 검으로 용의 불로 칼날을 벼렸다. 숨라리스와 함께 하이아스에 대항할 수 있는 무기.

숨라리스 바니사르의 왕자 알산이 사용하는 전설의 무기. '무적의 검'으로 불린다.

아이셀의 지팡이 아이셀과 유니콘이 만든 경이로운 지팡이. 이둔의 대기 중에 떠도는 마법의 기운을 모으는, 유니콘 뿔과 유사한 능력을 발휘한다. 오직 준마법사 이상만 다룰 수 있다.

하이아스 키르타슈가 사용하는 전설의 검. 얼음의 성질을 가졌다. 칼날에 스치기만 해도 차츰 몸이 얼어붙는 치명상을 입힌다. 이둔의 북쪽 거인 왕국인 나나이에서 제조되었다.

그밖의 것들

간타드 신전(클라리비덴시아 신전) 달 교단의 본부. 대신전과 태양 교단의 신전이 파괴된 후, 이둔 전체에 유일하게 남은 사제들의 신전으로, 예언의 기록이 보관돼 있다.

네크로맨서 흑마술사. 악 또는 어둠의 상징으로, 마법의 근원적 힘은 '죽음'이다. 이둔에서 천체결합으로 권력을 잡은 탈만논, 아슈란이 바로 네크로맨서다.

누르곤 기사단 이둔 전체에서 가장 막강하고 영향력 있는 기사단. 알산 역시 이 기사단의 멤버이다. 명예, 용기, 정직이라는 기치를 세우고 있다. 이둔의 두 교단의 든든한 지원자로서, 사제들과 긴밀한 관계에 있다.

누에보스 드라고네스 아슈란에 맞서는 이둔인들의 저항 조직. 인조 용들을 개발해내 셰크들에게 대항한다.

데르바드 탑 요정 마법사 알레그라가 다스리던 마법의 탑으로, 셰크들에 의해 파괴되었다.

드락웬 탑 유니콘들의 성지 알리스 리스반 숲의 한가운데에 위치한 마법 종단의 메카. 위대한 대마법사들을 탄생시킨 가장 강한 마법의 탑이었으나 아슈란이 패권을 잡은 후, 그의 주요 거처로 사용된다.

루나리스 '마법을 연결해주는 생물'이라는 뜻을 지닌 이름의 유니콘. 이둔에 남은 최후의 유니콘이다. 수풀 속에서 떨고 있는 것을 샤일이 발견해 카슬룬 탑으로 데리고 가 목숨을 건졌다. 아슈란과 셰크들을 피해 지구로 도망쳐오다 실종된다.

마법사 이둔의 인간 왕국의 주된 두 세력 중 하나. 시스카셰그(뱀의 눈)에 홀려 네크로맨서 탈만논과 결탁했던 부끄러운 과거를 지니고 있다. 사제들과 대립 관계에 있다.

사제 이둔의 인간 왕국의 주된 두 세력 중 하나. 신탁의 예언을 해석하고 왕권의 비호 아래 세력을 유지한다. 오랜 세월에 걸쳐 마법사들을 핍박했다.

스와니트 어떤 것으로도 뚫을 수 없는 강한 껍질막을 지닌 거대한 사막 괴물.

시슈 뱀 인간. 아슈란의 호위대 및 지상군이며, 셰크들을 섬긴다.

시스카셰그 일명 '뱀의 눈'. 마법 도구로, 선한 의지를 꺾고 의식을 조종할 수 있는 힘을 지녔다. 제2시대 '어둠의 시대'에 이둔을 손에 넣으려는 네크로맨서 탈만논이 마법사들을 조종하는 데 사용되다 탈만논이 몰락한 후 사라진다. 후에 키르타슈의 부적이 되어 그가 빅토리아에게 주는 정표이자 둘 사이의 메신저가 된다.

아위노르 이둔 최남단에 있는 용의 땅. 같은 이름의 마법의 탑이 있었으나 천체 결합이 있던 날 무너졌고, 이후 아위노르 지역은 용들의 거대한 무덤이 되었다.

알리스 리스반 이둔 남동쪽에 있는 유니콘의 땅. 아슈란과 셰크의 공습으로 초토화된다.

얀드라크 이둔어로 '최후의 용'이라는 뜻. 위대한 업을 이룰 황금빛 비늘의 용으로, 여섯 천체의 결합으로 용들이 모두 죽은 뒤에 살아남은 유일한 용이기도 하다.

얼음 고리 산맥 나나이를 둘러싸며 난델트와 경계를 가르는 일련의 거대한 산들이 연결된 산맥.

에스쿠페푸에고 반군인 누에보스 드라고스들이 발명해낸 불을 뿜는 인조 용.

의사소통 부적 세 달과 세 태양이 결합하고 있는 육각형 모양으의 부적. 이둔어를 모르는 지구인도 이 부적을 목에 걸면 이둔인과 아무런 어려움 없이 의사소통할 수 있다.

카슬룬 탑 마법사 시마넨이 다스리던 마법의 탑. 유일하게 남아 있던 마법의 보루였으나 결국 아슈란과 게르데의 손에 넘어간다.

하이브리드 변종생물. 두 생물의 영혼이 한 생물의 몸에 결합한 존재로 원래의 두 생물로 각각 변신이 가능하다. 알산과 크리스티안이 그 예이다.

차례

M E M O R I A S   D E   I D H Ú N

제3권 깨어나다 I

제4권 깨어나다 II

제4권

깨어나다 II

9

사막의 딸

사막을 걸어가던 삼 일째, 빅토리아가 비틀거리더니 넘어졌다.

그러고는 다시 일어서지 못했다.

잭이 빅토리아의 이름을 부르며 달려갔다. 그는 그녀를 팔로 안아 들어올리며 정신을 차리게 했다.

혼혈 얀 족인 수색자 키마라는 두 사람을 신기해하며 지켜보았다.

"이 정도로 못 버틸 줄은 몰랐는데."

키마라가 한마디했다.

잭이 고개를 가로저었다.

"아니야, 이 애는 강해. 이 장소가 생명력이 부족해서 그런 거야, 무슨 말인지 알겠어? 빅토리아는 생명의 에너지가 넘치는 장소에 있어야 한다고."

무슨 말인지 모르겠다는 키마라의 표정을 보고 잭은 입을 다물려다가 다시 설명했다.

"그런 면에선 요정이랑 닮았지. 요정들은 숲에서 멀리 떨어져 있을 수 없잖아."

"아."

그제야 키마라가 알겠다는 듯이 말했다.

"이애가 조금 더 견딜 수 있을까? 이곳에서 멀지 않은 곳에 오아시스가 있거든."

"그러길 바라야지."

잭이 걱정스럽게 중얼거렸다.

빅토리아의 상태가 그렇다는 걸 이틀쯤 전에야 알았다. 처음에 빅토리아는 잘 버텼다. 하지만 곧 힘이 빠졌고, 적들에게 발각될 위험을 무릅쓰면서까지 대기 중의 에너지를 모으려고 지팡이를 사용했다. 마법의 전달자인 그녀는 살아남기 위해 에너지가 필요했다. 하지만 그곳은 사막이었고, 지팡이가 흡수할 수 있는 에너지는 식물들이 많은 곳의 대기에 감도는 생명 에너지보다 적었다.

이런 일이 일어날 거라 예측했어야만 했는데. 잭은 빅토리아를 부축하여 길을 가는 동안 생각했다. 키마라는 두 사람을 사막의 심장부로 안내했다. 시슈 순찰병들이 집결되어 있는 사막의 경계를 피하기 위해서였다.

완전히 탁 트인, 숨을 데라곤 하나도 없는 이 지역을 셰크가 날아가더라도 그들의 위치를 들킬 염려는 거의 없었다. 키마라는 사막 모래와 거의 똑같은 장밋빛 망토를 입고 있었고, 잭과 빅토리아에게도 비슷한 옷을 나눠줬다. 이 옷을 입고 걸어가면 위에서 봐도 거의 눈에 띄지 않았다. 그리고 길잡이에게 말은 하지 않았지만, 두 사람 역시 세크들의 날카로운 감지력으로부터 그들의 정체를 숨길 수 있는 망토를 입고 있었다.

키마라는 마치 사막의 일부라도 되는 것 같았다. 모래 언덕 위로 재빠르고 날렵하게 움직이는 동작, 작열하는 햇살이 아무렇지도 않다는 듯 활짝 뜨고 지평선을 살피는 붉은색 눈, 사막의 바람에 휘날리는 희고도 푸른 머릿결, 마치 단단한 땅바닥이라도 되는 양 모래 위를 손쉽게 성큼성큼 걸어가는 그녀의 맨발을 볼 때마다 잭은 깜짝깜짝 놀라곤 했다.

잭은 카마라가 상당히 매력적인 사람이라는 걸 알았고, 곧 서로 같은 감정을 갖고 있다는 걸 눈치 챘다. 키마라도 자주 잭을 바라보았고, 주고받는 시선 속에서 잭은 마치 두 사람이 똑같은 비밀과 본질을 공유하는 듯 느꼈다. 내면의 뭔가가 그녀 때문에 동요하고 있었다.

잭은 자신을 잡아끄는 혼혈 얀 족의 매력에서 벗어나고 싶었다. 빅토리아에게 온 마음으로 성실하고 싶었기 때문이었다. 하지만 다른 한편, 키마라의 무엇이 이렇게 그를 동요하게 하는지 궁금하기도 했다.

빅토리아는 키마라의 시선과 잭과 이야기할 때면 더 부드러워지는 키마라의 목소리, 그리고 가능하면 잭의 옆에서 걷고 싶어 하는 그녀의 마음을 의식하고 있었다. 그리고 기꺼이 그녀를 옆에 서게 하는 잭의 마음도 눈치 채고 있었다. 하지만 이 일에 대해 한마디도 하지 않았다. 잭은 자기가 다른 여자를 뚫어지게 쳐다봐도 아무렇지 않아하는 그녀에게 고마워해야 하는지, 아니면 상처를 받아야 하는지 알 수가 없었다.

사막 때문이야, 라고 잭은 믿고 싶었다. 사막은 모든 사람을 이상하게 만드니까.

어쨌든, 지금 이 순간은 빅토리아가 아닌 다른 사람을 생각할 겨를이 없었다. 키마라는 두 사람보다 앞서서, 빅토리아의 마법을 새롭게 하고, 그녀에게 생명력을 불어넣어줄 오아시스를 찾고 있었다. 잭은 그녀를 계속 쳐다보면서도 빅토리아에 대한 생각을 잊은 적은 한 번도 없었다.

조금 후, 키마라가 걸음을 멈추었다.

"도착한 거야?"

잭이 묻자, 혼혈 얀이 조용히 하라는 몸짓을 했다.

"엎드려!"

잭은 아무 말 않고 그대로 따랐다. 키마라가 이런 말을 할 때는 반드시 이유가 있다는 걸 지난 며칠 동안 배웠기 때문이었다. 그는 빅토리아를 망토로 가리고 그 위에 길잡이가 준 모랫빛 망토를 씌웠다. 그러고 나서 자기 몸을 챙겼다.

모래에 얼굴을 딱 붙이고, 보호하듯 빅토리아를 팔로 감싸며 잭은 무엇이 키마라의 주의를 끌었는지 알아보려고 시선을 돌렸다.

멀리서 일정한 형체가 없는 붉은 구름 같은 것이 모래 언덕을 넘어 세 사람을 향해 날아 움직여오고 있었다. 키마라는 망토를 더 꼭 여미며 몸을 가렸다. 잭도 빅토리아를 더 잘 덮어주며 키마라를 따라했다.

구름이 가까이 다가왔다. 잭은 그것이 곤충이라는 걸 깨닫고 경악했다.

붉은 날개가 달린 곤충 떼가 사납게 윙윙 소리를 내며 사막을 가로지르고 있었다. 뭘 찾고 있는 걸까? 잭은 숨을 멈추었다. 마음을 진정시킬 수가 없었다. 구름 떼가 지평선 너머로 사라지자 그제야 키마라가 모래 망토를 벗었다.

잭이 일어서며 물었다.

"저게 뭐야?"

"카야신. '스파이'라는 뜻이야."

키마라가 설명했다.

"저것들만 있을 때는 별로 공격적이지 않아. 썩은 고기에서 양분을 취하고, 살아 있는 생명체는 죽이지 않으니까. 하지만 혼자 이동하는 여행자들의 존재를 스와니트들에게 알려주지. 그 무엇도 스와니트에게서 도망칠 수 없어. 놈들은 어찌나 게걸스러운지 몰라. 뭐 저희들에게 먹잇감을 안내해준 카야신 떼에게는 늘 먹을 걸 좀 남겨두기는 하지만 말이야. 그러니 둘은 아주 궁합이 잘 맞는 셈이지."

잭은 대체 스와니트가 뭐냐고 물어볼 엄두도 나지 않았다. 모르는 게 낫겠다는 생각이 들었다. 그나마 빅토리아가 의식이 없어 이런 이야기를 듣지 않아도 되는 게 다행이다 싶었다.

해가 떨어질 즈음, 그들은 오아시스에 도착했다. 달콤한 그늘을 만들어내는 우산 모양의 나무들이 무리 지어 있었다. 잭은 이런 풍경이 너무나 고마웠다. 그 역시 열을 잘 견디지 못하기 때문이었다. 이런 건 내가 키마라와 다른 점이군, 하고 잭은 생각했다.

주위에는 아무도 없었다. 잭은 가장 잎이 무성해 보이는 나무 아래에 조심스럽게 빅토리아를 내려놓고 그녀의 곁을 지켰다. 키마라가 나무 사이로 사라지더니 잠시 후, 물이 가득 든 가죽 자루를 가지고 돌아왔다. 잭은 빅토리아의 이마를 적시고 메마른 입술 위로 물을 조금 흘려준 다음 자신도 맘껏 들이켰다. 자루를 내려놓은 그는 그를 빤히 쳐다보고 있는 키마라의 불길 같은 눈과 마주쳤다. 잭은 어색하여 미소를 짓고는 자루를 건네주었지만 키마라는 거절했다. 그녀는 잭 곁에 아주 가까이에 앉았다.

"네가 누군지 알아."

혼혈 얀 족이 차분하게 말했다.

잭은 화들짝 놀랐다.

"무슨 소리야?"

"심장에 태양이라도 품은 것처럼 네 안에서 불길이 타오르고 있어. 네 눈에 깃든 불길이 보여. 나는 온전한 얀은 아니지만, 불은 우리 얀 족의 요소거든. 내가 무슨 말을 하는지 알 거야. 네가 내 앞에 나타났을 때부터 알아봤어.

다른 사람들은 아마 모를 수도 있지. 그들은 널 다른 식으로 볼 테니까. 하지만 날 속일 수는 없어. 넌 용이야."

잭은 부인하려고 입을 열었지만 부질없다는 걸 깨달았다. 굳이 부정할 생각은 없었다.

"언제부터 안 거야, 키마라?"

"처음 봤을 때부터."

그녀는 잭에게 더 가까이 다가오더니 다시금 강렬한 눈빛을 던졌다.

"넌 반은 용이고, 반은 인간이야. 나도 절반은 인간이야. 또 다른 반쪽은 얀이고. 용처럼 불의 딸이지."

"그래서 우리가 공통점이 많았던 거구나."

잭이 미소를 지었다. 아직 조금 어리둥절하기는 하지만 왜 그렇게 키마라에게 이끌렸는지 이제야 이해할 수 있었다.

"네가 생각하는 만큼은 아니야. 난 절대로 너처럼 될 수 없어. 넌 용이야. 아무리 네가 인간처럼 보여도 말이야. 그게 무슨 의미인지 넌 아직 모르는 것 같아."

"그게 뭔데?"

"넌 우리 모두보다 훨씬 더 우위에 있다는 의미지. 용은 죽을 운명을 타고난 종족들과 신들의 중간쯤에 해당돼. 이런 걸 내가 너한테 말하고 있는 건 좀 이상한걸."

키마라가 슬쩍 얼굴을 붉히며 덧붙였다.

잭은 키마라가 한 말을 이해하려고 애썼다. 그리고 고개를 숙여 빅토리아를 보았다.

잭이 물었다.

"이애가 어떤 앤지 알겠니?"

키마라가 고개를 가로저었다.

"아니, 별다른 걸 발견하진 못했는데. 눈에 불의 요소가 보이지도 않고."

"하지만 빛이 있지. 정말이야. 오직 요정, 셰크, 그리고 용들만이 빅토리아 같은 생물의 눈에서 빛을 볼 수 있어."

키마라는 잭이 빅토리아에 대해 더 설명해주길 기다렸지만 잭은 입을 다물고 있었다. 혼혈 얀 족은 조용히 미소 지었다.

키마라가 말했다.

"이애에 대해 아는 거라곤 네가 그녀에게 속해 있다는 것뿐이야. 그럴 만한 가치가 있는 애니?"

잭이 그 질문에 놀라 키마라를 쳐다보았다. 키마라의 열기 어린 시선이 계속 그를 응시하고 있었다. 야성적인 사향 향이 섞인 그녀의 향기를 맡을 수 있을 정도로 둘은 가까이 있었다. 그는 대답해야 할 말에만 신경을 쓰려고 애썼다.

"그렇지 않았다면 같이 있지 않았겠지."

어딘가 잘난 척하는 대답이라는 생각이 들었지만, 키마라가 그런 말을 듣길 원했다는 생각이 들었다. 한편으로는 빅토리아의 정체를 더이상 자세히 밝히고 싶지 않았다.

혼혈 소녀가 잭에게서 조금 몸을 떼었다.

키마라가 말했다.

"그렇군, 정말 그래."

그녀는 자리에서 일어나 오아시스 한가운데를 향해 몇 걸음 나아갔다. 그리고 잠깐 뒤를 돌아 잭을 보았다. 뭔가 망설이는 듯하던 그녀는 잭의 눈을 바라보며 떨리지 않는 당당한 목소리로 말했다.

"네 사랑을 얻길 바라지는 않아. 내가 그 사랑에 어울릴 만한 존재가 아니라는 사실을 아니까. 난 그저 혼혈 얀 족일 뿐이고, 네 핏줄에는 아위노르의 진정한 불이 흐르고 있어. 하지만 그래도 가끔 이애 말고 다른 친구가 필요할 때, 나와 같이 밤을 보낸다면 난 아주 자랑스럽고 기쁠 거야."

잭은 숨도 쉬지 못했다. 말을 하고 싶었지만 입이 그대로 딱 붙어버렸다. 목소리를 회복했을 즈음, 키마라는 이미 멀찍이 떨어져 있었다. 빅토리아가 희미하게 신음 소리를 내면서 눈을 떴을 때도 잭은 계속 제대로 정신을 차리지 못하고 있었다.

오아시스에는 거의 보라색에 가까운 짙은 파란색 물이 솟아나는 작은 연못이 있었다. 잭과 빅토리아는 목욕을 하며 사막의 먼지를 털어낼 수 있는 것이 그저 고마울 따름이었다.

"이런 곳에 어떻게 샘이 있을 수 있는 거지?"

그날 밤 세 사람이 모닥불 주위에 모여 앉았을 때 키마라에게 잭이 물었다.

"마법이야, 그렇지?"

빅토리아가 말했다.

"감지할 수 있어. 이 연못은 자연적인 게 아니야."

"얀 족 마법사들의 작품이야."

키마라가 말했다.

"사막에 사는 사람들 중에는 마법사가 그다지 많지 않아. 유니콘들이 사막을 좋아하지 않기 때문이지. 아니, 적어도 그렇다고들 하더라고."

잭과 빅토리아는 시선을 피했지만 키마라는 이 사실을 알아채지 못했다.

"그래서 사막에 이런 오아시스들이 별로 없어. 만들기도 너무 어렵고, 다른 한편으로는 얀 족의 사제들이 이 땅을 바꾸는 걸 그다지 좋아하지 않기 때문이기도 하고."

"왜?"

잭이 궁금해했다.

"오아시스를 만들어낼 능력이 있다면 사막을 더 살기 편한 장소로 만들 수도 있잖아."

키마라가 미소를 지었다.

"순수한 혈통의 얀에게는 그런 말 하지 마. 그것보다 더한 모욕은 없으니까. 그건 우리 신앙에 위배되거든.

사람들 말이, 신들이 이둔에 왔을 때, 위나 여신은 당신이 내려온 이 세계를 너무나 사랑해서 죄다 식물로 뒤덮었대. 다른 신들도 모두 위나 여신에게 협력했지. 이리알 신은 이 세상에 별빛을 끌어왔고, 카레반 신은 산의 키를 높였지. 넬리암 신은 바다에 수중 생물들이 살게 하고 밀물과 썰물의 조수를 만드는 데 달의 힘을 이용했지. 요하비르 신은 우리가 숨쉬는 공기, 구름, 바람, 아름다운 향기와 소리를 만들었어. 알둔 신은 세 태양을 만들었는데, 하늘에서 이둔을 볼 수 없어서 창조의 결과를 보려고 직접 내려오기로 결정하셨대."

키마라가 잠시 말을 쉬었다. 루비처럼 붉은 두 눈이 오아시스 저 너머로 펼쳐진 침묵 어린 모래 언덕들을 훑고 있었다.

"알둔 신이 내려온 곳이 여기야. 오늘날의 카슈타르 사막이지.

불로 이루어진 알둔의 몸이 다른 다섯 신이 만들어놓은 모든 작품을 파괴하고, 광대한 이 땅을 태워버린 거야. 고의로 그런 건 아니지만 위나 여신은 절대로 알둔 신을 용서하지 않았어."

빅토리아가 별과 달을 향해 눈길을 돌렸다. 에레아 달이 이미 작아지기 시작했다. 반대로, 일레아는 곧 보름달이 될 것 같았다. 전설에 따르면 일레아는 위나 여신이 가장 좋아하는 달이라는데, 아마 이 달이 위나 여신이 보호하는 숲들처럼 초록색이라 그런 게 아닐까 싶었다.

빅토리아는 한숨을 쉬었다. 사람들 말로 위나 여신은 유쾌하고 근심 걱정 없는 변덕스러운 여신이란다. 하지만 숲을 파괴한 이를 처벌할라치면, 그 분노는 끝을 모를 정도라고 했다.

키마라가 이야기를 계속했다.

"시간이 흐른 후, 신들이 자손들을 창조했을 때, 알둔 신이 창조한 종족에게 그의 잘못으로 타버린 이 땅을 터전으로 주자는 데 모든 신들이 동의했지. 그게 바로 불의 자손인 얀이었어. 그 이후 얀이 사막의 자손이 된 거야.

그래서 우리에게는 사막을 떠나는 일도, 이 땅을 이런 모습이 아닌 다른 모습으로 바꾸는 일도 허용되지 않아. 이곳은 알둔 신이 창조한 땅이고 우리에게 남겨준 유산이니까. 우리는 이곳을 터전으로 하고, 사랑하는 법을 배워왔어."

"참 멋진 이야기야."

빅토리아가 말했다.

잭은 아무 말도 하지 않았다. 키마라가 그의 눈을 빤히 쳐다보자, 잭은 최면에 걸린 듯 키마라의 반짝이는 붉은 눈 속에 깃든 불길을 응시했다. 빅토리아는 잠시 두 사람을 쳐다보았지만 그에 대해 아무런 언급도 하지 않았다.

카마라가 말했다.

"두 사람 다 쉬어. 내일은 기나긴 하루가 우리를 기다리고 있으니까."

"이것이 여러분께 보여드리고 싶었던 것입니다, 알산 왕자님."

마흐 킵이 나지막이 말했다.

알렉산더는 이제 막 올라온 언덕 꼭대기에서 굽어보이는 풍경을 응시했다. 곁에 선 덴얄이 불안한 표정을 지으며 불신의 눈으로 혼혈 천상족을 쳐다보고 있었다.

그들은 산줄기를 따라 이틀 동안 말을 타고 이곳에 도착했다. 이유야 어쨌든 암린 왕의 신하인 마흐 킵이 알렉산더와 상의할 중요한 일이 있다고 하며 반란군들까지 모두 이곳에 오게 했기 때문이다.

덴얄은 일찌감치 함정이라는 걸 알았다. 틀림없이 그럴 것이다. 마흐 킵은 왕이 신임하는 신하이고, 왕은 세크를 위해 일하기 때문이었다. 그런데도 알렉산더는 마흐 킵의 알현을 허용하고, 그가 보여주겠다는 것을 보러 가기로 했다. 누에보스 드라고네스의 지도자는 모든 희망을 걸었던 왕자가 전략가로서 별로 대단하지도 않고, 언젠가 바니사르의 왕좌를 되찾겠다는 열망조차 품고 있지 않은 분별력 없는 사람이 아닌가 생각하기 시작했다. 하지만, 혹시나 하여 함께 가기로 결정했다. 만일 함정이라면 그가 당하게 내버려둘 순 없으니 말이다.

그들은 좀전에 강을 건너 시아 영토 안으로 들어섰다. 알렉산더는 번창했던 시절의 시아를 떠올렸다. 이곳 백성들은 문화와 예술의 가치를 아는 사람들이었다. 시아 왕은 이둔에서 제일 잘 구비된 도서관을 보유하고 있었는데, 이보다 더 뛰어난 도서관은 카슬룬 탑, 데르바드 탑, 그리고 르히르 탑과 셀레스티아 시의 도서관뿐이었다.

하지만 마흐 킵이 지금 보여주는 풍경은 알렉산더가 기억하고 있던 시아의 풍경과는 전혀 딴판이었다. 푸른 목초지와 기름진 들판은 이제 그저 황량한 검은 땅에 지나지 않았다. 길가에 흩어져 있던 저택과 농장, 오두막들은 순전히 잿더미와 서글픈 폐허일 뿐이다. 살아 있는 건 아무것도 보이지 않았다.

알렉산더가 비통한 심정으로 물었다.

"이곳에 무슨 일이 있었던 거요?"

"모르실 줄 알았습니다."

마흐 킵이 한숨을 쉬었다.

"시아는 아슈란과 셰크들에 대항하여 반기를 들었던 첫번째 왕국이었죠."

덴얄이 설명했다.

"우리가 미처 대항하기도 전에, 브룬 왕께서 군대를 조직하시기도 전에, 시아 인들이 먼저 우리를 침략한 뱀 인간들과 맞서 싸우리 달려나갔지요. 당연히 처벌도 제일 먼저 받았고요."

마호 킵이 나지막이 계속 말을 이었다.

"그들은 굴복하지 않았습니다. 아슈란과 조약을 맺을 여지조차 고려하지 않았죠. 왠지 아십니까? 시아 왕이 예언에 대해 떠도는 말을 들었기 때문입니다. 모든 것이 파괴되고 있는 마당에, 사람들은 마법사들이 구해낸 용과 유니콘이 네크로맨서를 끝장내러 돌아올 거라고 소문을 퍼뜨렸지요. 왕은 그 소문을 믿은 겁니다. 그는 용과 유니콘의 이름으로 뱀과 대항하여 싸웠고, 불굴의 신념으로 그들을 곧 만나게 될 거라는 희망을 지켰지요. 하지만 용과 유니콘은 나타나지 않았고, 셰크들은 시아 인들을 유달리 혹독하게 대했지요. 보시다시피 시아에는 아무것도, 그리고 신탁의 말을 믿었던 그 누구도 남아 있지 않게 된 겁니다."

덴얄이 소리를 높였다.

"바로 그 때문에라도 우리는 굴복해서는 안 되는 겁니다! 만일 우리가 포기한다면 시아의 희생이 물거품이 되니까요. 우리 누에보스 드라고네스는 계속 싸울 겁니다. 암린 왕의 지지가 있든 없든 말입니다."

마호 킵이 다시 한숨을 내쉬며 알렉산더를 돌아보았다.

"왕께서는 제가 이곳에 있는 걸 모르십니다. 저 역시 왕께서 여러분을 에이세슈에게 건네려는 생각을 하신 줄은 몰랐습니다. 그런 식으로 행동하시는 걸 용납할 수는 없지만, 그래도 이해는 합니다. 아버님이 돌아가신 후 셰크들에게 항복하지 않았더라면, 에이세슈의 통치를 받아들이지 않았더라면…… 왕자님께서는 바니사르로 돌아오셨을 때 지금 바로 이런 모습과 마주쳤을 테니까요."

그는 손을 쭉 뻗어 시아의 황량한 풍경을 가리키고는 입을 다물었다.

길고 무거운 침묵이 감돌았다.

"내가 이곳에 나타나서 몇 년 동안 동생이 지키려 했던 모든 것을 위험에 빠뜨렸다는 걸 아오."

알렉산더가 마침내 동의했다.

"하지만 나 역시 내가 믿는 바를 위해 포기하지 않고 오랜 세월 투쟁하며 지내왔소. 동생과 대결해야만 한다면……그렇게 할 것이오."

알렉산더가 뒤돌아 자리를 뜨자 덴얄이 뒤따랐다. 마흐 킵은 한동안 언덕 위에 꼼짝 않고 그대로 있었다. 그러다 잠시 후, 알렉산더를 좇아 달리기 시작했다.

"알산 왕자님!"

그가 알렉산더를 불렀다. 알렉산더가 돌아보자, 마흐 킵이 침을 삼키며 말했다.

"저는 알아야겠습니다. 용과 유니콘이 있다는 말이 사실입니까? 그 둘이 이둔으로 돌아왔다는 말이 정말인가요?"

알렉산더는 잠시 그의 눈을 마주 보았다. 그러고 난 후 대답 없이 말이 묶인 곳으로 발길을 돌렸다.

다음날, 잭과 빅토리아가 잠자리에서 일어나자 오아시스는 활기에 넘쳐 시끌벅적했다. 방금 코슈에서 카라반 행렬이 도착했고, 사람들은 나무 그늘 아래서 휴식을 취하거나 연못에서 물을 마시고 목욕을 했다. 그런데 키마라가 보이지 않았다. 그녀를 막 찾으러 나서던 잭은 뭔가를 발견하고는 그만 피가 그대로 얼어붙는 듯했다.

이동하는 카라반들은 다름 아닌 인간과 얀 족들이었다. 하지만 아슈란을 섬기는 뱀 인간인 시슈 무리들도 있었는데, 이들이 기민해 보이는 검은 눈으로 잭을 주시하고 있었다. 잭과 빅토리아는 기운을 감춰주는 망토로 몸을 가리고 캠프에서 키마라를 기다렸다. 시슈들이 두 사람 곁을 지나갔다. 빅토리아는 잭의 몸이 경직되는 걸 느꼈다.

'뱀 때문이야.'

빅토리아가 생각했다. 잭은 늘 뱀에게 이상한 공포가 있었지만, 지금 그의 표정에서 읽을 수 있는 건 역겨움도 두려움도 아닌 증오였다. 빅토리아는 친구가 긴장한 이유가 두려워서가 아니라 검을 빼들어 시슈들에게 덤벼들고 싶은 걸 참고 있기 때문이라는 걸 깨달았다.

'이상한 일이네.'

빅토리아는 걱정스러운 표정으로 잭을 보았다. 잭이 요 며칠 계속 이상하게 굴고 있었다.

시슈 한 놈이 두 사람 쪽으로 뱀의 머리를 돌렸다. 빅토리아는 놈의 갈라진 혓바닥에서 나는 쉭쉭거림을 똑똑히 들을 수 있었다. 잭이 도전적인 표정으로 놈을 쳐다봤다.

빅토리아가 속삭였다.

"잭, 쳐다보지 마."

잭이 가까스로 시선을 돌렸다. 빅토리아는 그의 망토를 당겨 더 잘 덮어주었다.

빅토리아가 있는 힘을 다해 빌었다.

'우리를 쳐다보지 마, 우리를 쳐다보지 마……'

마침내, 시슈들이 연못 쪽으로 멀어져 갔다. 그러자 거의 곧바로 키마라가 돌아왔다.

"흥정을 좀 해야 했어."

키마라가 말했다.

"그래도 튼튼하고 건강해 보이는 토르카 두 마리를 구했지."

잭은 토르카가 뭔지 묻고 싶었지만, 금방 알게 될 거라고 짐작했고, 실제로 그랬다. 이구아나를 닮은 커다란 도마뱀 같은 동물이었다. 두 사람이 미심쩍게 쳐다보자 키마라가 한 마리의 등 위로 펄쩍 뛰어올랐다. 등 위에는 안장이 갖춰져 있었고, 생물의 콧등에 자란 뿔에 고삐가 매여 있었다.

"너희도 다른 놈 위에 타, 어서."

혼혈 얀 족이 두 사람을 재촉했다.

"미안해, 세 마리를 구할 수는 없었어. 그래도 이 암놈은 튼튼해서 두 사람 정도는 태울 수는 있어."

잭이 파충류 살갗을 조심스럽게 쓰다듬자, 비늘 아래로 짐승이 깊은 숨을 내쉬는 게 느껴졌다. 먼지가 이는 듯한 뿌연 붉은색의 살갗이었다. 토르카가 고개를 돌려 둥글둥글한 눈으로 잭을 쳐다보았다. 그러다 별다른 관심이 없는지 게으른 표정으로 눈을 감더니 목에서 이상한 소리를 내며 하품을 했다. 잭은 그만 웃음을 터뜨리고 말았다. 옆에서 빅토리아가 낮게 웃었고, 잭도 함께 웃으면서 그녀와 눈길을 교환했다.

빅토리아가 도전하듯 말했다.

"어때, 탈 수 있겠어?"

그에 대답이라도 하듯, 잭이 펄쩍 뛰어올랐지만 놀랍게도 토르카는 꼼짝도 하지 않았다. 잭은 빅토리아를 끌어당겨 뒤에 태우고 고삐를 잡았다.

토르카를 타는 일은 사실 아주 간단했다. 일단 이 신기한 파충류의 출렁거리는 움직임에 익숙해지기만 하면 되었다. 키마라가 설명하길, 토르카들은 사막의 열기를 가장 잘 견디는 동물이라고 했다. 게다가 길들이기도 아주 쉽다고 했다.

"이렇게 게으르지만 않으면 좋을 텐데."

조급해하던 키마라는 한숨을 내쉬며 더 빨리 가라고 토르카를 채찍질했다.

얼마 지나지 않아 그들은 오아시스와 시슈 순찰대가 가져올지도 모를 위험을 등 뒤로 하고 떠났다.

네크로맨서 아슈란이 동굴에 모습을 드러냈을 때, 검을 만드는 장인인 이데온은 강력한 전투용 도끼의 모양을 다듬고 있었다.

거인은 아슈란의 출현을 감지하고 인사하는 시늉만 할 뿐, 일을 멈추지는 않았다. 아슈란은 모든 이들이 복종의 표시로 그의 앞에 몸을 낮추는 데 익숙했지만, 이데온의 무관심에도 그다지 신경 쓰지 않았다. 거인들은 원래 그런 존재이기 때문이었다. 그들은 군주도 주인도 인정하지 않았고, 사람들을 이어주는 감정적 결합도 이해하지 못했다.

거인들에겐 우정과 증오, 사랑과 충성 같은 개념들도 다른 종족들과 좀 달랐다. 이런 감정들을 통해 다른 종족 사람들이 결속을 다지는 것도 알았고, 이 결속이 어떤 건지도 잘 알았으며, 그것에 대해 어느 정도 호기심이 일기는 했지만 끝내 정확히 이해하지는 못했다. 그들은 비슷한 감정을 겪어보지 못했기 때문이었다. 물론 그들도 감정과 느낌이 있지만 그런 감정을 일으키는 사람과 굳이 결속할 필요를 느끼지는 않았다.

거인들처럼 독립적이고 고독을 사랑하는 종족은 존재하지 않는다. 셰크들만 해도 최소한의 뚜렷한 종족의식이 있고, 자기들끼리 강력한 텔레파시로 결합되어 있었다. 이것이 바로 셰크들이 그처럼 고독을 즐기는 이유다. 그들은 서로 알기 위해 반드시 함께 있을 필요가 없다.

거인들에게는 이런 일조차 없었다. 단체정신이 없었고, 또 아쉬워하지도 않았다. 따라서 이데온에게 아슈란과 셰크들에게 경의를 표하라고 강요해도 별 의미가 없었다. 전쟁에서 편을 가르는 일은 어느 한쪽 진영이나 조직과 함께한다는 의미인데, 그건 이 거인에게 절대로 바랄 수 없는 일이다. 그냥 원래부터 천성에 어울리지 않기 때문이다.

아슈란이 말했다.

"아들을 보러 왔네."

이데온은 어둠 속에 가려진 옆 터널을 가리켰다. 네크로맨서는 조용히 고개를 끄덕이며 그 안으로 들어갔다.

이데온은 무덤덤하게 하던 일을 계속했다. 어쩌면 크리스티안이 아버지를 만나고 싶어하지 않을지도 모른다는 생각 따위는 단 한 순간도 하지 않았다. 설사 그런 생각이 들었다 해도, 그건 자신과 상관없는 일이었다.

골렘이 있는 방에 다다른 아슈란은 기이한 장면과 마주쳤다.

크리스티안이 장엄한 황금용을 상대로 사투를 벌이며 싸움에 열중하고 있었다. 셰크로 변신을 하지는 않았지만 그럴 필요가 없다는 느낌이 들었다. 하이아스의 칼날이 희미한 어둠 속에서 번쩍번쩍 빛을 발하며 용의 살을 찾아, 비늘로 덮인 가죽에 난 상처를 헤집으며 한 번, 또 한 번 피를 흘리게 하고 있었다. 크리스티안은 날렵하게 움직이며 힘차게 검을 내리쳤고, 분노에 찬 거친 고함을 내질렀다. 두 눈에는 차가운 증오가 가득했다.

아슈란은 치명상을 입은 황금용이 잭이라는 이름의 소년으로 변신하는 모습을 흥미롭게 지켜보았다. 그리고 최후의 일격을 가하여 상대방의 머리를 깨끗이 베어버리며 승리의 외침을 내지르는 크리스티안의 모습도 보았다.

네크로맨서는 눈을 가늘게 뜨며 관심을 나타냈다. 크리스티안이 누군가를 참수하는 모습은 한 번도 본 적이 없다. 그건 크리스티안에겐 지나치게 볼품없고, 잔혹하고, 불쾌한 방식이었기 때문이다. 그는 생명을 없앨 때, 훨씬 더 신중하고 우아하게 처리하곤

했다.

아슈란은 이게 무슨 의미인지 자문해보았다. 책을 향한 증오심이 이토록 강해졌다는 것은 좋은 징조였다. 하지만 또한 이렇게 분노에 자신을 내맡길 정도로 인간화되었다는 건 그다지 좋은 징조가 아니었다.

목을 베인 책의 몸이 바닥에 쓰러지자 거대한 돌조각으로 변했다. 하이아스의 반짝임이 한순간 떨리다가 눈에 띄게 약해졌다. 전투를 마친 검은 피곤한 듯, 그리고 무엇보다 적수가 진짜 용이 아니었다는 사실에 실망한 듯 보였다.

크리스티안은 심호흡을 하고 몸을 일으키며 냉정을 되찾으려 했다. 그제서야 그는 아슈란이 뒤에 서 있는 걸 감지했다.

낮은 목소리로 아슈란이 물었다.

"이놈을 부수면서 즐기고 있는 거냐?"

크리스티안이 고양이처럼 민첩하게 뒤를 돌아보았다. 그는 아무 말도 하지 않았다. 그저 불신에 찬 눈으로 아버지를 지켜볼 뿐이었다.

"그 검은 가져도 좋다. 내가 널 죽이려 했다면 이미 아주 오래 전에 그랬을 게다. 그리고 내가 생각을 바꾼다면, 네가 무슨 수를 써도 피할 수는 없을 테니까."

크리스티안은 움직이지도, 시선을 떼지도 않았다. 검을 칼집에 넣지도 않았다.

"뭘 원하십니까?"

아슈란이 골렘을 가리켰다.

"오래전에 바로 이렇게 했어야지. 진짜 용을 상대로 말이다."

크리스티안이 조금 긴장을 풀었다. 오래전부터 그가 이런 제안을 하리라는 걸 예상했었다. 이미 무슨 대답을 할 건지도 연습해 두었다.

"아버지의 뜻대로는 안 될 겁니다. 이미 제 뜻을 분명히 밝혔다고 생각하는데요, 아닌가요?"

아슈란이 미소를 지었다.

"그래, 나도 그렇게 생각했었지. 그런데 이제 보니 네 뜻과 내 뜻이 같은가보구나. 그렇지 않다면 이렇게 내가 죽이고 싶어하는 자를 수차례 죽이고 또 죽이면서 시간을 보내지는 않을 것 아니냐. 진짜를 상대로 똑같은 일을 하는 데 무슨 문제가 있는 거냐? 너도 그걸 원하고 있지 않느냐."

크리스티안은 심호흡을 하고, 검을 칼집에 넣고는 돌바닥 위에 앉았다. 그는 벽에 등을 기대고, 눈을 감으며 진정하려고 애썼다. 내면에서 고동치고 있는 증오심, 아슈란의 제안을 받아들이게 할 것만 같은 그 증오심을 가라앉히려 했다. 마법사도 이 사실을 알아챘다.

"아직도 본능을 억누르고 있는 거냐? 그건 결국 너 자신을 죽이고 말거다, 아들아. 네가 셰크라는 사실을 받아들이는 게 어떻겠니? 왜 셰크답게 행동하지 않는 거냐?"

크리스티안은 이번에도 역시 대답하지도, 눈을 뜨지도 않았다. 이미 며칠 전 아슈란의 속셈이 무엇인지 깨달았고, 이러다 보면 그가 바라는 대로 하는 수밖에 다른 도리가 없을지도 모른다는 사실도 알았다.

잭의 모습이든, 용의 모습이든 간에 골렘을 몇 번이나 '암살' 했는지 세는 것조차 잊어버렸다. 없애면 없앨수록 내면에서 증오심이 더 강렬하게 고동쳤다. 하지만 싸움을 할 때마다 기분이 더 좋아졌고, 자유롭고 강해지는 기분과 함께 자신감이 넘쳤기에 그것을 멈추지 않았던 것이다.

게다가 그건 이곳에서 할 수 있는 유일한 일이었다.

이데온과 크리스티안은 함께 시간을 보내는 일이 거의 없었다. 각자 알아서 자기 생활을 했고, 상대에게 아무것도 설명하지 않았다. 나갈 건지, 어디를 가는지, 언제 돌아오는지도 알려주지 않았다. 검의 미스터리를 푼 지금, 두 사람의 대화는 점점 더 짧아지고 말수도 줄어들었다. 또한 크리스티안은 이데온이 그의 집에 있는 걸 참아주는 건, 자신이 그를 방해하지 않기 때문이란 걸 잘 알고 있었다. 두 사람 모두 고독하고 독립적인 존재였기에 서로의 영역을 존중하며 귀찮게 하지 않았다.

크리스티안은 이런 태도가 고마웠다. 가끔씩 나나이의 얼어붙은 세계를 탐험하러 나가서는 하루나 이틀 동안 돌아오지 않기도 했다. 돌아와도 이데온이 그를 보고 싶어하지 않았다는 걸 알았다. 어쩌면 그가 없었다는 사실조차 몰랐을지도 모른다. 사실 크리스티안은 자신이 아무 말도 하지 않고 나나이를 떠나 다시 돌아오지 않는다 해도 거인이 그의 부재에 별로 놀라지 않을 거라고 확신하고 있었다. 그저 그가 그 아름다운 검 하이아스를 어디로 가지고 갈지, 다시 한 번 이 경이로운 검을 보여줄는지만 궁금해할 것이다.

셰크인 크리스티안은 거인의 이런 면을 좋아했다. 자유, 고독, 독립.

하지만 때때로 그의 인간적인 부분은 말을 나눌 누군가를 그리워했다. 나나이에서 자신을 붙들고 있는 건 아무것도 없었다. 마음속으로는 이곳을 떠나 빅토리아를 만나러 가서 그애를 돕고, 지켜주기 위해 곁에 있고 싶었다.

하지만 빅토리아 곁에는 잭이 있다. 크리스티안은 잭과 만나게 되면 무슨 일이 벌어질지 아주 잘 알고 있었다. 특히, 그의 짐작대로 용으로서 잭의 본질이 이미 빛을 찾아 밖으로 나왔다면 말이다.

그래서 어쩔 수 없이 그는 이렇게 자발적으로 은둔을 선택하여 머물러 있었다. 셰크를 일깨우고 검의 나약한 생명력을 유지하기 위해 골렘을 향해 분노와 절망을 쏟아냈지만, 검은 여전히 상처 입고 병든 상태로 진짜 희생물에 굶주려 있었다.

크리스티안이 침착하게 말했다.

"한 발 물러나 있고 싶어요. 그게 다예요."

"네가 계속 그 여자애를 지키고 싶어하는 심정은 이해한다. 그 애를 강제로 배신하라고 한 건 내 실수였다. 하지만 용을 죽이는 데 널 말릴 건 아무것도 없잖느냐."

크리스티안은 대답하지 않았다.

"용이 죽으면, 어쨌든 우리는 예언의 실현을 막을 수 있다. 그 여자애를 해칠 필요도 없이 말이다."

크리스티안이 대꾸했다.

"알아요. 처음부터 제가 제안했던 게 그거였죠."

"그때 난 위험을 감수하고 싶지 않았다. 아마도 그게 실수였는지 모르지. 그애에 대한 네 감정이 어느 정도인지 몰랐던 내가 그걸 과소평가한 거다. 하지만 네게 한 번 더 기회를 줄 용의가 있다. 네가 최후의 용을 죽이면 다시 우리 편이 되는 거다. 셰크들도 네 배신을 용서해줄 거다. 그애한테도 아무 해가 없도록 내가 보장하마. 아무도 빅토리아를 해치지 못하게 명령을 내리겠다. 게다가 혹시 모르는 일이지. 이 세상 최후의 유니콘을 살려두는 것도 그리 나쁜 아이디어 같지는 않고."

크리스티안의 눈에 반짝하고 향수의 빛이 일렁였다.

"오래전에는 그럴 수 있으리라 꿈꾼 적이 있었죠."

크리스티안이 중얼거렸다.

"우리가 다스리는 세상을 상상했어요. 용도 없고, 우리 미래를 위협하는 예언도 없는 세상. 잭도 죽고, 빅토리아만 내 곁에 있는 거죠. 영원히."

'……내 곁에서 황후가 되는 거야.'

이 년 전, 자기 안에 간직한 믿기 힘든 힘을 아직 자각하지 못하고 겁에 질려 있던 여자아이에게 그는 그렇게 말했었다.

'우리 같이 이둔을 다스리자.'

빅토리아가 그의 손을 잡았던 때가 떠올랐다. 그 순간으로 돌아갈 수만 있다면 무슨 짓이라도 할 것이다. 아무도 그들 사이를 망치지 못하게 싸울 것이고, 누군가 가로막기 전에 빅토리아를 데리고 어디로든 갔을 텐데……

하지만 그때는 이미 지났고, 빅토리아는 그의 손을 놓아버렸다. 바로 그 순간, 크리스티안은 두 번 다시 그녀를 잡을 수 없으리라는 걸, 잭과 빅토리아를 이어주는 운명의 끈이 너무나 강해 자신이 깨뜨릴 수 없다는 걸 깨달았다. 네크로맨서의 아들을 향한 빅토리아의 감정이 아무리 강렬하다 해도 말이다.

아슈란이 다정하게 물었다.

"왜 그게 불가능하다고 생각하는 거냐?"

크리스티안이 미소를 지었다.

"알 수 있어요. 잭이 죽는다고 일이 해결되진 않아요, 아버지. 빅토리아는 절 절대로 용서하지 않을 거예요. 게다가, 전……"

크리스티안이 망설였다.

"……그 아이를 고통스럽게 하고 싶지 않은 게로구나. 키르타슈, 가끔은 네가 얼마나 순진한지 놀라곤 한다. 용이 죽으면, 네 안의 셰크가 더 많은 힘을 갖고 되살아날 거다. 그러면 그애가 괴로워하는 것 따윈 신경 쓰지 않게 되지. 고통도 곧 지나갈 것이고, 결국은 그애도 다시 너와 함께 있게 될 거다."

크리스티안이 회의적인 미소를 지었다.

"날 믿지 않는 거냐?"

아슈란이 웃었다.

"그애가 누군지 생각해봐라. 곁에 용이 없는 그애를 상상해봐. 그애의 생명은 더이상 의미가 없는 거지. 그애는 널 찾아 달려오게 될 거야. 넌 그애를 이해할 수 있는 유일한 사람이니까. 자신의 사랑을 전할 유일한 사람이니까 말이다. 유니콘들은 사랑해야만 하는 존재란다, 아들아. 그애와 비교할 만한 존재는 아무 데도 없지. 너희 둘 같은 존재는 없단다. 그애를 용한테서 떼어놓으렴. 그럼 네 것이 될 거다. 그러면 널 무척 미워하기는 하겠지만, 그래도 넌 그애의 유일한 선택이 될 거다. 그애도 그 사실을 알지. 그리고 너도 마찬가지고."

"빅토리아의 유일한 선택은 내가 아니에요. 그애를 모르고 하시는 말씀이에요."

"넌 잘 알고 있다고 생각하나보구나. 하지만 넌 그애가 유니콘이라는 사실을 잊고 있다. 최후의 유니콘이지. 절대로 스스로 죽지는 않을 거다. 또 남은 인생을 혼자 지낸다는 생각을 견디지도 못할 거고."

크리스티안이 길게 한숨을 내쉬었다.

"다른 사람이 잭을 죽이길 기대하는 건 어때요? 왜 관심도 없는 전투에 제가 다시 말려들어가야 하는 거죠?"

"다른 사람을 보낼 수도 있다."

아슈란이 인정했다.

"하지만 네가 그앨 없앨 수 있는 가능성이 가장 높지. 그들이 널 믿고 있으니까 말이다. 그 여자애에 대한 네 감정은 네가 저항군 가까이에 갈 수 있게 해주는 최고의 무기지. 그 감정은 진실한 것이고, 그들도 그 사실을 아니까."

크리스티안은 아무 말도 하지 않았다. 이 대화를 계속할 뜻이 없다는 걸 알리려는 듯 그는 아슈란에게서 등을 돌렸다.

"잘 생각해보거라, 키르타슈. 너의 변한 모습을 봐라. 네가 잃은 모든 걸 보라고. 그리고 네가 최후의 용을 없애면 뭘 얻을 수 있는지 잘 생각해봐라. 우리 편 안에서 네 위치도 되찾고 네가 그렇게 소중히 여기는 그애의 안전도 보장받을 것이다."

"다시는 아버지의 명령에 놀아나는 꼭두각시가 되고 싶지 않아요, 아버지."

크리스티안이 조용히 말했다.

"최후의 용이 죽는다고 안타까워하지는 않겠지만, 그 생명을 끝장낼 사람은 제가 아니에요. 아버지가 벌이는 권력 싸움의 장기말이 되는 데 지쳤어요."

"그렇게 생각하느냐? 그렇다면 지금 넌 내게 위협이 되는 거다, 키르타슈. 그러니 망설이지 않고 널 죽여야만 하겠지. 너처럼 문제를 많이 일으키지 않는 다른 충실한 부하들도 있으니까. 그런데도 난 네게 기회를 주고 있는 거다. 그 이유를 알고 싶지 않니? 네가 죽어가고 있다는 걸 알기 때문이란다, 아들아. 그래서 네가 그 용을 없애기를 바라는 거다. 너도 알잖니. 나와 마찬가지로……그래야만 네 목숨을 구할 수 있다는 걸.

그리고 아무리 네가 날 실망시켰어도, 아무리 인간적인 감정이 널 나약하게 하고, 그것이 내 마음에 들지 않는다 해도, 마음속으로는 네가 내 아들인 건 나로서도 어쩔 수가 없다."

놀란 크리스티안은 시선을 들어 네크로맨서를 보았다.

하지만 아슈란은 사라지고 없었다.

그들은 사막을 가로지르며 이틀을 더 이동했다. 빅토리아는 비교적 잘 견디고 있었다. 토르카 덕분에 모래 언덕을 걸어가지 않아도 되어 덜 지쳤기 때문이었다. 하지만 한편으로 그녀는 말수가 기이하리만큼 적어졌는데, 잭은 이런 이상한 침묵을 어떻게 해석해야 할지 알 수가 없었다.

키마라는 잭에게 다시는 그런 속내를 비추지 않았다. 그녀가 오아시스에서 아주 분명하고 진지한 태도를 취한 것에 대해 잭은 고마워했다. 어쨌든 그녀는 그를 불편하지 않게 하려고 자기 뜻을 일단 접은 것처럼 보였다. 잭 역시 두 사람이 나눈 말을 잊은 척했다. 하지만 여전히 그는 매력적인 키마라에게 강하게 끌리고 있었고, 앞으로 어떻게 행동해야 할지 몰랐다.

게다가, 빅토리아도 이 사실을 눈치 챈 것이 분명하다. 아마 그래서 이렇게 말 없이 차갑게 구는 건지도 모르겠다. 하지만, 그 일이 신경이 쓰인다면 왜 아무 말도 하지 않는 걸까? 왜 키마라가 가까이 오는 것도 말리려 하지 않고, 두 사람 사이에 무슨 일이 일어나도 개의치 않는다는 식으로 저렇게 무정하게 구는 걸까?

가끔씩 잭은 빅토리아의 행동에 어쩔 수 없이 마음이 아플 때가 있었다. 또 어떤 때는 키마라를 생각하고 있는 자기 자신에게 죄책감을 느끼며 자책하기도 했다. 하지만 빅토리아도 셰크와 관계를 유지하고 있지 않은가. 그렇다면 잭이 무슨 이유로 키마라를 굳이 거절해야 한단 말인가?

잭은 혼란스러운 상태에 빠져 허우적거렸다. 게다가 그의 내면에서 뭔가 이상한 일이 일어나고 있었다. 그 사실을 스스로도 눈치 챈 지 여러 날이었지만, 문제의 해결에는 진전이 없었다. 게다가 그건 여자들과는 하등 상관도 없는 일이었다.

잭은 더 강해졌고, 참을성도 많아졌으며, 스스로에 대한 자신감도 더 커졌다. 그는 종종 하늘을 바라보며 자신이 날개를 펼치고, 날기 시작하는 모습을 상상하며 혼자 놀라곤 했다. 그 모습은 이상할 정도로 낯익어 보였다. 그리고 무엇보다도 뱀에 대한 두려움이 사라졌다. 지금은 그저 뱀이 싫을 뿐, 그 이상은 아니었다.

오아시스를 떠난 지 이틀째, 해가 저물 무렵, 세 사람은 얀 족의 야영지에 도착했다. 키마라가 토르카를 그쪽으로 이끌자 잭과 빅토리아를 태운 놈도 망설이지 않고 따라갔다.

하지만 두 사람은 편한 마음이 아니었다. 그들이 유일하게 알고 있는 얀 족은 지구로 추방되어 살고 있던 콥트라는 이름의 얀이었다. 그자는 배신자였다. 두 사람은 더 많은 얀 족을 만나는 게 좋은 일일지 확신이 없었다.

키마라가 토르카에서 내려 마중을 나온 얀 족의 품으로 달려갔다. 두 사람이 말이 너무 빨라 잭도 빅토리아도 그들이 하는 말을 알아들을 수 없었다. 하지만 키마라와 그 얀 족이 두 사람에게 다가오자, 빅토리아는 자신들이 안전한 장소에 있다는 느낌이 들었다.

키마라가 미소를 지으며 말했다.

"우리 아버지, 쿠스트를 소개할게."

얀이 두 사람을 조심스럽게 쳐다보았다. 얀들은 종족 특유의 붉은 눈을 빼고는 온통 얼굴을 가리는 베일을 쓰는데, 그는 지금

베일을 벗은 상태였다. 그래서 잭과 빅토리아는 처음으로 얀 족의 얼굴을 똑바로 볼 수 있었다.

두 사람이 상상했던 것보다는 훨씬 더 인간과 닮은 모습이었다. 붉은 기가 도는 황갈색 피부는 거칠고 주름졌고, 납작한 코는 얼굴 전체에서 가장 두드러지는, 커다랗고 둥글며 숯덩이처럼 타오르는 눈 아래 자리 잡아 더 작아 보였다. 회색 머리카락은 자잘하게 무수한 갈래로 땋아 어깨 위로 늘어뜨리고 있었다.

빅토리아는 어렴풋이 요정의 일종인 두엔데의 모습을 떠올렸다. 아마 얀 족들이 대개 키가 작다는 사실과도 관련이 있을지 모르겠다.

어쨌든 그를 관찰할 시간은 많지 않았다. 조금도 가만히 있질 않던 쿠스트는 결국 낯선 사람들의 말을 기다리는 데 지쳐, 이상한 미소를 지으며 말을 걸어왔기 때문이었다.

“하디카호에잘왔다. 우리얀의언어로는‘피난처’라는뜻이란다.”

하디카호는 하나의 고정된 장소가 아니었다. 얀 부족이 캠프를 치고 텐트를 세우는 사막 어디나 하디카호였다. 키마라가 말했듯이 카슈타르 전체가 얀의 집인 셈이었다.

그날 밤 그들은 손님들을 환영하며 불가에서 야성적인 춤을 추었다. 얀 족들은 기이하고 비밀스러운 사람들이었지만 마음이 내킬 때는 무척 호의적이었다. 그렇지만 빅토리아는 만일 키마라와 같이 오지 않았더라도 그들을 이렇게 환영해주었을지 궁금해하지 않을 수 없었다.

키마라는 여자들이 아무리 같이 춤을 추자고 해도 한동안 응하지 않았다. 그녀는 혼혈이긴 해도 여느 얀 족 소녀 못지않게 아주 빼어나게 춤을 출 수 있었다. 하지만 지금은 그저 모닥불 가에 혼자 조용히 앉아 다른 여인들이 춤추는 모습을 응시하기만 할 뿐이었다.

그러면서도 때때로 키마라는 잭과 의미심장한 눈빛을 주고받았다.

조금 후 새로운 춤이 시작되었다. 이번에는 두 여자만 자리에 남았는데, 그들이 키마라를 손짓으로 불렀다. 결국 키마라가 마지못해 일어섰다. 셔츠를 벗자, 그녀는 다른 무희들과 똑같은 의상이 되었다. 헐렁한 바지에 기다랗고 고운 천을 등 뒤로 묶은 일종의 브래지어 같은 옷으로, 배와 어깨가 그대로 드러났다. 그녀는 기쁨의 소리를 지르며 춤추는 무리에 합세했다.

세 여자는 북소리 박자에 맞춰 태양 주위를 도는 행성처럼 불 주위을 돌기 시작했다. 두 팔을 옆으로 활짝 펴고 머리 타래를 팔락이며 맨발로 리듬에 맞춰 모래를 탁탁 두드렸다.

그때 한 얀 족 사내가 북소리에 맞춰 춤추며, 불타는 여섯 개의 횃불을 들고 곡예를 부리며 다가왔다. 그는 계속 빙빙 돌고 있는 여인들에게 다가가 횃불을 건네주었다. 세 여인 모두 한 손에 횃불을 하나씩 들고 그것을 돌려가며 더 빠르게 움직이기 시작했다. 불이 거의 피부에 닿을 것만 같았다. 계속 돌고 또 도는 세 여자는 마치 화염에 휩싸인 듯 보였다.

잭이 넋을 놓고 키마라를 바라보았다. 키마라의 발에서 불꽃이 피어오르는 듯 보였다. 몸 전체가 춤추는 커다란 불꽃 같았다.

누군가 갑자기 잭을 떠밀어 억지로 일어서게 했다. 무슨 일인지 깨달았을 때 그는 이미 횃불 춤의 한가운데에, 키마라와 다른 두 여인들과 이미 같이 합류한 다른 두 얀 족 사내들과 함께 서 있었다. 뭘 해야 할지 몰라 잭은 그대로 멍하니 서 있었다.

키마라가 잭의 몸 주위로 횃불을 일렁이며 두 사람 위 허공에 불길로 아치를 그렸다. 잭은 미소를 지으며 그녀를 그대로 내버려두었다. 자신이 서툴다는 건 알지만 그래도 다른 두 사내의 춤사위를 따라해보려 했다.

그들은 북소리에 맞춰 모닥불 주위를 한 바퀴, 또 한 바퀴 돌며 춤을 추었다. 스텝이 점점 더 빨라지면서 불길이 하늘을 가로지르는 번개처럼 움직이자, 주변의 놀라운 형상들이 하나로 이어져 보였다. 잭은 계속 모래 위에서 춤추는 키마라의 움직임을 따라 하며, 그녀와 함께 대담하게 불의 아치 사이로 움직였다. 점점 더 빨리, 점점 더 가까이 둘은 다가갔다. 키마라의 눈이 모닥불 불길처럼 타오르고 있었다. 그 불길에 타버린다 해도 겁나지 않았다. 빠져들 것만 같은 눈이었다.

결국 어지러움을 이기지 못해 자기 발에 걸려 넘어진 잭은 크게 웃음을 터뜨리며 그녀의 눈에서 시선을 떼었다. 키마라는 그에게 놀리는 듯한 시선을 던지며 혼자 계속 춤을 추었다. 잭은 고개를 돌려 키마라를 가만히 바라보았다. 그는 이미 힘이 다 빠져버렸지만 키마라의 활력은 끝이 없는 듯했다.

문득 잭은 빅토리아가 곁에 있다는 걸 깨달았다.

"졸려."

빅토리아가 부드럽게 말했다.

"난 그만 자러 가야겠어."

잭은 다시 현실로 돌아왔다. 빅토리아를 보자 돌연 죄책감이 들었다.

"같이 갈게."

잭이 말하자 빅토리아는 달콤한 미소를 지었다.

"그럴 필요 없어. 네가 재미있어 하는 것 알아. 넌 졸린 것 같지도 않은데, 뭘."

잭은 어찌할 바를 몰랐다.

'우리를 못 봤을 리가 없지. 아무것도 알아채지 못했을 리는 없는데. 그런데도 전혀 아무렇지도 않단 말이야?'

돌연 마음이 아프고 화가 났다. 내가 키마라와 무슨 일이 생긴다 해도 그건 당연한 일이야, 라고 그는 분한 마음에 생각했다.

"알았어, 그럼 가서 쉬어."

잭은 약간 쌀쌀맞게 대답했다.

"잘 자."

잠시 잭을 쳐다보는 빅토리아의 짙은 밤색 눈에 슬픔의 빛이 반짝였다. 하지만 모닥불만 뚫어지게 쳐다보고 있던 잭은 이를 알아채지 못했다. 빅토리아는 일어나 두 사람에게 배정된 텐트로 멀어져 갔다.

잭은 점점 더 혼란스러운 기분에 심호흡을 했다.

둥 하는 마지막 북의 울림과 함께 춤이 끝났다. 세 명의 얀 여인들이 횃불을 모닥불에 던졌고, 불길이 더 높이 치솟았다.

그때, 키마라가 잭을 향해 돌아보았다.

그녀는 아무 말도 하지 않았다. 그저 불길이 담긴 눈으로 잭을 바라볼 뿐이었다. 잭은 말이 필요 없다는 걸 알았다. 키마라가 텐트 안으로 사라지자 잭은 벌떡 일어나 그녀를 따라갔다.

빅토리아는 텐트 한 구석에 웅크리고 있었다. 그날 밤 혼자 잠들게 될 거라는 사실은 너무나 잘 알고 있었다. 이미 그럴 줄 알았기에 이해가 되기도 했지만, 그래도 질투심이 나고 서글퍼지는 건 어쩔 수 없었다.

'바보같이 굴지 마.'

빅토리아는 스스로 타일렀다.

'잭에게도 다른 여자에게 눈길을 줄 권리가 있다는 걸 너도 잘 알고 있잖아. 둘이 서로 좋아하고 함께 있고 싶어하는데 네가 방해꾼이 되면 안 되지.'

크리스티안이 아와 숲에서 '육체적 필요'에 대해 말한 기억이 떠올랐다. 크리스티안은 이미 관계의 성실성에 대해 자신이 생각하는 바를 분명히 밝혔다. 빅토리아 자신이 크리스티안과의 관계에서 이를 받아들인다면, 잭도 똑같이 대할 수 있어야 한다. 게다가 잭은 빅토리아와 셰크의 관계를 이미 받아들이지 않았던가?

크리스티안 생각을 하자, 향수가 다시 밀려와 심장이 떨렸다. 그 어느 때보다 그가 그리웠다. 크리스티안도 그날 밤 혼자 잠을 이룰지 궁금했다. 왠지 모르지만 그런 생각에 힘을 얻을 수 있었다.

어쩌면 크리스티안도 그 순간 다른 여자와 함께 있을지도 모르지만, 그의 마음은 오직 빅토리아의 것이었다. 빅토리아는 이 사실을 이해하고 받아들였다. 크리스티안 역시 빅토리아가 두 사람을 동시에 사랑한다는 것을 이해하고 받아들였기 때문이다. 그러니 잭이 똑같이 한다 해도 그리 이상한 일도, 끔찍한 일도 아닐 것이다.

크리스티안에게 지금 동행자가 있을까? 빅토리아는 다정하게 미소를 지었다. 크리스티안이 빅토리아를 미치도록 사랑한다는 데는 의심의 여지가 없다. 그렇지만 그는 수많은 밤을 혼자 보내야만 했고, 그런 밤 동안 자신은 잭의 곁에서 잠이 들었다.

'이제는 내가 혼자 잘 차례네. 네가 그랬듯이 말이야, 크리스티안.'

빅토리아는 생각했다.

'넌 내게 많은 걸 가르쳐줬지. 그중 하나가 사랑은 소유를 뜻하지 않는다는 거야. 넌 내가 너한테 속한 게 아니라고 말한 적이 있지. 단지 너에 대한 내 감정만이, 모자람이 없는 그 감정만이 네 것이라고 했지. 네 말이 전적으로 옳아. 잭과 너도 내게 속한 게 아니야. 단지 두 사람이 나에게 지닌 감정만이 내 것이지.'

따라서 설사 잭이 키마라에게 어떤 감정이 있다 해도, 그녀에 대한 감정이 적지 않다 해도 상관없다.

'난 잭에게 빚이 있어. 크리스티안과 함께 떠나버리는 모습을 잭에게 그렇게나 많이 보여주었고, 그가 나 때문에 괴로워하게

만들었으니 난 그에게 많은 걸 빚진 거야.'

가슴이 정말로 아팠다. 그래도 빅토리아는 잭과 키마라 사이에 끼어들지 않기로 결심했다. 잭이 그 혼혈 얀 족 소녀에게 감정이 있고, 그녀를 곁에 두어야만 한다면, 빅토리아는 받아들일 준비가 되었다.

'키마라는 좋은 아이야.'

빅토리아는 수도 없이 혼잣말로 되풀이했다.

'게르데 같은 사람이 아니야. 정말로 잭에게 마음이 있고, 예쁘고, 영리하고, 용감하고, 또……'

'……나보다 나이도 많아. 더……여자다워.'

키마라가 정확히 몇 살인지는 모르지만 외모로 봐서는 스무 살 정도로 보였다.

'다 잘된 거야.'

그녀는 속으로 생각했다.

'공평한 거야. 공평한 거라고.'

두 눈이 젖어들자, 빅토리아는 입술을 깨물며 눈을 감았다. 무슨 일이 있어도 울어서는 안 된다. 텐트 밖에서 누군가 자신이 우는 소리를 들을 수도 있고, 그 누군가가 바로 잭일 수도 있다. 그러니 빅토리아는 그날 밤 눈에 띄지 않아야 한다. 잭은 그녀를 잊고 싶어할 테니까.

그때 누군가 거칠게 텐트를 열어젖히더니 입구에 잠시 가만히 서 있었다. 빅토리아는 화들짝 놀라 몸을 일으켰다. 바깥에서 흘러들어오는 불빛을 가로막는 그림자는 잭이었다.

"잭!"

빅토리아가 황급히 눈가를 닦으며 소리쳤다.

"무슨 일이야?"

잭이 빅토리아 곁에 털썩 주저앉으며 몸을 떨었다. 그는 빅토리아를 끌어당겨 그녀의 손을 얼굴에 가져다댔다. 그리고 희미한 어둠 속에서 그녀를 바라보았다. 빅토리아는 눈가가 젖어 있다는 사실을 그가 제발 알아차리지 못하길 바랐다. 잭은 너무나 동요한 상태라 그것을 눈치 챌 겨를이 없었다. 그의 두 눈이 어둠 속에서 이상하게 빛났다. 마치 내면의 강렬한 불길이 더 큰 힘을 얻은 듯이.

빅토리아가 놀라 속삭였다.

"잭, 무슨 일이야?"

잭은 아무 말도 하지 않고, 느닷없이 그녀에게 뜨겁게 입맞춤을 했다. 빅토리아는 숨을 쉴 수 없었다. 잭의 행동에는 뭔가 두려운 점이 있었다.

잭이 빅토리아를 꼭 끌어안고 그녀의 밤색 머리카락에 손가락을 집어넣었다.

"난 할 수 없어, 빅토리아."

잭이 쉰 목소리로 귓가에 대고 말했다.

"그녀를 사랑하지 않아, 알겠니? 내가 사랑하는 건 너야. 너뿐이라고."

빅토리아는 잭에 대한 사랑으로 온몸이 가득 차올라 터질 것만 같았다. 이름을 부르고 싶었지만 말이 나오지 않았다.

잭이 다시 열정적으로 키스했다. 빅토리아는 두 눈을 감고 그대로 몸을 맡긴 채, 오늘 밤, 지금 이 순간 잭과 사랑을 나눌 수 있을 것 같다고 생각했다. 잭이 그걸 원한다는 느낌이 들었기 때문이었다. 그녀는 잭이 키스를 하도록 내버려두었다.

하지만 잭은 그저 그녀의 품안에 고개를 묻은 채, 팔로 그녀의 허리를 감싸고 몸을 떨 뿐이었다. 그는 그렇게 그대로 가만히 있었다. 마치 피곤한 하루를 마치고 이제야 안식처를 찾은 사람처럼.

잭이 속삭였다.

"사랑해."

빅토리아는 심호흡을 하며 눈을 감고 가슴 밖으로 넘쳐나오는 감정을 다스리려고 애썼다. 바로 그때 그녀는 자신도 미친 듯이 그를 사랑한다는 걸 깨달았다. 다정히 그의 머리를 쓰다듬던 빅토리아는 그제서야 잭의 몸이 아주 뜨겁다는 걸 알아챘다. 평소보다 훨씬 더 뜨거웠다.

"잭, 몸이 불타는 것 같아."

빅토리아가 걱정스럽게 물었다.

"괜찮은 거야?"

잭은 대답하지 않았다. 잠이 든 것이다.

빅토리아는 한숨을 쉬고는 그를 더 힘껏 안아주었다. 그녀는 잭의 안에서 고동치는 뭔가를, 당장 언제라도 터질 듯 뜨겁게 두근거리는 뭔가를 느낄 수 있었다.

'마치 잭이 아닌 것 같아.'

이런 생각을 하자 불안한 마음이 들었다.

'뭔가 이상한 일이 일어나고 있어.'

그녀는 눈을 감고 잭 옆에 몸을 웅크렸다. 그의 몸이 뿜어내는 열기에 숨이 막힐 듯했지만 신경 쓰지 않았다.

"무슨 일이 있어도,"

그녀는 잭에게 속삭였다.

"이제 널 포기하지 않을 거야. 절대로 너와 헤어질 수 없어, 잭. 더이상은."

10

용의 묘지

누군가가 잭을 깊고 무거운 잠에서 끄집어냈다.

"둘 다 일어나, 어서!"

귓가에서 소곤거리는 목소리였다. 잭은 눈을 껌벅였다. 목에 뭔가 부드럽고 따뜻한 것이 와닿는 느낌이 들었다. 빅토리아의 뺨이었다. 빅토리아가 그의 곁에 바짝 붙어 자고 있었다. 그녀 역시 막 잠에서 깨어났다.

고개를 들어보니 키마라가 불길 같은 시선으로 그를 빤히 보고 있었다. 고개를 흔들자 조금 어지러웠고 곧 지난밤에 있었던 일이 떠올랐다. 꿈이 아니었나? 그는 키마라의 텐트에 따라 들어갔었고, 그러고 나서는……

짧지만 경악스러운 순간이 지난 후, 그는 곧바로 그 텐트를 나와 빅토리아에게 돌아왔다. 안도감이 들었다. 그래서 빅토리아가 곁에 있고, 함께 잠을 깬 거구나. 아와 숲을 출발한 이후 매일 아침 그랬듯이 말이다. 그건 세상 그 어떤 것과도 바꾸고 싶지 않은 일이었다. 잭은 심호흡을 했다. 그렇다면 키마라는 두 사람의 텐트에서 뭘 하는 거지?

혼혈 얀 족이 다시 몸을 흔들자 잭은 정신이 번쩍 들었다.

"일어나라고, 어서!"

키마라가 다급하게 소곤거렸다.

"이곳에서 나가야만 해."

빅토리아가 정신을 차리려고 애쓰며 몸을 일으켰다.

"아직 밤이야?"

"수색자들 말이 시슈들이 얀 족 사람들을 모조리 다 조사하고 있대."

키마라가 빠르게 속삭이며 설명했다.

"해가 뜰 때쯤이면 놈들이 하디카호에 도착할 거야."

잭이 즉각 일어섰다.

"시간이 얼마나 남은 거야?"

"별로 없어. 그리고 조용히 빠져나가야 돼. 다른 얀들이 우릴 발견하면 뱀한테 넘길 테니까."

"왜?"

빅토리아가 물었다.

"얀 족들은 우리 편이라고 생각했는데!"

"얀들은 늘 자기들한테 가장 유리한 쪽으로 행동하지. 빅토리아, 너희들이 발각되면 그 사람들은 많은 문제에 엮이게 되는 거야. 내 말 이해하지? 아버지가 시슈들이 올 거라고 경고해주셨어. 그게 그분이 너희를 위해 해줄 수 있는 전부야. 그 정도면 대단한 거지, 내 말 믿으라고."

잭은 이미 물건들을 챙겨 떠날 준비를 하고 있었다. 그들은 근처에 묶어놓은 토르카를 데려와 조용히 하디카흐를 떠났다. 먼동이 틀 때쯤 그들은 이미 얀 마을에서 멀리 벗어나 있었다.

세 사람은 한동안 아무 말도 하지 않았다. 잭은 어쩔 수 없이 그들을 수색하며 사막을 훑고 있을 시슈들을 얼마나 더 피할 수 있을지 걱정스러웠다. 그리고 두 사람과 함께 있는 키마라에게 생각이 미쳤다.

잭이 키마라에게 말했다.

"놈들이 우리를 찾고 있다는 걸 알고 있었구나."

키마라가 고개를 끄덕였다.

"며칠 전에 알았어."

"그럼 그 이유도 알아? 예언에 대한 이야기를 들은 적 있어?"

"예언에 대해선 아무것도 몰라. 단지 십오 년 전에 용들이 전부 다 죽었는데, 너는 무슨 이유에선가 돌아왔다는 것밖에. 너와 같은 용이 더 있는지는 모르지만, 셰크들이 너희를 좋아하지 않는다는 건 확실하지."

빅토리아가 잭을 쳐다보며 당황해했다.

"내가 말한 게 아니야."

잭이 재빨리 밝혔다.

"키마라 혼자 알아낸 거야."

빅토리아는 그 말을 듣고 고개만 끄덕일 뿐, 아무 말도 하지 않았다.

잭이 키마라에게 끈질기게 물었다.

"그런데 그 사실을 알면서, 왜 계속 우리와 같이 있는 거야? 넌 큰 위험에 빠질 거야. 그런데도 괜찮아?"

키마라가 잭을 응시했다. 그 시선 속에서 그녀는 모든 것을 말하고 있었다. 그녀가 맞은편으로 고개를 돌리자, 잭은 키마라의 얼굴이 조금 붉어진 것을 보았다.

"그만 둬, 잭."

빅토리아가 다정하게 작은 소리로 말했다.

"그만 물어봐."

잭은 더 고집하지 않았다. 단지 빅토리아가 모든 일을 훤히 꿰뚫고 있다는 직감이 들 뿐이었다. 즉 키마라가 잭을 사랑하고 있고, 그 때문에 생명의 위험도 마다하지 않는다는 것. 스스로를 돌보고, 자기 일만 챙기는 얀 족의 풍습을 어기면서까지 그에게 미쳐있다는 것을. 잭이 그 사랑에 호응해주지 않을 걸 알면서도 말이다.

빅토리아가 한숨을 삼켰다. 한순간 그녀는 전날 밤 두 사람 사이에 있었던 일을 짐작할 수 있었다. 잭의 마음이 이미 다른 사람의 것이기에 그는 키마라와 밤을 보내지 않은 것이다. 잭에게 거절당한 키마라의 고통이 짐작되었다. 그런데도 혼혈 소녀는 한순간도 빅토리아를 미움이나 원망 섞인 눈빛으로 바라보지 않았고, 자연스럽게 그 상황을 받아들였다. 그게 아무리 고통스럽더라도 말이다.

빅토리아는 불현듯 키마라와 하나가 되는 느낌이 들었다. 키마라가 잭에게 느끼는 강렬한 마음을 더할 나위 없이 잘 이해할 수 있었다. 빅토리아 자신도 똑같은 걸 겪었기 때문이었다. 눈을 감고, 토르카의 등 위에 잭과 함께 올라탄 빅토리아는 그녀의 허리를 감싸고 있는 잭의 팔을 느끼며 잭이 그녀의 사랑에 호응해준다는 사실에 무척 행복했다. 하지만 그렇게 똑 부러지고 당당한 키마라가 자신이 사랑하는 만큼 사랑해주지 않는 누군가 때문에 괴로워하고 있다는 사실에 슬픈 마음이 드는 것도 어쩔 수 없었다.

어쨌든, 혼혈 얀 족은 잭과 빅토리아를 자연스럽게 믿음으로 대하며, 마치 아무 일도 없었다는 듯이 행동했다. 하지만 빅토리아는 키마라의 붉은 루비빛 눈 깊은 곳에서 그녀의 고통을 읽을 수 있었고 그 강한 내면의 힘에 감탄했다.

그에 반해, 키마라에 대한 잭의 태도는 변해 있었다. 빅토리아는 잭이 키마라에게 느꼈던 매력이 이미 사라졌음을, 이제 그녀를 예전처럼 강렬하게 쳐다보거나 그녀에게 매혹당한 표정을 짓지 않는다는 걸 깨달았다. 그래도 잭은 남매와 같은 애정과 믿음으로 키마라를 대했다. 키마라는 잭이 그나마 그녀를 곁에서 떼어놓으려 하지 않는다는 것만으로도 고마워하고 있었다. 빅토리아는 왜 그런지 이해할 수 있었다. 잭과 함께 있으면 그 다정한 목소리와 진실한 우정 덕분에 어떤 상처라도 치료할 수 있기 때문이었다. 빅토리아도 경험으로 그 사실을 알고 있었다.

샤일이 파스케 위에서 참을성 있게 기다리는 동안, 몇 미터 떨어진 곳에서 사이세이가 간티 족 사냥꾼 두 명과 이야기를 나누고 있었다. 간티 족의 언어는 상당히 기이했는데, 이둔에서 사용되는 모든 사투리가 전부 다 뒤섞인 혼합어 같으면서도 특유의 고유한 어조가 있어 알아듣기가 매우 힘들었다. 하지만 사이세이는 아무 문제 없이 그들과 대화를 나누고 있었다. 천상족들은 요하비르 신의 자손으로, 그는 바람의 신이자 또한 소통과 공감의 신이기도 했다. 아마 그래서 누군가를 해칠 수 없을 거야, 라고 샤일은 문득 생각했다. 그들은 세상 모든 사람들을 지나칠 정도로 잘 이해했고, 어쩔 수 없이 다른 사람의 입장에 서지 않을 수 없었으며, 그 덕분에 남을 미워할 수도 없었다.

아마도 그래서 사이세이는 샤일과 함께 가기로 결심했을지도 모른다.

세크의 공격 후, 존자 가에달루는 샤일이 모든 사제들의 안전에 위험이 된다는 사실을 분명히 알았다. 아무리 교왕인 하딘과 합의를 했어도, 샤일이 신전으로 들어가는 일은 단호히 금했다. 두 교단이 지닌 최후의 신전을 잃을 여지를 조금도 허용할 수 없었고, 여교왕은 세크들에게 다른 신전을 파괴했듯이 이 신전을 부술 구실을 주고 싶지 않았기 때문이었다.

그즈음, 샤일은 더이상 예언 따위는 중요하게 여기지 않았다. 그건 그들이 생각한 계획과도 맞지 않는다는 걸 그는 잘 알고 있었다. 하지만 잭과 빅토리아가 너무나 걱정되었고, 두 사람을 그냥 떠나보낸 자신을 수없이 책망했다. 샤일은 필요하다면 아위노르까지 그애들을 찾아가겠다고 사이세이에게 말했다.

사이세이가 걱정스럽게 대답했었다.

"하지만 샤일, 당신은 혼자 걸을 수 없어요."

마법사는 그 말에 아주 고약하게 대응했다. 자신이 불구가 되었다는 사실을 사람들이 상기시켜주는 것이 몹시 싫었다. 마치 이제는 그가 저항군에 거의 쓸모없는 존재라고 암시하는 것만큼이나. 그런데 사이세이는 비록 고의는 아니었지만 이 두 가지 일을 동시에 한 것이다. 정확히 무슨 말을 했는지는 기억나지 않지만 샤일은 그녀에게 상처가 될 만한 말을 퍼부었고, 하마터면 사이세이를 울릴 뻔했다. 그 일로 그는 자신을 저주했다. 그는 사이세이에게 참 못나게 굴고 있었다. 여사제는 처음 만난 그 순간부터 그에게 애정과 이해만 주었는데도 말이다.

샤일은 사이세이가 고함을 지르고, 치사하게 군다고 욕을 하며, 같이 말다툼이라도 하기를 기대했다. 아마 그랬다면 기분이 어느 정도 나아졌을지도 모른다. 하지만 사이세이는 조용한 시선을 되돌릴 뿐이었다.

'빌어먹을 천상족들 같으니.'

화가 나기도 하고 미안하기도 한 마음에 샤일이 생각했다. 사이세이는 그를 이해했고, 왜 그렇게 행동하는지 알았기에 원망하는 마음을 품지 않았다. 그녀는 샤일이 스스로에 대해 아는 것보다 그를 더 잘 알고 있었다.

'내가 진짜 망나니가 되었구나.'

샤일은 생각했다.

'내가 대체 어떻게 된 거지? 예전엔 이렇지 않았는데. 지금은 마음에 들지 않는 말만 하고, 좋아하는 사람들에게 상처만 주고 있잖아.'

그는 사이세이에게 용서를 구했다. 하지만 아이들을 찾아가겠다는 생각을 바꾸지는 않았다. 그러자 놀랍게도, 사이세이는 신전을 떠나 아위노르까지 샤일과 동행하도록 허락해달라고 가에달루에게 청했다.

그래서 지금 두 사람은 혼혈인들인 간티 족의 나라, 간타드의 언덕을 넘어가는 중이다.

간티 족은 기이한 사람들이다. 수세기 전, 시간의 여명이 밝아올 무렵, 여섯 종족이 서로 알게 되고 서로 관계를 맺게 되자 첫 혼혈족들이 태어났다고 한다. 처음에는 모든 일이 순조로웠지만, 곧 종족의 순수성을 지켜야 한다는 운동이 일었다. 즉 인간, 요정, 거인, 천상인, 바루, 얀은 서로 피를 섞는 일이 금지되었다. 혼혈인들은 거의 모든 종족에서 추방되어 간타드로 모여들었고, 이곳에 정착하여 기이한 공동체를 형성하게 되었다.

이제 순수 혈통과 교섭을 원치 않는 이들은 오히려 혼혈족들 쪽이었다. 혼혈족들끼리 피를 섞으며 수세기가 흐른 뒤, 그 결과 어떤 경우에는 모든 종족들의 특성이 다 나타나기도 하고, 또 어떤 때는 아무 종족과도 닮지 않는 이들이 나타나기도 했다.

일반적으로 그들은 여행자들에게 친절했다. 여행자들은 언제나 그저 지나가기만 할 뿐 그들 사이에 정착할 생각이 없기 때문이다. 그런데도 사람들은 여전히 그들의 땅을 피해 다니려 했고,

다른 사회에서 태어나 이제는 어디에서도 받아들여지고 있는 새로운 세대의 혼혈족들까지도 이곳을 피하고 싶어했다.

사이세이와 이야기를 나누고 있는 두 사냥꾼은 간티 족의 혼혈을 보여주는 전형적인 모습을 지니고 있었다. 한 사람은 아몬드형의 커다랗고 검은 요정족의 눈을 지녔다. 하지만 그러면서도 거인의 피가 흐르는지 상당히 덩치가 컸고, 전반적으로 인간의 용모를 하고 있었다. 다른 사람은 여자로, 얀 족 특유의 조급하며 빠른 동작을 섞어가며 말하고 있다. 또한 올리브색 긴 머리칼이 보여주듯 선조 중에는 요정도 있는 것 같았다. 하지만 피부는 천상족들처럼 푸른빛을 띠고 있었다.

드디어 사이세이가 맨머리를 숙이고 가녀린 미소를 지은 뒤, 그들과 헤어졌다. 그녀는 샤일이 있는 곳으로 돌아와 날렵한 움직임으로 파스케의 등에 올라탔다.

"이곳을 지나가지는 않았네요."

사이세이가 알려주었다.

"간타드에서는 아무도 그 아이들을 본 사람이 없어요. 사냥꾼들 짐작으로는 만일 아위노르를 향해 가는 거라면 십중팔구 변화의 산맥의 통로인 엘 파소를 지나갔을 거라고 하네요."

"사막 길을 택한 거군."

샤일이 상황을 파악하고는 불안해했다.

"하지만 빅토리아는 그런 장소로 들어가서는 안 되는데. 주위에 마법이 필요해요, 그애는……"

또다시 똑같은 이야기가 시작되었다는 걸 깨닫자 그는 그대로 입을 다물었다. 최근 들어 샤일은 빅토리아의 안전을 걱정하며 점점 더 성가시게 굴고 있었다. 그 자신도 이 사실을 잘 알고 있지만 어쩔 수가 없었다.

사이세이가 미소를 지었다. 보아하니 그다지 마음 쓰지 않는 것 같았다.

“잘 있을 거예요. 잭과 같이 있잖아요.”

다른 상황이었다면 그것만으로도 충분했을 것이다. 하지만 너무나 많은 일 때문에 샤일은 마음속으로 죄책감이 들었다.

빅토리아 곁에 함께 머물러 있어주지 못한 것, 자신이 수수께끼처럼 사라져 있는 동안 소녀에서 여인으로 자라는 모습을 지켜보지 못하고 그 시간을 놓쳐버린 것, 조언을 해주고, 이끌어주고, 유니콘의 천성에 대한 비밀을 알려주고, 영혼에 밀려오는 혼란스러운 감정들의 비밀을 풀도록 옆에서 도와주지 못한 것. 그리고 무엇보다 그 아이를 곁에서 떼어놓으려 했던 말들. 그때는 별로 이상할 것 없다고 생각했지만, 바로 그날 밤 잭과 빅토리아는 저항군을 떠난 것이다. 그때는 빅토리아를 못 보게 될 줄 몰랐다. 하지만 그건 변명이 되지 못했다.

그때 사이세이가 말했다.

“하아이 새를 부를 수 있어요. 그럼 더 빨리 여행할 수 있을 거예요.”

샤일은 사이세이가 무슨 말을 하는지 알아들었다.

천상족들은 신비한 노래를 알고 있는데, 그 노래를 소리 높여 부르면 그들을 태워줄 황금새가 찾아왔다.

천상족은 그 새를 '친구들'이라는 뜻의 '하아이'라고 불렀는데, 다 이유가 있었다. 하아이 새들은 독특한 풍경을 이루며 드문드문 부드럽게 치솟은 바위들이 평원의 지평선 위로 서 있는 셀레스티아 고원에서만 산다. 새들은 그 바위투성이 지층의 높은 곳에 둥지를 트는데, 어찌나 높은지 아무도 다가갈 수 없었다. 오로지 공중부양 능력을 타고난 천상족들만이 이 둥지까지 떠올라 닿을 수 있었고, 시간이 지나면서 그들은 하아이들의 언어와 이 새들이 부르는 아름다운 노래를 배웠다. 그리고 천상족들이 이 노래를 부르면 하아이들이 기꺼이 날아오게 되었다. 반면에 천상족들은 이 아름다운 새들을 돌보며, 맛있는 먹이도 갖다주고, 아플 때는 치료도 해주었다.

마법사는 한순간 아위노르까지 곧장 날아갈까 생각했지만, 좀 더 숙고해야 했다. 셰크들이 잭과 빅토리아가 어딘가로 향했다는 사실을 알고 있다면, 아위노르 하늘도 끊임없이 순찰하고 있을 것이다. 지상으로 이동하는 게 분명 그들의 주의를 덜 끌 것이다.

그는 머리를 가로저었다.

"아니오, 사이세이. 계속 파스케를 타고 이동하는 게 더 안전해요. 어쨌든 우린 곧 두 사람을 따라잡을 테니까. 그애들은 걸어서 가고 있고, 또……"

그는 말을 잇지 못하고 괴로워했다.

"그 일은 생각하지 말아요."

사이세이가 샤일의 마음을 들여다본 듯 이해심 많은 어조로 대답했다. 그녀는 샤일에게 몸을 기울이더니 뺨에 다정하게 입맞춤을 했다.

마법사는 멍하니 있었다. 사이세이가 이런 행동을 한 건 처음이었기 때문이었다. 두 사람은 서로에 대한 감정을 의식하고 있었고, 특히 사이세이는 다른 사람의 마음을 읽는 탁월한 능력이 있었다. 하지만 둘을 갈라놓는 일들이 너무나 많았다. 샤일 역시 완수해야 할 임무가 있다. 저항군의 골수분자로 알려진 그는 사이세이를 이 일에 끌어들이고 싶지 않았다. 너무 위험한 일이기 때문이었다.

그렇지만, 지금 이 순간 두 사람은 함께 이동하고 있고, 그는 사이세이가 이미 그의 일에 관여하기로 했다는 걸 깨달았다. 그리고 사이세이의 맑은 보랏빛 눈을 쳐다보자 오랫만에 마음속에서 빛나는 한줄기 희망의 빛을 본 듯한 느낌이었다.

이동하는 며칠 동안은 별다른 어려움이 없었다. 사막의 경계에 이를 때까지 예상보다 시간이 좀더 걸렸는데, 키마라가 근처에 있는 모든 오아시스에 들르느라 빙 돌아갔기 때문이었다. 빅토리아는 쉬면서 마법을 회복시켜야 했다. 키마라에게 그렇게 부탁하지는 않았지만, 길잡이는 그녀에게 그럴 필요가 있다는 걸 알고는 일부러 그렇게 해준 것이다.

경험 많은 길잡이 덕분에, 그들은 부주의한 여행자가 빠질 수 있는 모든 함정을 피할 수 있었다. 세크들이 하늘에서 그들을 감시했지만, 다행히 잭은 멀리서도 그들을 감지할 수 있었다. 놈들 중 하나라도 가까이 오면 잭의 온몸에 소름이 돋고, 안에서 타오르는 불길이 더욱 거세졌다. 그 덕분에 잭과 두 친구는 날개 달린 뱀들이 다가오기 전에 모래 언덕 사이에서 변장할 여유를 넉넉히 가질 수 있었다.

하지만 잭은 망토가 점점 더 효력을 잃어가는 느낌이 들었다. 때때로 셰크들이 세 사람이 숨은 장소 위를 계속 날아다니는 걸 보면, 마치 정확히 어디인지는 몰라도 뭔가 있다는 걸 감지한 듯 보였기 때문이었다. 빅토리아에게 그 이야기를 하자, 그녀는 걱정스러운 표정으로 고개를 흔들었다.

"망토 탓이 아니야, 잭. 너 때문이야. 언젠가부터 네 힘이 너무 강해져서 망토로 숨기기가 점점 힘들어지고 있어."

놀란 잭은 사막으로 들어온 이후 자신에게 일어나고 있는 이상한 일들을 빅토리아에게 털어놓았다.

"우리가 점점 더 아위노르에 가까워지기 때문일까?"

"아마도."

짧은 망설임 뒤에 빅토리아가 대답했다.

"하지만 뭔가가 더 있는 것 같아."

"뭔데?"

하지만 빅토리아는 머리를 가로저었다. 단지 직감일 뿐이라 뭐라고 설명할 수가 없었다.

마침내 어느 오후, 용의 왕국 아위노르의 부드러운 지표 위로 우뚝 솟은 산들이 멀리서 어렴풋이 보였다. 키마라가 칼날의 뒤틀린 단면처럼 보이는 지점을 가리켰다.

"저기 보여?"

키마라가 속삭였다.

"아위노르 탑의 폐허야. 마법 종단의 또다른 중심지였지. 용들이 살아 있을 때는, 다른 생명체들은 아무도 저기까지 갈 수 없었어. 얀 족들은 저 탑을 웨나위노르, 즉 아위노르의 문이라고 불렀지. 하지만 이제는 십여 년 넘게 폐허로 남아 있을 뿐이야. 내가 아주 어렸을 때 파괴된 거라 나는 탑이 제대로 서 있는 모습을 한 번도 보지 못했어."

잭이 한동안 지평선을 물끄러미 응시하고 있었다.

"아위노르."

잭은 짧게 내뱉었다.

"내가 태어난 곳……내 일부가 저기서 태어났구나."

잭이 앞으로 나아가려고 토르카에게 박차를 가하자 키마라가 토르카의 고삐를 잡았다.

"기다려."

그녀는 토르카에서 펄쩍 뛰어내려 땅바닥에 쪼그리고 앉았다. 손을 모래언덕에 푹 집어넣더니 모래를 두 손 가득 들어올렸다. 카슈타르 사막을 뒤덮은, 연어처럼 약간 붉은빛이 도는 고운 모래였다. 잭과 빅토리아는 키마라가 모래언덕 높은 곳으로 올라가는 모습을 보았다. 언덕으로 기어올라간 키마라가 손을 들어올려 바람에 모래를 날리자, 모래는 바람에 실려 아위노르 방향으로 날아갔다.

키마라는 팔을 내리고 기다렸다. 잭은 무슨 일을 하는 건지 묻고 싶었지만 빅토리아는 키마라의 정신집중을 깨뜨리고 싶지 않다는 듯 사려 깊게 조용히 기다렸다. 잭도 빅토리아를 따랐다.

한참이 지나자 다시 바람이 불어와 키마라의 머리칼과 옷을 흩뜨렸다. 키마라는 그 자리에서 꼼짝도 않고 있다가, 어느 순간 다시 손을 들어올렸다.

바람이 모래 알갱이들을 실어와 키마라의 머리 위에 흩뿌렸다. 키마라는 눈을 감고 모래가 얼굴과 손바닥을 쓰다듬도록 내버려 두었다. 그러고 나서 바람이 다시 잠잠해졌다. 키마라가 눈을 뜨더니 말했다.

“아위노르 경계에서 놈들이 우리를 기다리고 있어. 시슈가 거의 백여 놈 정도 돼. 셰크도 여러 마리고. 우리가 가까이 온 걸 아는 게 분명해. 길목을 막으려는 거야.”

빅토리아가 숨죽인 탄성을 내뱉었다. 잭이 어리둥절하여 물었다.

“어떻게 알았어?”

카마라가 덤덤하게 말했다.

“사막이 말해줬어.”

더 물어봤자 소용이 없겠다 싶었다. 잭은 키마라의 말이 사실이라고 믿기로 했다. 그는 내면에서 맥박 치는 무언가를 느끼고 손을 관자놀이로 가져갔다. 뱀들이 있는 곳으로 곧장 토르카를 몰고 뛰어들어가 모든 걸 휩쓸어버리고픈 충동이 일었다.

잭은 모든 힘을 동원해 스스로를 억눌렀다. 지금 상황에서는 그렇게 맹목적으로 굴 수 없었다. 빅토리아와 키마라를 돌봐야만 했다. 두 사람을 위험에 빠뜨려서는 안 된다.

"좋아."

그는 이성을 유지하려 애쓰며 말했다.

"놈들이 우리를 보지 못하게 통과할 수는 없어?"

"없어."

키마라가 고개를 저으며 대답했다.

"싸워야만 할 거야."

"시슈 백여 마리와 셰크 여러 놈을 상대로 우리 셋이서?"

잭은 어이가 없어 고개를 흔들었다.

키마라가 불길 어린 시선으로 잭을 똑바로 쳐다보았다.

"하지만 넌 용이잖아."

그녀는 불굴의 신념과 열의를 담은 어조로 말했다.

"너라면 놈들 모두와 맞설 수 있어."

잭이 자조 섞인 웃음을 터뜨렸다.

"한 놈씩 상대해서 싸울 수는 있겠지. 하지만 한꺼번에 예닐곱 마리는 어림도 없어. 셰크들은 용과 대등한 상대야. 무슨 말인지 알겠어? 셰크 하나가 용 하나와 맞먹는 거야."

"그럼 용 하나면 셰크 한 놈은 이길 수 있다는 거네?"

잭의 머릿속에 도미바트로 하이아스를 부쉈을 때의 소리와 졌다는 사실을 알고 증오와 동요가 뒤섞인 표정을 짓던 키르타슈에 대한 기억이 번개처럼 스쳐지나갔다.

"무슨 말을 하고 싶은 거야?"

"협곡을 하나 알고 있어."

키마라가 말했다.

"아주 좁은 통로인데 분명 놈들이 감시하고 있을 거야. 하지만 많은 인원이 머물 공간은 없어. 많아야 셰크 한두 놈이나 시슈 정찰대 한 팀 정도. 우리가 기습 공격을 하면 성공할 가능성이 있을 거야."

"설사 우리가 통과한다 해도, 금방 셰크들이 위에서 덮쳐올 텐데."

"아위노르에서는 그럴 수 없어. 일단 우리가 용의 땅으로 들어서면, 놈들은 쫓아오지 않을 거야."

"무슨 이유로 그렇게 장담하는 거야?"

"아무도 용의 땅에는 들어가지 않으니까, 잭."

키마라가 나직이 말했다.

"셰크들조차도 말이야."

잭은 인상을 찡그렸다. 도통 무슨 소린지 알 수가 없었다. 셰크들이 들어가기를 겁내는 장소가 있다는 게 상상이 되지 않았다. 하지만 한 번 더 키마라를 믿기로 했다. 잭은 빅토리아를 쳐다보았다.

"네 생각은 어때?"

빅토리아는 결심을 한 듯 고개를 끄덕였다. 잭은 빅토리아가 지금 이 순간 크리스티안 곁에 있거나, 아와 숲에서 그저 무사히 지낼 수 있는데도 자신과 동행하겠다고 나섰고, 지금도 자신을 아낌없이 지지해주고 있음을 새삼 느꼈다. 그 어느 때보다도 더 빅토리아가 사랑스러웠다. 잭은 미소를 지으며 다정히 그녀의 뺨을 어루만졌다.

"그래, 좋아."

잭이 키마라에게 시선을 보내며 말했다.

"협곡 쪽으로 시도해보자."

슈센은 그 장소가 어째 영 편치 않았다.

그곳은 매복하기에 완벽한 장소였다. 이 점은 부정할 수 없다. 좁고 여기저기 굽어든 곳이 많아 몸을 숨기고 먹잇감을 기다리기에 안성맞춤이다. 시간이 얼마가 걸리든 문제가 되지 않았다. 참을성은 셰크들의 가장 큰 덕목 중 하나니까.

하지만, 아무리 그렇다 해도 이 장소는 왠지 불안한 마음이 들었다. 바로 등 뒤, 모퉁이를 돌면 협곡이 있고, 그 길이 으스스하게 펼쳐진 거대한 묘지로 통하기 때문이었다.

다른 셰크들처럼 슈센도 용들이 전멸되었다는 사실에 신이 났다. 아위노르의 저 황량한 풍경은 날개 달린 뱀들의 명백한 승리를 상징하는 것이다. 하지만 나뒹구는 저 용들의 흰 뼈다귀들에는 전율이 일게 하고 몸 안에서 이상한 향수를 일깨우는 뭔가가 있었다.

셰크의 본성은 용을 미워하고 그들과 맞서 싸우도록 요구해왔다. 이제 천적인 용이 전멸해버렸고, 셰크로서 본능의 일부가 이제는 더이상 아무 의미도 없어졌기 때문에 생겨난 감정일 수도 있다.

그는 눈을 가늘게 뜨고 현재 상황에 집중했다. 알려준 정보에 따르면, 최후의 용이 아위노르로 향하고 있다고 했다. 슈센은 놈이 이 협곡으로 지나가길 바랐다. 다른 대부분의 셰크들처럼 그는 아직까지 한 번도 용과 싸워본 적이 없었다. 싸우고 싶어 좀이 쑤실 지경이었다.

정찰하고 있는 시슈들이 제자리에 있는지 확인하려고 그는 바위 사이로 슬그머니 내려갔다. 잘하고 있는 줄은 이미 알고 있지만 그래도 어쨌든 확인하기로 했다.

그는 돌연 고개를 들고 눈을 가늘게 떴다. 저게 뭐지? 조금 멀찍이 떨어진 바위 사이에 뭔가 숨어 있는 것 같은 느낌이 들었다. 뭔가가 열기를 내뿜고 있었다. 슈센은 몸을 곧추 세우고 균형을 잡기 위해 날개를 활짝 펼쳤다.

그때, 열기가 훅 끼쳐왔다.

평범한 포유류의 체온으로 보기엔 너무나 뜨거웠다. 그는 쉭쉭거리며 성을 냈다.

시슈들은 슈센의 긴장을 감지했지만 지시를 기다리며 미동도 하지 않았다. 슈센이 텔레파시로 명령을 내렸다.

'자리를 뜨지 말고 계속 경계하라. 함정일 수도 있다.'

열기의 근원지가 점점 더 강하게 맥박 치고 있었다. 쿵쾅 쿵쾅. 아주 강렬하게. 하지만 용이라고 하기엔 몸집이 너무 작았다. 그러다 문득, 그들이 잡아야 할 용이 인간의 몸으로 변신해 돌아다니고 있다는 말을 들은 기억이 떠올랐다.

그는 최면을 거는 눈으로 바위를 뚫어지게 쳐다보며 좀더 가까이 다가갔다. 놈을 발견한 것이다. 용도 제가 발각되었다는 것을 틀림없이 알아차리고, 모습을 드러내고 방어하는 수밖에 없을 것이다. 그리고 싸워야만 할 것이다. 슈센의 비늘 덮인 몸통은 생각만으로도 전율이 일었다.

그때 뒤에서 봇물 넘치듯 솟아 흐르는 힘이 느껴졌다. 그는 번개처럼 재빨리 뒤돌아보았지만 이미 너무 늦었다.

협곡 맞은편에서 그의 몸을 노리고 광선이 쏟아져나왔다. 슈센은 한쪽으로 피하며 화를 냈지만 빛줄기가 명중하여 날개를 뚫어버리고 말았다. 세크는 고통과 분노에 찬 비명을 내지르며 감히 자신을 공격한 놈을 찾아 시선을 돌렸다.

바로 그때, 숨어 있던 존재가 거친 비명을 지르며 뛰쳐나와 슈센과 마주쳤다. 이 세상의 모든 불길이 그 초록색 눈 안에 반짝이는 듯했다. 슈센은 한순간 넋을 잃고 자신을 덮치려는 불의 검을 응시했다. 하지만 곧바로 정신을 차린 그는 차가운 분노를 눈 속에 담고, 몸을 바로하며 용의 체취를 풍기는 소년과 마주했다. 그러는 사이 머릿속으로는 시슈들에게 공격을 가하라고 명령을 내렸다.

얀 족의 전사들이 지르는 부엉이 울음 같은 소리에도 그는 전혀 신경 쓰지 않았다. 오직 용만이 중요했다.

조금 떨어진 곳에서 시슈들은 빛을 발하는 이상한 지팡이를 든 소녀와 바위 이쪽저쪽을 재빠르게 뛰어다니는 또다른 그림자와 마주쳤다. 그림자는 작은 활로 작살 비슷한 단도를 사방으로 쏘아 백발백중으로 맞히고 있었다.

그래봐야 여자 둘일 뿐이었다. 불의 검을 든 소년은 슈센이 맡을 것이다. 그런데도 시슈들은 마음을 놓지 않았다. 단 셋만으로도 그들을 놀라게 할 정도라면, 상당한 라이벌이 될 수 있다는 사실을 알아차릴 만큼 그들은 영리했다.

지팡이를 든 소녀는 두 명 정도가 겨우 가까스로 다가갈 수 있는 곳에 자리 잡고 방어하고 있었다. 얀 족 소녀 쪽으로는 거의 접근이 불가능했다. 협곡 위쪽을 오가며 치명적인 단도를 던져대고 있기 때문이었다. 시슈들은 곧 지팡이와 거리를 두는 법을 익혔지만, 그들을 향해 쏘아대는 막강한 빛줄기와 맞서 아무것도 할 수 없었다.

용의 분노 때문에 관자놀이의 핏줄이 맥박치고, 몸이 평소보다 더 많은 열을 내뿜었다. 잭은 그 열기를 그대로 검에 실었다. 셰크의 구불거리는 몸통이 잭을 칭칭 감으며 사방을 에워쌌지만, 잭은 도미바트의 칼날을 휘두르며 놈을 떼어놓았다. 뱀이 날카롭게 비명을 지르며 치명적인 번개처럼 덮쳤다. 하지만 잭이 일격을 가하자 어쩔 수 없이 뒤로 물러섰다.

셰크는 어안이 벙벙해한 모양이었다. 잭은 곧 그 이유를 알았다. 셰크가 최면을 걸어 잭을 마비시키려 애쓰고 있었지만 무슨 이유에서인지 잭에게 아무 효과도 발휘하지 못하고 있는 것이었다. 잭은 불과 얼마 전, 키르타슈가 정신의 힘으로 거미줄에 걸린 곤충처럼 자신을 붙들어놓은 채 조각상처럼 꼼짝도 못 하게 했던 기억이 떠올랐다. 그때는 빅토리아 덕분에 겨우 그 셰크의 분노에서 벗어날 수 있었다.

하지만 그날 밤 이후 많은 일들이 일어났고, 잭도 변했다. 지금은 그 어느 때보다도 강하고 힘이 세진 느낌이었다. 이제 더이상 뱀이 무섭지도 않았다. 자신이 뱀들보다 열등하지 않으며, 그들과 대등한 존재라는 사실을 알기 때문이었다. 그 때문에 세크들은 잭에게 최면의 힘을 다른 희생자들에게처럼 발휘할 수가 없었던 것이다.

잭이 거친 고함을 지르며 세크에게 돌진하더니 물결치는 기다란 몸통을 베어버리고 말았다. 세크는 고통에 찬 비명을 지르며 꼬리에 붙은 불을 끄려고 몸을 뒤틀었다. 잭은 내면의 용이 자신을 풀어달라고 하는 걸 느꼈다.

"잭!"

빅토리아의 목소리에 그는 다시 현실로 돌아왔다. 빅토리아와 키마라가 시슈들 사이에 길을 뚫고 아위노르 내륙을 향해 협곡 쪽으로 달려가는 게 보였다. 잭은 있는 힘을 다해 뛰쳐나오려는 내면의 용을 자제시키고는 두 사람을 따라 달리려 했다.

그러나 절대 세크에게 등을 돌려서는 안 되었다. 잭은 뱀이 뒤에서 몸을 일으키며 쉭쉭거리는 소리를 들었다. 그는 놈과 맞서려고 뒤돌아섰다.

하지만 뭔가가 둘 사이에 끼어들었다. 빛을 내뿜는 광선이 정통으로 세크의 얼굴을 맞혔다. 뱀은 쉭쉭 소리를 내며 잔뜩 화가 나 뒷걸음질쳤다. 세크의 시선은 여전히 빅토리아를 노려보고 있었다. 빅토리아는 지팡이를 높이 들고, 신중하게 거리를 두며 조심스럽게 뱀을 지켜보았다.

"잭을 건드릴 생각은 꿈도 꾸지 마."

빅토리아가 진지하게 경고했다. 셰크와 계속 맞붙을 거라고 생각하자 잭의 내면의 한 부분이 기뻐하며 전율이 일었다. 온 마음을 다해 저 셰크를 죽이고 싶었고, 놈들이 불러일으킨 이 비이성적인 증오를 확 풀어놓고 싶었다.

하지만 빅토리아가 달리기 시작했다. 그녀는 잭을 잡아끌어 억지로 앞으로 나가게 했다.

이렇게 두 사람은 뱀들을 뒤로 따돌리며 아위노르의 심장부를 향해 달려갔다.

슈셴은 그들이 떠나는 모습을 보았다. 그는 갈라진 혓바닥을 내밀어 지팡이에 깃든 마법 때문에 생긴 상처를 핥았다. 꼬리와 오른쪽 날개에도 부상을 당했다. 이제까지 이런 식으로 그에게 상처를 입힌 사람은 아무도 없었다.

시슈 대장이 물었다.

"쫓아갈까요?"

슈셴은 부대원들이 자리 잡고 있는 곳으로 시선을 돌렸다. 뱀인간 일곱 중 둘은 부상을 당했다.

'아니.'

결국 슈셴은 고개를 저었다.

'경계태세를 취하고 원조를 청하자. 놈들이 간신히 들어가기는 했지만 그곳에서 살아서 나오지는 못할 거다.'

온갖 색으로 번득이는 그의 눈이 그 혐오스러운 검이 내뿜던 불길을 떠올리며 순간 반짝했다. 조금만 운이 좋으면 상관들이 다시 한 번 그 용과 맞서게 해줄지도 모른다. 놈을 죽이는 기쁨을 바로 자신이 맛볼 수 있기를 그는 간절히 원했다.

키마라는 덜덜 떨며 바위 옆에 몸을 웅크렸다.

키마라가 말했다.

"난 더이상 같이 못 가."

잭이 키마라에게 몸을 숙였다.

"하지만 이곳에 있으면 안 돼. 위험해."

키마라가 고개를 가로저었다.

"갈 수 없어, 잭. 얀 족은 용을 든든한 친형제처럼 존경하고 존중해. 하지만 그래도 용은 우리보다 우월한 존재야. 아위노르는 성스러운 곳이었어. 지금은 용의 잔해들이 고스란히 남아 있는 곳이니 더욱 그렇지. 어떤 얀 족도 이 땅에 모습을 드러내는 불경을 저지를 수 없어. 나한테 억지로 그런 일을 시키지는 마."

전부 다 납득한 건 아니지만 잭이 고개를 끄덕였다.

"그럼, 우리를 기다려줄래?"

키마라가 뜨거운 눈빛으로 잭을 쳐다보았다.

그녀는 잭에게 약속했다.

"널 기다릴게."

잭이 미소를 지으며 다정하게 손을 잡았다.

"오래 걸리지 않을 거야. 조심하고, 알았지?"

잭은 조금 떨어져 서 있던 빅토리아에게 다가갔다. 둘은 함께 아위노르의 심장부를 향해 계속 길을 갔다.

두 사람을 맞이한 풍경은 살풍경하기 그지없었다. 땅바닥은 회색의 먼지투성이로, 여전히 십오 년 전 이 땅을 샅샅이 태워버린 불길이 만들어낸 잿더미에 덮여 있었다. 태양들은 불길한 안개층에 가려져 있었다. 때때로 휙 하고 돌풍이 불며 먼지 회오리를 일으켜 발목을 휘감기도 했다.

곧 두 사람은 첫번째 용을 보았다, 아니 그 첫번째 용이 남겨놓은 잿더미에 반쯤 묻힌 희뿌연 거대한 해골을 보았다. 잭이 빅토리아의 손을 세게 잡았다. 빅토리아는 심장이 죄어와 걱정스럽게 친구를 바라보았다.

빅토리아는 다정하게 잭에게 물어보았다.

"정말로 계속 가고 싶니, 잭?"

잭이 이를 악물며, 단호한 표정으로 고개를 끄덕였다.

두 사람은 하루 종일 용의 유골들 사이, 회색 먼지 위를 걸어다녔다. 천체 결합의 치명적인 빛 아래 하늘에서 떨어져내린 그대로 산산조각 나 부서져 있는 것들도 있었다. 또 소리 없는 공포의 비명을, 혹은 구원의 비명을 지르듯 입을 벌리고 있는 것들도 있었다.

잭은 아무 말도 하지 않았다. 그저 자동 로봇처럼 걸어다니기만 할 뿐이었다. 잭의 눈가에 어린 물기를 본 빅토리아는 내내 그의 손을 놓을 수가 없었다. 그것이 그녀가 전할 수 있는 유일한 위로였다. 눈앞에 펼쳐진 이 황량한 광경을 보니 잭이 느끼는 비통함과 혼란, 무력감을 가라앉힐 수 있는 것은 아무것도 없다고 느꼈기 때문이었다.

빅토리아는 그제야, 크리스티안이 헤어질 때 잭이 그 어느 때보다 빅토리아를 필요로 할 거라고 했던 말이 무슨 말인지 이해가 되었다. 크리스티안이 몹시 그립기는 했지만 그래도 자신이 잭과 같이 와서 다행이고, 자신이 있어야 할 곳은 바로 여기, 아위노르라는 걸 그녀는 깨달았다.

문득 빅토리아는 잭이 특정 방향을 향해 가고 있다는 걸 깨달았다. 이상한 일이었다. 겉으로 보기에 잭은 자신이 어디로 가는지 의식조차 하지 못하고 있는 것 같았기 때문이었다.

드디어 엷은 안개가 마지막 석양 아래 붉게 변할 무렵, 잭은 언덕 앞에서 발걸음을 멈추고, 감정을 억누르는 듯한 표정으로 바라보았다.

"여기야."

빅토리아는 시선을 들어 높은 곳에 입을 벌리고 있는 동굴을 보았다.

두 사람은 산들을 지나쳐오면서 이렇게 군데군데 뚫린 동굴을 많이 보았다. 용의 둥지, 살아 있는 모든 용들이 오래전에 도망쳤던 둥지들. 조금 전까지 잭은 다른 동굴들에는 별다른 관심을 기울이지 않았다.

빅토리아는 침을 삼키고 왜 이 동굴이 특별한지 깨달았다. 잭을 바라보니 불안하기도 했고, 한편으로 그의 본능이 이렇게 정확하다는 사실이 놀랍기도 했다.

잭은 바위의 경사면을 기어오르기 시작했다. 빅토리아는 망설였다. 지금이 잭에게 매우 중요한 순간이라는 걸 알지만 혼자만의 시간을 가지도록 밖에서 기다려야 할지, 아니면 함께 가서 힘이 되어줘야 하는 건지 확신이 없었다. 결국 그녀는 잭을 따라가기로 했다.

빅토리아가 동굴 입구에 이르렀을 즈음, 잭은 이미 안으로 들어가 있었다. 도미바트를 칼집에서 꺼내 그 불길로 동굴 안을 횃불처럼 비추었다. 빅토리아는 공포에 찬 비명이 새어나오는 걸 참았다.

알껍데기들, 미니어처처럼 작은 용의 해골들……지금까지 밖에서 본 풍경을 작게 축소해놓은 듯한 이 풍경은 너무나 슬프고 처참했다.

용은 막강한 존재였다. 그들의 잔해를 보니 슬픔과 경의가 동시에 솟구쳤다. 이 생물들은 알에서 나오자마자 죽었고, 결국 세 태양의 햇살조차 받아보지 못한 것이다. 빅토리아는 머리칼이 쭈뼛쭈뼛 섰다. 이 현실이 너무나 부당하다고 느낀 그녀의 눈에 눈물이 차올랐다.

그녀는 잭이 앉아 있는 동굴 안쪽으로 다가갔다. 잭은 먼지투성이 알껍데기 옆에 무릎을 꿇고 있었다. 다른 용의 알들과 마찬가지로 크고 얼룩덜룩했다. 하지만 잭에게는 그냥 단순한 알이 아니었다.

"이거야?"

빅토리아가 잭 옆에 쭈그려 앉으면서 속삭였다.

잭이 조용히 고개를 끄덕였다. 눈가가 젖어 있었고, 눈을 감자 눈물이 뺨을 타고 흘러내렸다. 빅토리아는 잭을 세게 안아주었다.

"내가 이 알에서 태어난 거야."

잭은 슬프고, 놀랍고, 당혹스러워하면서 말했다.

"알 수 있어, 어찌나 확실한지 마치 껍질에 내 이름이라도 씌어 있는 것 같아."

빅토리아가 다정하게 잭의 머리를 쓰다듬으며 두 팔로 안아 달래주었다.

"하지만 또……난 인간의 몸에서 태어나기도 했지."

잭이 혼란해하며 말을 이었다.

"우리가 살던 세상의 다른 인간 아기들이 그랬듯이 병원에서 말이야. 너무……이상해."

빅토리아도 자신에 대해 생각하지 않을 수 없었다. 빅토리아는 지구의 부모님을 알지 못한다. 그리고 설사 알리스 리스반으로 찾아간다고 해도, 알껍데기는커녕 유니콘으로 태어났다는 증거조차 찾을 수도 없을 것이다.

그녀는 머릿속에 떠오른 생각을 떨쳐버렸다. 자신의 출생에 대해 의문을 제기하고 싶지는 않았다. 그건 너무 가슴 아픈 일이다. 그녀는 현재에, 그리고 미래에 집중하기로 했다. 그녀의 마음속에 잭과 크리스티안의 얼굴이 동시에 떠올랐다. 하지만 지금 이 순간 자신이 함께 있어야 할 사람은 잭이었다.

그때 한줄기 돌풍이 불어와 주변의 안개를 걷어냈다. 그들은 근처에 널린 다른 용의 유골을 보았다. 너무나 많은 뼈다귀들을 보았던 탓에 빅토리아는 별다른 주의를 기울이지 않았지만, 잭은 돌연 걸음을 멈추더니 물끄러미 유골을 쳐다보았다. 그리고 빅토리아의 손을 놓고 그곳을 향해 느닷없이 달려가기 시작했다. 빅토리아는 심장이 죄어오는 듯한 느낌으로 잭을 따라갔다.

잭은 잿더미 위에 무릎을 꿇었다. 거대한 용의 두개골이었다. 튼튼한 이빨들과 이마 뒤로 뻗어난 두 개의 뿔이 달려 있었다. 빅토리아는 조금 으스스하고 무서웠다. 하지만 잭은 마치 세상에서 가장 아름다운 것을 바라보듯 그것을 쓰다듬었다. 빅토리아에게 시선을 돌린 그의 초록색 눈에는 눈물이 넘쳐흘렀다.

"이건……우리 엄마야, 빅토리아."

빅토리아는 충격을 받아 한 손을 입으로 가져갔다.

"잭……"

그녀는 속삭이며 그의 이름을 불렀다.

잭이 고개를 떨구고 어깨를 들썩이며 흐느꼈다.

"난 부모님이 네 분이야. 인간 부모님 두 분, 용 부모님 두 분. 그런데 네 분 모두 돌아가셨어."

잭은 빅토리아를 쳐다보았다.

"내 말이 무슨 말인지 알지? 너도 같은 일을 겪었으니까. 넌 그 분들이 보고 싶지 않니?"

"난 한 번도 그분들을 뵌 적이 없어."

빅토리아가 담담히 대답했다.

"난 내가 뭘 잃어버렸는지조차 몰라."

잭이 분노와 고통이 가득한 표정으로 일어서며 주위를 둘러보았다. 지금은 불길한 묘지에 불과하지만, 아름다웠던 예전에 이 땅에 살았던 용들의 영혼이 속삭이는 소리가 들려오는 듯했다.

그는 두 주먹을 불끈 쥐고 자기 안에서 치밀어 오르는 대로 고함을 내질렀다. 슬픔과 무력함이 팽배한 고함을. 안개 낀 하늘을 향해 내지르는 그 소리는 세상의 모든 용들을 애도하는 소리처럼 들렸다.

잭은 심장이 천천히 고동치는 것을 느꼈다. 그 소리가 어찌나 거센지 마치 귓가에 북을 두드리는 듯했다. 피가 들끓고, 안에서 불길이 확 일어나 심장에서부터 번져나가는 기분이었다. 그는 용이 자신의 몸을 지배하고 안팎의 혈관을 통해 흐르며 스스로를 다시 재생시켜 생명을 불어넣게 내버려두었다. 그는 또다시 고함을 질렀다. 이번에는 자유의 울부짖음이었다.

다시 눈을 떴을 때는 그는 이제 더이상 자신이 인간이 아님을 알았다. 호흡은 훨씬 더 깊었고, 몸은 더 커졌으며, 안에서는 별의 핵과 같은 뭔가가 타오르고 있었다. 날개를 펼치자 동물의 울음소리 같은 기이한 소리가 났다. 그는 곁에 있던 빅토리아를 돌아보았다. 빅토리아는 더 작고 더 멀리 있는 듯 보였다. 잭은 고개를 숙여 좀더 가까이서 그녀를 들여다보았다.

빅토리아는 잭을 쳐다보며 경이에 차 감동하고 있었다. 잭은 빅토리아의 커다란 밤색 눈에 반사된 용의 얼굴을 보았다. 이유는 모르겠지만 조금 부끄러운 기분이 들었다. 하지만 빅토리아는 손을 들어 잭의 비늘 살갗을 쓰다듬었다. 희미한 불빛 아래 부드러운 황금빛 후광이 살갗에 반짝였다. 빅토리아의 손가락이 잭의 긴 목과 날개의 막을, 뿔과 머리에 돋은 털을 어루만졌다. 그의 이름을 속삭이는 빅토리아의 목소리에는 사랑과 애정이 넘쳐나고 있었다.

"얀드라크……"

멀리, 그곳에서 아주 멀리 떨어진 북쪽에서 한 젊은이가 적을 대신한 상대와 또다시 싸움을 벌이고 있었다. 그 어느 때보다 거센 증오심이 그의 내면을 불사르고 있었다. 그는 거친 야성의 고함과 함께 있는 힘을 다해 용을 향해 칼을 빼들었다.

용의 형상이 짧은 순간 눈을 깜박였다.

그러고는 골렘이 산산조각으로 갈라졌다.

크리스티안은 속을 알 수 없는 표정으로 그 모습을 물끄러미 응시했다. 하이아스가 피에 굶주린 채 용의 피를 갈망하며 깜박였다.

"그래, 하이아스."

세크가 어두운 표정으로 중얼거렸다.

"알아. 나도 느꼈어."

그의 얼음 같은 눈빛 속에 차가운 죽음의 숨결이 반짝였다.

11

유니콘이 줄 수 있는 가장 소중한 것

키마라는 두 사람이 떠나간 곳에서 한 발도 움직이지 않았다. 몸을 감싸 안은 채, 바위 아래 가만히 앉아 있는 그녀의 모습은 언제나 활동적이고 조급해하던 평소의 모습이 아니었다. 고개를 들자 안개 사이로 걸어오는 두 사람이 보였다.

그녀는 그대로 숨이 멎고 말았다. 빅토리아가 키마라를 향해 침착하고 차분하게 다가오고 있었다. 그리고 빅토리아 곁에 조용히, 천천히 걸어오고 있는 건……

혼혈 얀 소녀는 그만 먼지 구덩이 위로 털썩 무릎을 꿇으며 주저앉았다. 두 눈엔 눈물이 그렁그렁했다. 빅토리아와 용이 바로 앞까지 다가오자, 키마라는 몸을 떨며 경배의 표시로 고개를 숙였다.

"키마라."

용이 입을 열었다. 울림이 깊었지만 그러면서도 부드러움과 애정이 담긴 목소리였다.

"부탁이야, 그러지 마, 일어나."

키마라는 조금 뜸을 들인 후 고개를 들었지만, 여전히 잭 앞에 무릎을 꿇고 있었다. 감정이 복받쳐 눈물이 뺨을 타고 주르륵 흘러내렸다.

"넌 줄 알았어."

키마라가 중얼거렸다.

"산 위를 날아다니던 용. 꿈을 꿨다고 생각했었지만 아니야, 난 정말로 봤어. 그리고 림야티 족들과 있는 널 봤을 때……난 널 알아본 거야. 설사 용의 모습이 아니더라도 말이야. 내 마음이 말해줬어."

빅토리아는 이상하다는 듯 키마라를 쳐다보았다.

"산 위를 날다니, 무슨 소리야?"

용이 목을 쭉 내밀며 목에서 울려나오는 부드러운 소리를 냈다. 그리고 눈을 감자 그는 다시 잭의 모습으로 변신했다.

간단했다. 적어도 처음에는. 하지만 인간의 몸으로 돌아오자, 나약함의 포로가 된 듯한 낯선 감정에 다리가 후들거렸다. 그는 잠시 빅토리아에게 몸을 기대야만 했다. 작은 독방에 감금된 듯 억눌린 기분이 들었다. 깊이 숨을 내쉬자, 조금씩 괴로운 기분이 가셨다.

"산 위를 날아가는 용을 봤었어."

키마라가 설명했다.

"너희들을 만나기 이틀 전에."

잭과 빅토리아가 눈빛을 주고받았다.

빅토리아가 말했다.

"하지만 그건 불가능해. 잭은 한 번도 용으로 변신한 적이 없어. 이번이 처음인데……그리고 이둔에는 용이 더이상 남아 있지 않잖아. 분명히 다른 것과 헷갈렸을 거야, 셰크 같은 것 하고 말이야."

"아냐, 아냐, 아냐."

키마라가 안달하며 고개를 흔들어 부정했다.

"용이었어. 난 알아. 그건……잭이었어."

그녀는 약간 자신 없이 잭을 쳐다보며 말을 맺었다.

빅토리아가 대답하려 하는데, 잭이 한발 앞서 말했다.

"그래, 맞아, 사실이야, 나였어."

잭은 당황해하며 빅토리아를 돌아보았다.

"기억이 잘 나진 않아, 빅토리아. 어쨌든 그 덕분에 우리가 괴물 나무한테서 빠져나온 거야. 내가 용으로 변신을 해서 널 데리고 날아왔고……그리고……그후에 의식을 잃은 거야."

"그런데 그걸 전부 다 잊은 거야?"

빅토리아가 고개를 갸웃거렸다.

"열흘 전에 처음으로 용으로 변신을 했었는데 그게 기억나지 않는다고? 그리고 너는,"

빅토리아는 키마라를 돌아보며 덧붙여 말했다.

"왜 그 말을 하지 않은 거야?"

"잭이 그전에 한 번도 변신하지 않았다는 걸 내가 어떻게 알았겠어?"

빅토리아는 웃어야 할지 울어야 할지, 아니면 화를 내야 할지 알 수가 없었다.

"그랬다면 사막을 가로지르는 이런 여행을 안 해도 되는 거였잖아."

"하지만 난 이곳에 와야만 했어, 빅토리아."

잭이 빅토리아를 바라보며 말했다.

"난 내가 태어난 곳이 어떤 곳인지 알게 된 걸 후회하지 않아."

빅토리아는 잭을 쳐다보고는 무슨 말인지 알겠다는 듯 이해의 미소를 지었다.

세 사람은 아위노르 탑의 폐허 입구를 떠받치고 있던 우아한 아치 아래 은신처를 찾았다. 탑의 나머지는 대부분 이미 오래전에 다 무너졌지만, 이 커다란 돌덩이는 홀로 남아 뼈와 재뿐인 이 땅에서 유일한 피난처를 제공해주었다.

잭은 이곳을 빠져나가기가 쉽지 않으리라는 사실을 알았다. 용의 땅을 빠져나가는 길목마다 아슈란 쪽 사람들이 눈에 불을 켜고 지키고 있을 것이다. 하지만 그날 밤에는 이 문제를 걱정하고 싶지 않았다. 세 사람은 휴식이 필요했다. 어떻게 할지는 다음날 결정하면 된다.

하지만 쉽게 잠이 오지 않았다. 이미 빅토리아는 여느 밤과 마찬가지로 그의 품에서 잠든 지 한참 되었지만, 잭은 여전히 걱정스러운 표정으로 탁탁 튀기는 모닥불 불꽃만 응시하고 있었다.

깨어 있던 키마라가 물었다.

"괜찮아?"

잭이 고개를 가로저었다.

"이 장소 때문이야. 용들이 전부 죽었다는 사실만 계속 떠올라. 내가 우리 종족의 최후의 용이라는 사실도. 그건……"

그는 제대로 된 표현을 찾으려고 애썼다.

"마치 아워노르 전체가 내게 이제 우리의 시대는 지나갔다고, 나는 이곳에 어울리지 않는다고, 존재해서는 안 되는 거였다고 소곤거리는 것만 같아. 나도 가야만 한다고……모든 용들과 같이. 그들이 어디에 있든 간에. 뭐 용들의 천국 같은 곳이 있다면 말이야."

키마라는 잭의 말을 전부 다 이해하지는 못했지만 그래도 고개를 끄덕였다.

"안 좋은 예감이 들어."

키마라가 말했다.

"바람이 움직이고, 모래들이 변하고 있어. 경계해야만 해."

잭이 반문하듯 쳐다보았지만 키마라는 더이상 아무 말도 하지 않았다.

그는 결국 곁에 누운 빅토리아의 따뜻함을 느끼며 잠이 들고 말았다. 하지만 키마라는 밤새도록 경계하며 깨어 있었다.

몇 시간 후 갑작스레 잠이 깬 잭은 심장이 거세게 두근거렸다. 그는 경계하며 주변을 둘러보았다. 아직 밤이었지만 가느다란 장밋빛 선이 지평선을 물들이기 시작했다.

그는 빅토리아를 깨우며 벌떡 일어났다. 키마라가 근처에 있었다. 그녀는 아치 모양의 거대한 돌덩이 위를 기어올라가 그곳에 납작 엎드리더니 주의 깊게 주변의 소리에 귀 기울이면서 지평선을 샅샅이 살피고 있었다. 잭이 키마라에게 다가갔다.

잭이 소곤거렸다.

"무슨 소리 들려?"

"아니, 보이는 건 아무것도 없어. 겉보기에는 무서워할 만한 게 없는데, 하지만……"

"셰크야."

잭이 어두운 표정으로 말을 잘랐다.

"근처에 셰크가 있어. 알 수 있어."

"하지만 셰크들은 감히 아위노르로 들어올 엄두를 내지 못하는데."

"감히 그런 일을 할 놈을 알고 있지. 그라면 그보다 더한 일도 할 거야."

잭이 작게 중얼거렸다.

"크리스티안이 아니야."

빅토리아가 손가락에 낀 반지를 만지작거리며 대꾸했다.

"그는 여기서 멀리 있어."

이에 대답하듯 잭은 칼집에서 검을 꺼내 인상을 쓰며 사방을 둘러보았다.

"뱀 냄새가 나. 이 섬뜩함이 안 느껴져?"

빅토리아도 고개를 끄덕였다. 그녀 역시 차가움을 감지할 수 있었다. 잭처럼 뚜렷하진 않지만 크리스티안을 보지 않아도 그가 있다는 걸 알 수 있듯이 셰크가 있다는 게 느껴졌다.

키마라는 그러지 못했다. 그녀는 두 사람처럼 사방을 둘러보는 대신 잭의 눈치만 살피며 어찌할 바를 몰랐다.

잭이 폐허가 된 건물 입구를 떠나 밖으로 걸어나왔다. 아마 예전이었다면 조심스레 숨을 곳을 찾았을 것이다. 하지만 이제 그는 용이고, 그가 셰크에게 느끼는 감정은 두려움이 아니라 증오였다. 뱀을 숨은 곳에서 몰아내 정면대결로 싸워서 죽여라. 잭의 본능이 그렇게 요구하고 있었다.

잭은 셰크가 정면이 아니라 뒤에서 공격할 거라고는 전혀 생각하지 못했다. 그는 건물 천장 위에 웅크리고 있는 뱀을 미처 보지 못하고 등을 돌렸다.

슈센은 용이 아위노르에서 다시 나오길 기다리는 데 지쳤다. 용이 가까이, 아주 가까이 있음을 느낀 그는 자신이 받은 상처를 되갚아주기를 원했다. 적수인 용의 묘지에 대한 공포심보다도 선조로부터 물려받은 증오심과 복수에 대한 갈증이 더 강렬했다. 그는 감시 초소를 떠나 탑의 폐허에 몰래 숨어들어왔고, 그러자 본능이 이곳에 용이 숨어 있다고 알려주었다.

그는 용이 피난처를 나서는 모습을 보았다. 가증스러운 그 불의 검을 빼들고 있지만 등을 보이고 있었고, 슈센은 이 기회를 놓치고 싶지 않았다.

그는 위에서 조용히, 치명적인 입을 벌리고 달려들어 최후의 용을 숨기고 있는 저 우스꽝스러운 인간의 몸을 잘근잘근 물어뜯으리라 작정했다.

키마라는 바닥을 뒤덮은 잿더미 위로 윤곽을 드러낸 셰크의 그림자를 본 순간 무슨 일이 벌어질지 깨달았다. 그녀는 자신이 뭘 하고 있는지 생각도 하지 않고 잭의 이름을 외치며 달려나갔다. 칼을 높이 든 잭은 뒤를 돌아, 자신을 덮치는 뱀을 보았다. 놈이 기습으로 덮치려는 걸 깨닫고 바로 싸울 태세를 갖추었지만 그보다 더 빨리 그림자 하나가 잭과 공격자 사이에 끼어들었다. 겁에 질린 잭은 셰크의 주둥이가 키마라의 몸을 덥석 물더니, 자기가 찾던 용이 아니란 걸 알자 고개를 들어 한쪽으로 뱉어버리는 모습을 보았다.

잭은 빅토리아가 키마라의 이름을 외치며 그녀를 향해 달려가는 걸 보았지만 입 밖으로는 단 한마디의 말도 나오지 않았다. 분노, 증오, 광기, 절망으로 부들부들 몸을 떨던 잭은 검을 한쪽으로 던져버렸다. 슈센이 분노에 찬 비명을 지르며 그를 덮쳤다. 잭은 온몸을 지배하는 용의 힘을 느끼고 포효하며 기꺼이 지금의 몸을 버렸다.

슈센은 갑자기 성난 황금용과 맞붙어 싸우고 있었다. 놀라움은 단 몇 초뿐이었다. 즉시 셰크는 기다란 몸통으로 적의 몸을 칭칭 감아 질식시켜 죽이려 했고, 치명적인 독니를 꽂을 만한 곳을 찾아 황금 비늘 사이를 더듬었다.

잭은 분노가 치밀어 거의 미칠 지경이었다. 키마라가 아직 살았는지 죽었는지는 모르지만, 그 용감한 혼혈 얀 소녀가 이놈의 뱀 때문에 죽을지도 모른다는 생각만으로도 자제력을 잃을 정도로 격분하여 날뛰었다. 어깨에 셰크의 치명적인 독니가 박혀왔지만, 그는 그걸 알면서도 아랑곳하지 않았다. 그는 앞발로 슈센의 한쪽 날개를 잡아 갈가리 찢어버렸다. 둘의 눈이 잠시 마주쳤고, 잭은 머릿속에 날카롭고 무자비하게 찌르는 듯한 통증을 느끼며 고통스럽게 울부짖었다. 머릿속이 터질 것 같은 느낌에 고개를 돌려 뱀의 얼굴에 거센 불길을 내뿜자 놈이 괴롭다는 듯 비명을 질렀다.

셰크가 순간 사냥감을 풀어주었다. 잭은 한순간도 머뭇거리지 않았다. 화가 난 그는 입을 쫙 벌리고 적의 날렵한 목을 물어버렸다. 놈이 지르는 비명을 들었지만 잭은 오히려 적을 더욱 세게 물었다. 그는 격분하여 고개를 휘둘렀다. 그리고 놈의 목이 부러졌다는 걸 알았다.

잭은 그제야 압박을 풀었다. 그는 숨을 헐떡이며 셰크의 몸통을 치워버렸다. 기진맥진 지친 상태에다 놈에게 물린 독이 몸 전체로 퍼져가며 점점 뻣뻣해졌다. 하지만 기분은 끝내주게 좋았다. 셰크를 죽였기 때문이다.

곰곰이 생각하면 머리카락이 쭈뼛 설 노릇이었다.

하지만 그는 더이상 아무것도 생각하지 않으려 했다. 있는 힘을 다해 몸을 끌며 빅토리아가 키마라를 돌보고 있는 곳까지 갔다. 빅토리아는 두 눈에 눈물을 글썽이며 그를 향해 고개를 들었다.

"키마라는 죽을 거야, 잭."

잭은 힘을 잃고 털썩 바닥에 주저앉아 격분하여 꼬리를 흔들었다.

"안 돼, 빅토리아. 키마라를 살려봐. 뭐라도 해봐. 그녀를…… 그냥 죽게 내버려두지 마. 이건 공평하지 않아!"

빅토리아는 얀 족의 얼굴과 뱀의 독니로 망가진 몸을 하나하나 살펴보고는 목이 메어왔다. 진심으로 키마라를 존중했는데, 거기다 이제는 빚진 기분까지 들었다. 불현듯 그녀는 키마라를 어떻게 도와야 할지, 자신이 뭘 해야 할지 깨달았다.

"조금만 떨어져 있어, 잭."

빅토리아가 입을 열었다.

"우리끼리만 있게 해줘."

잭이 빅토리아를 쳐다보고는 대꾸를 하려고 입을 열었다가, 빅토리아의 눈에 깃든 무언가를 보고 생각을 바꾸었다. 고개를 끄덕이고 조금 떨어진 곳으로 몸을 끌며 움직여갔다. 심장이 죄어왔다. 셰크의 독이 혈관을 타고 퍼지는 게 느껴졌다. 하지만 용은 셰크와 싸우며 수세기를 지내왔다. 용의 몸은 그것을 견딜 준비가 되어 있었다. 적어도 몇 분 동안은 말이다.

잭에겐 이 몇 분의 시간이 있었다. 하지만 키마라는 아닐 터이다. 잭은 두 앞발 사이로 고개를 숙이고 기다렸다.

빅토리아가 키마라를 품에 안아 흔들어주었다. 이마에 있는 뭔가가 별처럼 반짝이자 빅토리아는 키마라의 귓가에 대고 속삭이기 시작했다.

"넌 우리를 위해 모든 걸 줬어, 키마라. 넌 잭의 사랑을 잃었는데도 계속 우리 곁에 있었고, 책의 생명까지 구해줬어. 내가 얼마나 큰 빚을 졌는지 상상도 못 할 거야. 널 고쳐줄 수도 있고, 생명을 돌려줄 수도 있지만, 그것으로도 네게 진 빚을 다 청산하진 못할 거야. 나한테 책은 내 목숨보다도 더 소중하거든. 그래서 네게 더 많은 것, 내가 줄 수 있는 가장 값진 것, 유니콘이 줄 수 있는 가장 소중한 것을 주고 싶어."

이 말을 마친 빅토리아는 더이상 열다섯 살 소녀가 아닌, 진주처럼 새하얀 유니콘이 되어 긴 갈기로 얀 족의 얼굴을 쓰다듬고 있었다. 키마라의 생명이 빠르게 몸에서 빠져나가는 게 느껴졌지만 그래도 그녀가 에너지를 조금이라도 더 얻기 위해, 일 초라도 더 존재하기 위해 용감하고 고집스럽게 계속 사투를 벌이고 있다는 걸 알 수 있었다.

유니콘이 미소를 지으며 키마라 위로 고개를 기울였다. 그리고 나선형의 뿔을 키마라의 피부에 부드럽게 갖다댔다. 높은 산에서 흐르는 개울물처럼 순수하고, 맑고, 살아 있는 에너지가 유니콘을 통해, 그 뿔을 통해 흘러들어 키마라를 채우더니, 셰크의 독을 내치고 키마라의 상처를 치료해주었다. 빅토리아는 눈을 감았지만 여전히 미소를 띠고 있었다. 아름다웠다. 누군가와 함께 에너지를 공유하는 일은 정말 아름다운 경험이었다. 그리고 그 순간 빅토리아는 둘 사이에 그 무엇으로도 끊을 수 없는 새로운 인연이 맺어졌다는 걸 알았다.

그것은 또한 몹시도 지치는 느낌이었다. 그곳은 생명이 죽은 장소였고, 그녀는 대기 중에 감도는 에너지, 즉 마법 종단의 한

주축이었던 탑의 폐허에서 떨어져나와 주변을 떠돌던 마법을 최대한 뽑아내기 위해 자신이 지니고 있는 모든 힘을 쏟아내야 했다. 하지만 다시 인간의 모습으로 변신하고 싶지 않았다. 아직은 아니었다. 인내심을 갖고 기다리자 마침내 키마라가 눈을 뜨고 빅토리아를 보았다.

혼혈 소녀의 눈이 놀라움에 휘둥그레졌다. 그런 후 눈빛이 부드러워지더니 기쁨의 눈물 두 줄기가 뺨을 타고 흘러내렸다. 키마라는 망설이며 손을 들어 유니콘의 목을 쓰다듬으려다가 손길을 멈추었다. 자기 손가락을 본 그녀는 놀라고 말았다. 손끝에 불꽃이 튀었고, 뭔가가 새롭게 진동하고 있었다. 고개를 든 키마라는 간지러운 느낌이 자기 안을 가득 채우고 있다는 걸 깨달았다. 그리고 자신이 경이로울 정도로 생생하게 살아 있다는 느낌이 들었다.

"내게 무슨 일이 벌어진 거지?"

"마법이야."

친구가 다정하게 말했다.

"넌 이제 마법사야, 키마라."

키마라가 고개를 돌려 바라보자, 유니콘은 이미 사라지고 없었다. 곁에는 오직 빅토리아뿐이었다.

두 사람의 눈길이 마주쳤다. 그리고 키마라는 많은 것을 이해할 수 있었다.

"고마워."

그녀는 단지 이렇게 말할 수 있을 뿐이었다.

"오히려 내가 더 고맙지."

빅토리아가 담담히 대답했다.

뭔가가 두 사람을 덮치더니 그들을 꽉 끌어안았다. 잠시 동안 숨이 막힐 듯했다. 다시 인간으로 변신한 잭이 미친 듯이 기뻐하며 두 사람을 꼬옥 안아주고 있었던 것이다.

빅토리아는 마지막 남은 힘으로 잭을 치료하고 난 후, 몇 시간이고 계속 내리 잠만 잤다. 잭이 내내 빅토리아를 지켜주었고, 그동안 빅토리아는 잃었던 에너지를 서서히 회복해갔다. 키마라는 그동안 일어난 모든 일이 아직도 어리둥절하기만 했다.

"내가 마법사라고."

그녀는 스스로 그렇게 말하면서도 놀랍기만 했다.

"그럼 이제 난 뭘 해야 하는 거지?"

"마법사에 대해 내가 아는 건 거의 없지만, 대개 마법의 탑에서 기술을 연마한다던데."

잭이 대답했다. 세 사람은 폐허 입구에서 아직 휴식을 취하고 있었고, 빅토리아는 잭의 품에 안겨 깊이 잠들어 있었다.

"지금 우리가 있는 이런 탑 같은 곳 말이야. 하지만 지금은 남아 있는 곳이 없어. 전부 파괴되었거나 아슈란이 차지하고 있지."

키마라가 조용히 아위노르 탑의 잔해를 응시했다.

"언젠가,"

그녀는 스스로 다짐했다.

"이 탑을 다시 세울 거야. 다시 용의 왕국으로 들어가는 문이

되도록."

"마법은 이 세상에서 다시 살아날 수 있어."

잭이 다정한 눈빛으로 빅토리아를 응시하며 말했다.

"하지만 용은 아니야. 난 두려워."

"넌 자식을 가질 수 있잖아."

키마라가 유쾌하게 대꾸했다.

잭이 머리끝부터 발끝까지 온통 빨개졌다. 그는 곧바로 빅토리아를 떠올렸다. 용과 유니콘 커플 사이에서 어떤 아기들이 태어날지 처음으로 궁금해졌다. 그는 이 생각을 떨쳐버리려고 고개를 흔들었다.

어쩔 수 없이 불안한 마음이 들었다. 이미 시작된 것이다. 빅토리아는 이제 이둔에 많은 마법사를 임명할 것이다. 키마라는 지난 십오 년 간 마법사의 탄생이 멈춰져 있던 이 세상에서 새로이 생겨날 마법사 세대의 첫 주자일 뿐이다. 이제 곧 빅토리아로부터 능력을 전수받을 사람들이 더 늘어날 것이다.

그것은 빅토리아에게 너무 큰 책임이 아닌가 싶었다. 그래도 이번엔 잘한 거야, 라고 잭은 생각했다. 키마라는 마법의 재능을 받을 자격이 있었다. 하지만 마음속으로는 빅토리아가 머리가 아니라 마음으로 키마라를 선택한 거라는 사실을 잭은 잘 알고 있었다. 그리고 마음은 많은 경우, 맹목적인 선택을 내릴 때가 많다.

본능이 그렇듯이.

잭의 눈이 잠시 그가 죽인 셰크의 몸통에 머물렀다. 그러자 갑자기 어떤 생각이 떠올랐다. 미친 생각 같았지만 그래도 만일 성공한다면 세 사람은 이곳을 빠져나갈 수 있으리라.

난델트 땅을 가로지르는 커다란 아디르 강 위에 놓인 남레 다리는 항상 감시의 눈초리 아래 있었다. 딩그라와 라헬드라는 중요한 두 왕국을 이어줄 뿐만 아니라 탈리스 장인들이 누르곤 기사단 수련생들을 위해 제조한 무기들을 실어나르는 큰 짐마차들이 통과할 만큼 넓은 유일한 다리이기 때문이기도 했다.

누르곤 성은 이미 셰크들이 부순 지 오래였지만, 마차들은 여전히 시시때때로 다리를 넘나들며 캐바니온 왕의 대규모 병력에 무기를 보급하고 있었다.

그날 밤 새로운 화물이 지나갈 거라는 보고가 있었다. 그런데도 다리 위의 감시는 평소와 다름없었다. 적어도 겉으로는 그래 보였다. 보초병들은 평소처럼 시슈 셋과 인간 둘뿐이었다. 하지만, 국경을 넘어가는 무기들을 무사히 지키기 위해 딩그라의 총독인 시에셀이 보낸 셰크가 몰래 물속에 숨어 있었다.

산적이나 도적, 반란군들이 무기를 탈취하려고 문제를 일으킨 적도 있었다. 셰크들은 이들에게 그다지 위협을 느끼지 않았지만, 만일의 경우를 대비해 무기 인도 날짜를 알아낸 뒤, 동료 셰크를 보내 마차가 지나가는 밤에 몰래 다리를 감시하게 했다. 물론 셰크가 숨어 있다는 사실을 반란군들이 눈치 채지 못하도록 일은 늘 비밀리에 진행되었다.

그리고 지금 이곳에는 케슈가 파충류의 날개를 몸통에 착 접어 붙인 채 다리 아래 숨어 화물이 도착하길 기다리고 있었다. 인간

보초병들은 셰크가 있다는 사실을 알아채지 못했지만, 시슈들은 알면서도 내색을 하지 않았다.

화물이 예정된 시간에 도착했다. 케슈는 마차가 모퉁이를 돌아서기 한참 전부터 길에서 들려오는 바퀴 소리를 들었다. 다리의 가로등이 마차를 비추었다. 암컷 시슈 대장이 마차를 세우고 서류를 요구하는 소리가 들렸다. 마부가 반쯤 조는 듯한 말투로 목적지가 아렌 왕궁이라고 대답했다.

검사는 간략하게 늘 하던 대로였다. 케슈는 다리 위를 주의 깊게 살피며 계속 조용히 숨어 있었다.

그때 감시하고 있던 보초병이 알렸다.

"나룻배가 옵니다!"

케슈는 고개를 들어 나지막이 쉬쉬거렸다. 시슈 대장 역시 놀랍고 성가시다는 표정이었다. 강을 오르내리는 나룻배들은 밤에는 보통 정박하여 움직이지 않기 때문이다.

셰크는 즉각 나룻배를 알아보았다. 약간 큰 배로, 물에 잠긴 정도로 보아 무게가 꽤 나가는 듯했다. 쌍둥이 도시인 레스와 케스에서부터 난델트의 가장 중요한 항구 중심지인 에스메랄다 항구까지 화물을 옮기며 오가는 배들과 별 다를 바 없는 모습이었다.

하지만 뭔가 미심쩍었다.

시슈 대장이 다리 한가운데로 달려갔다.

"경계를 취하라!"

그가 보초병들에게 명령했다.

모두 무기를 잡고 경계태세를 취했고, 그동안 나룻배는 강 아래로 아무렇지도 않게 스르르 내려오고 있었다. 다리를 들어올리지 않으면 배는 통과할 수 없을 것이다.

감시병이 신분을 밝히길 요구했다.

"누구냐?"

다들 배의 선장이나 책임자가 설명하러 갑판에 나오길 기다렸다. 하지만 아무 기척도 없었다.

인간 보초병 하나가 불안해하며 말했다.

"멈추지 않습니다."

다른 보초병이 말했다.

"아마 밧줄이 풀려 표류하고 있는 걸 수도 있습니다."

"조용!"

대장이 명령했다.

케슈는 시슈 대장이 자신의 지시를 기다리고 있다는 사실을 머릿속에서 감지했다. 시슈들은 일을 알아서 처리할 능력이 있더라도 늘 셰크의 명령을 우선 따르려는 편이었다.

그날 밤, 남레 다리의 수비대가 잘못한 것이 바로 이 점이었다.

케슈는 명령을 내릴 만한 상황이 아니었기 때문이다.

그는 물 위로 고개를 조금 내밀고 계속 나룻배에 응시했다. 표류하는 배가 아니라는 건 알고 있었다. 안에 인기척이 있고, 그 몸에서 나는 열기가 감지되었다. 그런데, 그 이상의 뭔가가 있었다. 인간보다 좀더 몸집이 큰 무언가가 열을 방출하고 있었는데, 이상하게도 그것이 자제하기 힘들 정도의 감정을 불러일으키고 있었다.

케슈는 안에서 고동치는, 조상 대대로 내려오는 증오심을 억누르며 침착하게 생각하려 애썼다. 하지만 나룻배에 숨어 있는 무언가 때문에 화가 나 미칠 지경이었다. 그게 뭔지 직접 봐야만 했고, 놈을 죽여야만 했다. 조심성을 모조리 잃은 셰크는 성이 나 물 밖으로 나왔다. 그리고 몸통으로 적을 졸라 부스러뜨릴 기세로 배를 향해 돌진했다.

무슨 일인지 미처 알아차리기도 전에 갑판의 해치가 벌컥 열리더니 불 공이 발사되었다. 케슈는 겁을 먹고 뒤로 물러서려 했지만 이미 너무 늦었다. 셰크의 몸에 그대로 확 불이 붙었고, 그는 서서히 물거품을 일으키며 무겁게 아래로 가라앉기 시작했다. 단단히 무장을 하고 갑판으로 쏟아져 나온 한 무리의 인간들이 나룻배를 향해 고개를 들던 그에게 공격을 감행했다. 야수의 냄새를 풍기는 한 인간이 셰크의 두개골에 번쩍이는 전설의 무기를 꽂기 직전, 셰크가 할 수 있었던 마지막 일은 동료 셰크인 시에셀에게 텔레파시로 경고를 보내어 용이 화물 나룻배에 숨어 강 아래로 이동하고 있다는 사실을 알리는 것이었다.

시슈 대장은 자기 눈앞에서 셰크가 죽임을 당하는 모습을 믿을 수 없다는 듯 바라보다가 재빨리 소리쳤다.

"반란군이다! 문을 지켜라!"

'그리고 무기도!' 라고 그는 얼핏 생각했다. 하지만 아까 다리를 통과한, 무기가 실린 마차 쪽으로 눈을 돌리기에는 이미 늦었다. 인간 병사 둘이 이미 마차를 통과시킨 뒤였기 때문이었다. 시슈는 인간 병사들의 멍청함에 이를 갈았다.

반란군들은 이미 갑판으로 모두 나와 있었다. 수비대와 마찬가지로 다섯 명이었고 두 눈이 야수의 눈처럼 번득이는 이상한 용모를 한 자가 지휘를 하고 있었다. 중간 달인 일레아는 그날 밤 보름달이었고, 시슈 대장은 희미한 초록색 달빛 아래 그 지휘자가 온전한 인간으로는 보이지 않는다는 사실을 알 수 있었다. 귀가 더 컸고, 얼굴에는 보통 인간 사내들, 혹은 수염을 기른 사내들보다도 훨씬 더 많은 털이 나 있었다. 그는 동물의 송곳니가 삐죽이 솟아 나온 채 맹렬한 기세로 으르렁거리고 있었다. 이놈이 케슈를 죽인 자다, 이놈을 조심해야 한다는 것을 시슈 대장은 깨달았다.

하지만 또다른 문제가 있었다. 물살이 배를 점점 더 그들 쪽으로 가까이 끌어오고 있었던 것이다.

누군가 소리쳤다.

"다리를 들어올려라! 안 그러면 우리와 부딪치고 말 거야!"

"안 돼!"

대장이 명령했다.

"다리를 그대로 내버려둬라!"

나룻배를 멈추지 않으면 결국 그들과 부딪히게 될 것이고 그러면 손해가 상당할 것이다. 하지만 그래도 적들은 자신들의 손아귀에 들어올 터이다. 그는 어깨에 석궁을 들고 배를 향해 쏘았다. 다른 두 시슈도 대장을 따라했다. 인간 병사들의 반응은 좀더 느렸다.

화살이 비처럼 쏟아져 나룻배에 떨어졌다. 반란군들은 방패로 몸을 보호했고, 그들 중 몇몇이 화살로 대응했다.

"갈고리를 준비해라! 배에 올라라!"

그때 땅이 흔들리는 진동이 느껴졌고 도르래 소리가 들렸다. 그는 재빨리 뒤돌아보았다.

"멈춰라! 셉티모 신의 이름으로 명한다!"

대장은 화를 내며 고함을 질렀다.

"올리지 말라고 했잖……"

대장은 기계를 작동하는 이들이 자기편이 아닌 걸 알고 입을 다물었다. 거기 매달려 있는 것은 요정이었다. 그의 곁에는 한 반란군이 도르래를 움직이는 거대한 손잡이를 밀고 있었다. 놈들이 다리를 조종하는 책임자를 죽인 것이다.

'마법사군.'

대장이 즉각 알아챘다.

바닥이 다시 흔들렸고, 시슈 대장은 균형을 잃을 뻔했다. 그는 다리 난간으로 뛰어올라 칼집에서 검을 꺼내며 부하들에게 자기를 따르라고 고함을 질렀다.

그는 힘차게 발을 굴러 나룻배 갑판 위로 뛰어내렸다. 그의 뒤를 따르는 건, 시슈 하나와 인간 병사 하나뿐이었다. 이미 한 명은 화살에 맞아, 다른 한 명은 요정 마법사의 마법에 쓰러져 죽었다.

셋은 갑판에 착지하여 필사적으로 공격을 감행했다. 나룻배에는 반란군 넷이 남아 있었고, 그중 하나가 야수 인간이었다. 시슈 대장은 야수를 쓰러뜨리지 않으면 전혀 가망이 없음을 알아차렸다. 그는 잔뜩 성이 나 야수에게 돌진했다.

시슈의 검도 재빨랐지만 이 야수 사내도 보기보다 훨씬 세었다. 대장의 검술은 되는 대로 거칠게 휘두르는 것뿐이었지만, 이 절반은 야수인 인간은 특이한 검술로 싸우고 있었다. 오로지 누르곤에서만 배울 수 있는 기술이었다. 기사단이 무너진 지 이미 십오 년이 넘었건만, 남자는 아무리 봐도 나이가 스물다섯 살을 넘지는 않은 듯 보였다.

하지만 한가하게 미스터리나 풀고 있을 여유가 없었다. 상대는 마치 생각의 속도처럼 빠르고, 끈질기게 공격하고 있었다. 한 번은 상대편 검이 그의 머리를 스칠 뻔하여 대장은 몸을 숙여야만 했다.

그는 분노에 차 소리를 질렀다.

"결코 이 다리를 지나지 못할 것이다!"

그는 인간 병사가 쓰러지는 모습을 힐끗 보았지만 그래도 굴복하지 않았다. 번개처럼 재빨리 허리춤에서 단도를 끄집어내 적에게 던졌다. 반란군은 단도가 살에 박히자 울부짖었고, 대장은 마지막 일격을 가하려고 몸을 돌렸다.

불행히도 바로 그때 나룻배가 다리 아래를 통과하면서 선체가 다리에 닿았고, 위태롭게 흔들렸다.

시슈 대장은 순간 균형을 잃었다.

다시 균형을 찾았을 때는 적의 검이 이미 그의 심장을 찔러들어오고 있었다.

그들은 남레 다리를 차지했다.

알렉산더는 부상을 당하고 지쳤지만 그래도 승리감에 도취되었다. 시슈의 몸에 박힌 숨라리스를 빼낸 그는 다리 맞은편에 모습을 드러낸 뱃머리를 향해 달려갔다.

"서둘러요!"

그는 알레그라와 덴얄을 향해 소리쳤다. 두 사람은 다리를 들어올린 후 무기가 실린 마차를 덮치고 있었다.

"곧 도시 절반 이상이 이곳으로 달려올 거예요!"

알레그라의 마법 덕분에, 마차의 짐을 나룻배로 옮겨 싣는 데는 그리 오랜 시간이 걸리지 않았다. 조금 더 아래쪽에서 다시 한 번 더 실랑이가 벌어졌지만, 그 직후 곧바로 남레를 뒤로하고 떠날 수 있었다.

"셰크였어."

덴얄이 중얼거렸다.

"빌어먹을, 셰크였다고! 다리를 지키는데 그런 괴물이 있을 거라고 누가 상상이나 했겠어? 여차하면 죽을 뻔했다고!"

알렉산더는 아무 말도 하지 않고 피가 흐르는 상처에 손수건을 갖다댔다. 덴얄은 근심스러운 눈으로 알렉산더를 쳐다보았다. 알렉산더가 그날 밤 그곳에서 수행할 계획을 어떻게 변경해야 할지 미리 경고해주기는 했어도, 저렇게 야수의 모습을 한 알산 왕자를 지켜보는 건 여전히 힘든 일이었다.

그렇지만 알렉산더의 변신 덕분에 다리 위에서 더 잘 싸울 수 있었다는 점에는 의심의 여지가 없다. 알렉산더가 셰크마저도 해치우는 모습을 보고는 이제 깊은 존경심이 절로 우러나왔다.

그는 한숨을 내쉬었다. 아무리 그렇다 해도, 이번 일은 여전히 미친 짓 같았다.

그들은 며칠 전 산에서 내려와, 이 나룻배로 처음에는 라이사르 강을 따라, 나중에는 아디르 강을 따라 내려가던 중이었다. 선박 창고에는 나무로 만든 불 뿜는 용, 에스쿠페푸에고가 실려 있었다.

또한 동시에 다른 나룻배 두 척이 반란군 기지로부터 각각 다른 곳을 향해 떠났다. 두 척 모두 용을 하나씩 싣고 있었다. 하나는 에스테인 강을 따라 내려갔고, 다른 한 척은 바로 아디르 강을 따라 내려갔는데, 이 강은 쌍둥이 도시 레스와 케스 사이를 흘러 남레까지 이르는 강이었다. 세 척은 이 세 줄기의 큰 강들이 합쳐지는 에벤에서 합류하기로 했다. 덴얄은 알렉산더가 이 용들을 당연히 요정들의 거처이자 아직 셰크 제국에 맞서 저항하고 있는 아와 숲으로 가져가려 한다고 생각하고 있었다. 하지만 알렉산더의 의도는 달랐다.

"누르곤이군요!"

누에보스 드라고네스의 지도자는 그제야 눈치를 채고 소리질렀다.

"내 용들을 누르곤으로 싣고 가는 겁니까?"

알렉산더가 차분하게 대답했다.

"그렇소, 누르곤 요새를 우리 기지로 했으면 해요."

"누르곤은 더이상 요새가 아닙니다! 네, 그래요. 예전엔 훌륭한 성이었죠. 하지만 이제는 그저 폐허 더미에 불과해요. 게다가 적지에 있고요!"

딩그라의 캐바니온 왕은 난델트의 왕들 중 지체하지 않고 셰크들과 바로 동맹을 맺은 유일한 왕이었다. 드락웬 탑을 아슈란에게 직접 갖다바쳤다는 이야기까지 들려왔다. 바니사르의 암린 왕처럼 어쩔 수 없이 신하가 된 것이 아니었다. 라헬드의 에리베 여왕처럼 두려워서 그랬던 것도 아니었다. 그는 뱀들에게 어찌나 충성스러웠던지, 반란 초기부터 누르곤 기사들을 지지하기를 거부했다. 그 결과, 요새는 파괴되었고, 누르곤 기사단도 사라진 것으로 여겨졌다.

"누르곤은 재건될 수 있어요."

알렉산더가 대꾸했다.

"그리고 아와 숲과 아주 가까이 있죠. 그곳에 우리 기지를 세우면, 저항군 전체가 한 곳에 모일 수 있을 겁니다. 따로 떨어져 있는 건 의미가 없어요."

덴얄은 결국 한 번 더 그를 믿기로 했다. 하지만 불안한 마음이 드는 건 어쩔 수 없었다. 누에보스 드라고네스들은 한 번도 산을 벗어나본 적이 없었고, 강을 따라가는 이 위험천만한 출격은 발각될 가능성이 매우 높았기 때문이었다.

누군가가 갑판으로 나왔다. 하지만 두 사람에게 다가오려지 않고 돛 옆에서 시무룩한 표정을 짓고 서 있었다. 스무 살 남짓의 젊은 여자로, 그녀는 언제나 검은 곱슬머리를 질끈 묶고 있었다.

편안해 보이는 짙은 색 옷을 걸치고 있는 모습이 외모에는 전혀 신경 쓰지 않는 듯했다.

심각하게 인상을 쓰고 있는 그녀는 뭔가 골똘히 생각하고 있는 듯 보였다. 하지만 그녀를 잘 알고 있는 사람들은 이것이 그녀의 평소 표정이라는 걸 알고 있었다. 웃는 모습은 좀처럼 보기 드물었기 때문이다.

덴얄이 쳐다보았다.

“에스쿠페푸에고는 괜찮니, 케스트라?”

“아무 피해도 없어요.”

덤덤한 목소리로 케스트라가 대답했다.

“하지만 그 못된 셰크가 거의 손에 넣을 뻔했어요.”

케스트라가 싫은 기색이 역력한 시선을 알렉산더에게 던졌다. 알렉산더는 개의치 않았다.

케스트라는 늘 혼자였고 사람을 싫어하는 것처럼 보이는 이상한 아가씨였다. 하지만 반란군이 보유한 최고의 용 조종사이기도 했다. ‘불꽃’이라는 뜻의 ‘파그노르’라는 이름을 붙인 에스쿠페푸에고를 책임지고 있었고, 이 용을 거의 살아 있는 생물처럼 사랑했다.

그녀는 처음부터 알렉산더와 사사건건 부딪혔다. 알렉산더가 덴얄과 함께 지도권을 나눠가진 것을 문제 삼는 건 물론이고, 무슨 이유에선지 저항군의 지도자가 마음에 들지 않는다는 사실을 처음부터 공공연히 드러내고 있었다. 그리고 알렉산더가 그날 밤, 일레아의 만월 아래 더욱 심하게 변신했던 것도 두 사람 사이를 개선하는 데는 전혀 도움이 되지 않았다.

알렉산더는 케스트라에게 호기심이 생겼다. 전혀 모르는 사람이었지만 어디선가 본 듯한 느낌이 들었다.

그는 덴얄에게 이것저것 물어보았다. 하지만 케스트라가 어디 출신인지 아는 사람은 아무도 없었다. 사람들이 아는 거라곤, 그녀가 몇 년 전에 반란군에 합류했고, 가족이 없으며, 강한 자존심과 아슈란 제국에 대한 증오심으로 불타오르는 눈을 지녔다는 정도였다. 그녀는 자신에 대해 말하는 걸 좋아하지 않았다. 하지만 시아 인이라는 말이 떠돌기는 했다. 셰크들에 의해 완전히 초토화가 된 왕국은 시아뿐이었고, 그렇다면 그녀의 그런 증오심을 설명할 수 있기 때문이다.

알렉산더는 케스트라가 몇 살인지도 몰랐다. 하지만 그녀가 스무 살이 넘는다 해도, 샤일과 자신이 지구로 가기 위해 이둔을 떠났을 때 그녀는 일곱 살도 넘지 않은 꼬마였을 것이다. 그런 아이를 알아볼 수 있을 리는 없다. 하지만……

고개를 든 케스트라가 자신을 빤히 쳐다보던 알렉산더와 눈을 마주쳤다.

그녀는 알렉산더에게 쏘아 붙였다.

"왜 날 쳐다보고 있는 거예요?"

"더 정중하게 말해야지, 케스트라."

덴얄이 진지하게 끼어들었다.

"바니사르의 알산 왕자님이시다."

"바니사르라."

그녀는 불쑥 내뱉듯 말했다.

"배신자 민족이죠."

"케스트라!"

케스트라는 덴얄에게 잠깐 시선을 던진 후, 경멸이 가득한 눈으로 알렉산더의 눈을 응시했다.

'난 이 여잘 알아.'

알렉산더가 새삼 생각했다.

'하지만, 어떻게 아는 거지?'

케스트라는 아무 말도 하지 않고 인조 용, 파그노르가 잠자고 있는 배 안의 창고로 사라졌다.

잭은 나는 법을 익히는 데 하루 종일 걸렸다.

처음에는 공중으로 날아오를 수 있을지조차 미심쩍었다. 날개를 활짝 펴면 어마어마하기는 했지만 그래도 비늘로 덮인 유연한 몸통이 너무 커 땅으로부터 들어올릴 수가 없었다. 적어도 보기에는 그랬다. 하지만 사실 나는 건 아주 쉬웠다. 그저 날개를 퍼덕이기만 하면 발을 일 미터 정도 땅에서 뗄 수 있었다. 내면에서 깃털처럼 가벼운 뭔가가 느껴졌고, 영혼이 몸을 끌어당기며 구름 위까지 날아오르길 원했다. 잭은 타오르는 모닥불 불길처럼 오르고, 또 올랐다. 마치 그렇게 타고나기라도 한 듯 아주 쉬운 일이었다.

일단 높이 날아오른 뒤, 공중에서 비행을 조정하는 건 조금 더 복잡한 문제였다. 그는 여러 번 추락했고, 몇 번은 호되게 처박히

기까지 했다. 하지만 세번째 태양이 저물기 시작할 무렵 그는 일행에게 이제 날아서 이동할 준비가 되었다고 알렸다.

잭이 그의 의도를 밝히자, 빅토리아와 키마라는 미심쩍어하는 시선을 주고받았다.

"네가 우리를 떨어뜨리지 않고 공중으로 데리고 갈 수 있다는 건 믿어."

빅토리아가 말했다.

"하지만, 셰크들은 어떻게 할 거야? 놈들은 국경 밖에서 우리를 기다리고 있다고. 하늘에서 널 보자마자 우리를 덮칠 거야."

"이미 그 생각도 했어."

용이 대꾸했다.

"놈들이 나를 보지 못하게, 나를 감지하지 못하게 처리할 수 있어……짧은 시간 동안은 말이야."

말도 안 되는 미친 짓이다. 잭의 계획을 논의하면서 두 사람이 떠올린 생각이었다. 하지만 그것은 유일한 대안이었다.

세 달이 하늘 높이 떠올랐을 때, 빅토리아와 키마라는 얀드라크의 등에 올랐다(빅토리아는 잭이 용의 모습을 하고 있을 때 그를 얀드라크라고 불러야 할지, 잭이라고 불러야 할지 망설였다). 용은 두 사람이 날개 사이에 잘 붙잡고 있는지 확인하고, 그날 아침 죽인 셰크의 시체에 다가갔다. 그리고 고개를 숙여 뱀의 몸 아래로 집어넣고는 시체를 목둘레에 걸었다. 그는 앞발에 그것을 잘 붙잡아맨 뒤, 자신의 꼬리에 셰크의 꼬리를 휘감았다.

빅토리아는 손을 뻗어 뱀의 비늘 가죽에 갖다댔다. 촉감이 너무 차가와 애처로운 표정으로 고개를 돌릴 수밖에 없었다. 이 셰크가 잭과 키마라를 거의 죽일 뻔하기는 했지만, 그래도 빅토리아는 어쩔 수 없이 그 죽음이 안타까웠다. 그녀가 사랑하는 누군가가 떠올랐고, 셰크의 시체를 보자 한순간, 같은 운명에 처할 수도 있는 크리스티안의 환영이 짧게 스쳐 지나갔기 때문이었다. 그녀는 이런 생각을 지우려고 애썼다.

"이걸 지고 갈 수 있겠어?"

빅토리아가 물었다.

"너무 크잖아."

"내가 알아서 할게."

잭은 이렇게 대답했지만 사실 그다지 확신은 없었다.

그는 날개를 퍼덕여 힘차게 공중으로 날아올랐다. 빅토리아가 걱정했듯이 지고 있던 셰크의 무게에 눌려 잭은 약간 균형을 잃었다. 땅으로 다시 떨어지던 용은 다시 날개를 움직여 한 번 더 날아올랐다. 불안정하게 공중을 날아가면서 잭은 서서히, 그러다 결국 제대로 균형을 잡았다. 셋을 등에 지고 날자니 엄청난 힘이 필요했다. 키마라, 빅토리아, 거기다 셰크까지. 더구나 셰크와 살을 맞대고 있자니 심히 언짢았다. 하지만 그는 있는 힘을 다해 계속 앞으로 나아갔다.

빅토리아는 숨을 참았다. 발 아래로 보이던 땅이 점점 더 멀어지자 그녀는 용의 등을 세게 꼭 붙들었다. 반면 키마라는 무서워서 부들부들 떨고 있었다. 나는 것이 어떤 건지 알지 못했기 때문이었다.

"진정해."

빅토리아가 키마라를 안심시키려 애쓰며 속삭였다.

"무서워하지 마. 잭이 우릴 떨어뜨리지는 않을 거야."

그때 잭이 알려주었다.

"빅토리아, 국경에 가까워지고 있어."

빅토리아는 무슨 말인지 알아듣고 고개를 끄덕였다. 그녀는 지팡이를 들어올려 모두의 몸을 마법으로 둘러싸, 변신 마법 아래 몸을 숨기게 했다.

잭의 아이디어가 나쁜 것만은 아니었다. 빅토리아와 키마라는 망토까지 쓰고 있어서 뱀들이 이들의 존재를 감지하는 건 거의 불가능했다. 물론 셰크들은 용과 셰크를 감지했을지도 모른다. 하지만 빅토리아의 마법 덕분에 용은 이제 셰크의 외모를 하고 있었고, 또 셰크는 용의 모습을 하고 있었다. 땅에서 올려다보면 축 늘어진 용의 몸통을 지고 가는 날개 달린 뱀의 모습이 보일 뿐이었다.

십중팔구 다른 셰크들은 동료가 최후의 용을 잡았다고 축하하러 달려올 것이다. 또 동료와 텔레파시 접촉을 하려 하겠지만 아무 대답이 없으면 경계할 가능성도 있었다. 어쩌면 이미 동료의 죽음을 감지했을지도 모른다.

하지만 빅토리아는 그렇지는 않을 거라는 생각이 들었다. 이 셰크는 다른 셰크들처럼 행동하지 않았고, 다른 어떤 뱀도 선뜻 엄두를 내지 못하는 용의 땅으로 들어오기까지 했다. 어쩌면 국경에 머물러 있으라는 명령을 어겼을지도 모른다.

그렇다면, 텔레파시 연결을 먼저 끊은 건 바로 이 셰크 쪽일 터이다. 다른 동료들과 계속 연락하고 있었다면 혼자 용과 싸우러 가라고 허락을 받지는 않았을 테니까.

그리고 이제 다른 셰크들은 그 셰크가 혼자서 상관들에게 처벌받으러 가도록 내버려두려 할지도 모른다. 명령을 어겼지만, 어쨌든 그 덕분에 성공을 거두었기 때문이다. 다른 셰크들은 이 셰크가 벌을 받을지 상을 받을지 상관이 알아서 판단하도록 내버려둘 것이다.

빅토리아는 자신이 셰크들의 행동을 예측할 수 있을 만큼 놈들의 습관을 충분히 제대로 이해한 것이길 바랐다. 그렇지 않다면……

그들은 아위노르의 마지막 산 위로 날아갔다. 사막 경계에 서 있는 붉은빛의 산은 멀리서 보면 피로 물든 것처럼 보였다. 세 사람은 하늘에서 아슈란이 국경에 집결시켜놓은 군대를 보았다. 시슈 정찰대가 모든 통로마다 감시하고 있었다. 셰크들의 굽이치는 몸통들이 모래 위에 이리저리 물결을 그리고 있었다.

그들은 모두 세 사람이 지나가는 걸 보고 고개를 쳐들었다. 빅토리아는 그들이 용과 셰크를 알아보고 지르는 뱀 특유의 소리가 귓가에 들려오는 것만 같았다. 잔뜩 긴장한 그녀는 뱀들이 언제라도 뒤쫓아 날아오를지 몰라 지팡이를 더욱 꼭 쥐었다. 키마라는 빅토리아 곁에서 떨고 있기는 했지만 결의에 찬 표정을 지으며 자신을 추스르고 있었다. 잭은 점차 셰크들에게 근접하자 증오심이 부글부글 끓어올랐다. 빅토리아는 그를 진정시키려고 비늘 목을 쓰다듬었다.

"다른 걸 생각해봐."

그녀는 잭에게 말했다.

"가장 좋아하는 거라든지, 아무거나 다른 걸 생각해."

그들은 조금씩 북쪽을 향해 나아갔고, 국경은 이제 저만치 뒤쪽에 있었다. 하지만 셰크들의 눈이 내내 그들을 응시하고 있는 걸 느낄 수 있었다.

빅토리아는 휴, 하고 깊이 숨을 내쉬었지만 일이 제대로 된 건지 믿을 수 없었다.

그때 키마라가 경계의 소리를 질렀다.

"놈들이 우리를 쫓아와!"

빅토리아가 용의 등 위에서 뒤돌아보았다. 셰크 몇 놈이 날아올라 거리를 두고 쫓아오고 있었다. 온몸의 피가 얼어붙는 듯했다.

"더 빨리, 잭!"

"안 돼! 이 빌어먹을 뱀이 너무 무거워!"

뱀들이 점점 더 가까워져 오는 것이 머잖아 곧 따라잡을 게 분명했다. 빅토리아는 잭이 좀더 가볍게 날 수 있도록 셰크의 시체를 떨어뜨려 마법을 깨뜨리는 것이 나을지, 아니면 위험을 감수하고 조금 더 가짜 행세를 하는 게 나을지 알 수 없었다. 추적자들은 그저 거리를 두고 경호를 하는 것뿐인지도 모른다.

잭이 빅토리아 대신 결정을 내렸다. 그가 앞발을 벌리고, 고개를 숙이자 셰크의 몸통이 떨어졌다.

빅토리아는 아래로 떨어져내리는 셰크의 시체를 보고는 놀라 작은 비명을 삼켰다. 속임수는 깨어졌고, 셰크들은 이제 무슨 일인지 깨닫게 되었다. 오래지 않아 등 뒤에서 뱀들이 분노하여 노발대발하는 소리가 들렸다.

하지만 이제 훨씬 더 쉽게 날게 된 잭은 북쪽을 향해 있는 힘껏 날개를 퍼덕였다. 빅토리아는 추적자들로부터 몸을 숨길 장소를 찾아 주위를 둘러보았다. 하지만 그들 앞엔 오직 카슈타르의 끝없는 사막이 펼쳐져 있을 뿐이다.

그때 키마라가 서쪽을 가리키며 말했다.

"저기야!"

잭과 빅토리아도 그것을 보았다. 저 멀리 사막 한가운데 작고 단단한 바위산이 우뚝 솟아 있었다. 위치를 제대로 잡고 내려가면, 몸을 피할 수도 있을 것 같았다. 잭이 서툴게 방향을 바꾸었다.

셰크들이 점점 더 가까와졌다. 빅토리아는 주위에서 그들의 차가운 숨결을 느낄 수 있었다. 용의 등 위에서 몸이 오싹해진 그녀는 걱정이 태산 같았다.

키마라가 말했다.

"놈들이 가까이 와."

빅토리아는 공중에서 출렁이는 셰크들의 몸통을 보았다. 마치 액체 금속으로 만들어진 번개처럼 달빛 아래 번쩍였다. 날개를 쫙 펼친 채, 최면을 거는 두 눈이 분노로 번쩍이며 세 사람을 노려보고 있었다. 그 시선에 이끌리는 느낌에서 벗어나려 애쓰며 빅토리아가 지팡이를 들어올리자, 그 끝이 희미하게 깜박이기 시작했다. 뱀들 중 한 놈이 성을 내며 휘파람을 불었다. 빅토리아가 앞쪽의 셰크들을 향해 불꽃을 발사하자, 놈들은 마디진 몸을 구부리며 날렵하게 공격을 피했다. 그들은 약간 뒤로 물러나 조심스럽게 지팡이를 살피며 그 힘을 평가했다.

하지만 오래지 않아 그들은 세 사람을 향해 다시 돌진해왔다. 용은 아직 멀게만 보이는 바위산을 향해 필사적으로 날아갔다. 셰크들은 신중하게 거리를 두고 쫓아왔지만 조금씩 더 가까워지고 있었다. 빅토리아는 지팡이로 마법을 쏘아대며 놈들이 뒤로 물러나게 했다.

하지만 한순간이라도 뱀들에게서 벗어날 수 있을 거라고 생각했다면 완전히 착각이었다.

잭이 산을 향해 하강하기 시작했을 때, 키마라가 말했다.

"이제 세 놈뿐이야. 나머지는 어디 있는 거지?"

빅토리아는 주위를 둘러보며 불안한 마음이 들었다. 그때 그녀는 뱀 무리가 나뉘어 있는 모습을 보았고, 어떻게 된 일인지 미처 알아채기도 전에 일행은 그들에게 에워싸이고 말았다. 네 마리는 오른쪽에서, 다른 세 마리는 왼쪽에서 세 사람을 향해 돌진해오는 모습이 용이 한꺼번에 이 정도의 적수와 싸울 수 없다는 사실을 잘 알고 있는 듯했다. 빅토리아가 지팡이를 써서 제일 앞쪽에 있던 셰크의 날개에 상처를 냈지만, 이걸로 나머지 놈들까지 겁먹고 움츠러들지는 않았다.

"잭!"

빅토리아가 소리를 질렀다.

용은 대답할 수가 없었다. 느닷없이 셰크 한 마리가 아래쪽에서 입을 쫙 벌리고 공격해왔기 때문이었다. 잭은 급작스럽게 정지하며 앞발을 앞으로 내밀고는 분노에 찬 소리를 지르며 놈을 상대했다. 빅토리아와 키마라는 하마터면 균형을 잃을 뻔하여 비명을 질렀다. 잭이 셰크의 비늘 가죽을 찢으며 수평 자세를 회복했다. 하지만 용은 그 때문에 잠시나마 멈춰야 했고, 그 짧은 순간을 틈타 뒤쫓아오던 무리가 그를 따라잡았다.

용이 셰크들을 향해 돌아서서, 사납게 화를 내며 거친 불을 뿜어냈다. 불길이 앞에 있던 두 마리에게 가닿았다. 불길이 몸통을 삼키자 셰크들이 내질렀다. 그 비명소리를 들으며 빅토리아는 조마조마한 마음이었다.

뱀들은 처음에는 불에 겁먹었지만, 그와 함께 용을 향한 증오심도 더 세차게 타올랐다. 잭은 사방을 둘러싼 셰크들이 공중에 멈춘 채 구불거리는 몸통을 떨며 분노에 찬 소리를 내는 모습을 보았다. 빅토리아가 지팡이를 들어올려 서쪽으로 다시 공격했다. 둘러싼 셰크들이 마법을 피하려고 물러서자 그쪽에 길이 뚫렸고, 잭은 이 기회를 놓치지 않았다. 그는 빅토리아가 열어준 틈으로 필사적으로 날아갔다. 셰크들 중 한 놈의 꼬리가 세 사람을 스치자 오싹한 한기가 느껴졌다.

추적은 한동안 계속되었다. 셰크들은 사방에서 용을 에워싸며 몰아붙였지만 쓰러뜨릴 정도로 가까이 오지는 못했다. 그래도 여러 차례 상처를 입히며 잭이 하강하는 걸 방해했다. 첫번째 태양이 지평선 위로 어렴풋이 떠오를 무렵, 빅토리아는 이 경주의 결과가 어떻게 끝날지 분명히 알 수 있었다. 이제 아까 보았던 산은 뒤쪽에 있고, 잭은 기진맥진한 상태였으며, 셰크들은 무자비한 추적자들이었다.

셰크들 중 한 놈이 빅토리아의 경계태세를 비웃으며 재빠른 움직임으로 고개를 쑥 내밀었다. 빅토리아가 놀라 소리를 질렀지만 너무 늦었다. 뱀의 독니가 용의 뒷발을 덥석 물었던 것이다.

잭이 고통에 차 울부짖었다. 빅토리아가 간신히 셰크를 뒤로 물러서게 했지만, 용은 균형을 잃고, 부상을 당한 채 완전히 힘이 빠져 땅으로 급속히 곤두박질치며 떨어져내렸다.

키마라가 겁에 질려 비명을 질렀다. 셰크들은 승리에 찬 고함을 지르며 희생자를 추적하여 완전히 끝장낼 채비를 했다.

"잭, 앞을 봐!"

빅토리아가 소리쳤다.

"잭, 조금만 더 힘내!"

잭은 시선을 들어 앞 쪽에서 파랗게 반짝이는 한 점을 보았다. '물이다'라고 생각한 그는 마지막 남은 힘을 다했다. 조금 더 날개를 퍼덕였다. 어쩌면 거대한 호수나 내륙에 접한 바다일지도 모르고, 거기까지 가서 물속으로 떨어질 수 있다면 살아날 수 있을지도 모른다.

셰크들은 그들의 의도를 알아채고 그를 그 방향에서 떼어놓으려 했지만 빅토리아는 간신히 놈들과 거리를 유지할 수 있었다.

그 길은 잭의 인생에서 가장 길고 험한 길이었다. 용의 몸통이 풍덩 하고 큰 소리를 내며 물 위로 허겁지겁 떨어졌다. 의식을 잃기 전 그가 마지막으로 떠올린 것은 온통 빅토리아에 대한 생각뿐이었다.

샤일과 사이세이는 같은 날 아침 아위노르 경계에 도착했다. 두 사람은 트라스고들이 있는 숲을 돌아오느라 불편하기 짝이 없는 질척거리는 지역을 건넜다. 그리고 이제, 두 사람의 눈앞에는 용의 땅을 에워싸고 있는 붉은 산이 지평선을 향해 솟아 있었다.

새들이 사이세이에게 말하길, 아위노르를 에워싸고 있던 뱀들은 지난 밤 산 위로 날아간 어느 셰크를 쫓아 떠나버렸다고 했다. 그 셰크는 제 덩치만큼이나 커다랗고 날개가 달린 생물을 움켜쥐고 있었다는데, 셰크는 아니었다고 했다.

새들은 그리 믿을 만한 정보통이 못 되었다. 그들은 자기들이 본 걸 꽤 자세히 기억하고 있었지만, 그게 무얼 의미하는지는 절반도 이해하지 못했다. 게다가, 그들은 태어난 지 얼마 되지 않아 용을 본 적이 없기 때문에 그들이 본 그 거대한 생물이 용인지 아닌지 확인해줄 수도 없었다. 하지만 두 사람은 묘사의 내용으로 미루어 보건데 새들이 용 이야기를 하고 있다는 것을 즉시 알 수 있었다.

샤일은 심장이 철렁 내려앉았다. 그럼 셰크들이 잭을 붙잡았다는 뜻인가? 아니야, 그럴 리가 없어. 샤일은 그 사실을 믿으려 하지 않았다.

어쨌든 두 사람은 아직도 그 언저리를 순찰하고 있는 뱀 인간들을 피하며 용의 땅 아위노르의 주변을 따라 계속 나아갔다. 사막으로 가까워질수록 소식을 얻기가 점차 어려워졌다. 새들도 카슈타르 사막 위를 날아다니지 않기 때문이었다.

이틀 후 두 사람은 림야티 족 수색자를 우연히 만났다. 그는 이 근처 하늘을 날아갔던 용이 아직 살아 있는 것 같다고 말했다. 어느 얀 족이 며칠 전 코슈 방향으로 용이 날아가는 것을 보았는데, 한 무리의 셰크에게 쫓기고 있었다고 했다. 또 용이 라덴 해의 물속으로 빠지는 걸 봤다고도 했다. 하지만 그 용이 그곳을 빠져나가려면 매우 조심해야 할 것이라고 했다. 시슈들이 도시를 나서는 모든 카라반들을 조사하고 있기 때문이었다.

"마치 용이 카라반 사이에 숨어 있기라도 한 양 말입니다."

림야티 남자가 활짝 웃으며 말을 끝맺었다.

"더구나, 이제는 용이 한 마리도 남아 있지 않다는 걸 모두가 알고 있는데도 말이에요. 내 생각에 이런 소문들은 모두 다 거짓말일 거고, 삼 일 전 카슈타르 남쪽을 날아간 건 바로 다름 아닌 그 끔찍한 뱀 종류일 겁니다."

샤일과 사이세이는 아무 말도 하지 않았지만 서로 이해의 눈빛을 주고받았다.

"가능한 한 빨리 코슈에 도착해야겠소."

수색자와 헤어지자마자 마법사가 말했다.

"그애들끼리만 떠나보내지 말았어야 한다는 생각이 날이면 날마다 더욱 강해지는군요."

여사제가 다정히 그의 팔에 손을 얹으며 다독였다.

"믿음을 가져요."

그녀는 오직 그렇게 말할 뿐이었다.

잭이 어두운 지하실에서 잠을 깼다. 그는 거칠고 성긴 재료로 짠 매트 위에 누워 있었다. 무슨 일이 있었는지 기억을 더듬는 데 시간이 걸렸다. 하지만 그럴수록 더욱 혼란스러울 뿐이었다. 셰크들의 추적이 있었고, 자신이 물속에 빠진 건 기억이 났다. 하지만 그 다음엔? 어떻게 된 거지?

그는 자신의 손을 들어올려 잠시 쳐다보았다. 그는 다시 인간의 모습으로 돌아와 있었다. 그럼 빅토리아는?

빅토리아.

잭은 단숨에 벌떡 일어났다. 어질어질했지만 아랑곳하지 않았다. 사방을 둘러봐도 빅토리아는 보이지 않았다. 한 구석에서 발견한 건, 아무렇게나 구겨져 있는 키마라의 모래 색깔 망토였다.

바로 그때 혼혈 얀 소녀가 방으로 들어왔다. 풀냄새가 나는 뭔가가 담긴 그릇을 들고 있었다. 어렴풋이 익숙한 느낌이 드는 향기였다. 그는 궁금했다.

'내가 얼마 동안 여기 있었던 거지?'

키마라가 활짝 빛나는 미소를 지었다.

"이제 깨어났구나. 셰크의 독에서 살아나지 못할까봐 걱정했는데. 네가 용이라서 굉장히 빨리 회복한 거야."

"빅토리아는 어디 있어?"

"받아, 국물 좀 마셔."

키마라가 말했다.

"기분이 좋아질 거야."

잭이 소리 높여 다시 물었다.

"빅토리아 어디 있어?"

키마라가 잠시 그를 쳐다보더니 그릇을 선반 위에 두었다.

"우리는 라덴 해에 떨어졌었어. 삼 일 전에. 셰크들한테서 빠져나올 때였지. 그건 기억나지? 좋아, 그리고…… 넌 물에 떨어지자마자 다시 인간의 모습을 되찾았지. 천만다행이었어. 그 덕분에 셰크들은 우리가 어디 있는지 위치를 파악하지 못했으니까. 또 바루 족 둘이 우리가 떨어지는 걸 보고 해변까지 끌어내주었고. 우리 둘만 말이야. 그 사람들도 빅토리아가 어디 있는지에 대해선 아무것도 몰라."

잭이 무언가 말하려 하자, 키마라는 손을 들어올리며 아직 말이 끝나지 않았다는 표시를 했다.

"지금 우린 코슈 시에 있는 내 친구 집에 있어. 한동안은 무사할 거야. 하지만 시슈들이 너희를 찾아 도시 전체를 이 잡듯 뒤지고 있어. 다름 아닌 널 찾고 있는 거지. 다들 빅토리아는 죽었다고 생각하고 있으니까.

하지만 오늘에야 그렇지 않다는 걸 알아냈어. 어떤 낚시꾼이랑 이야기를 했는데 그 사람 말이 삼 일 전에 브라흐두의 나룻배 한 척이 의식을 잃은 여자를 끌어올리는 걸 봤다는 거야."

"브라흐두?"

"도시의 절반 이상을 소유하고 있는 자야."

키마라가 목소리를 낮춰 설명했다.

"불과 십여 년 전까지만 해도 동전 한 푼 없는 협잡꾼에 지나지 않았는데, 지금은 용의 유골을 거래해서 부자가 됐지."

잭은 순간 놀라고 말았다.

"뭐라고?"

키마라는 화를 내며 부들부들 떨었다.

"더럽고 추잡한 작자야. 아위노르 땅을 존중하는 마음이라곤 눈곱만치도 없지. 그는 천체 결합의 비극이 일어난 후 앞장서서 그 땅을 약탈하러 들어갔어. 용의 이빨, 뿔, 비늘, 뼈, 알껍데기……뭐든 아주 비싼 값을 쳐주니까. 그런데 용이 전멸한 후에는 값이 더 오른 거지. 그 작자는 부자만 될 수 있다면 용의 무덤을 훼손하는 불경도 서슴지 않고 저질렀어. 이런 식으로 부를 축적해서 지금은 코슈 시의 대부분을 손아귀에 넣었지. 이둔 대륙 이쪽 지역에서 가장 뛰어난 전사들과 용병들을 부리고 있어서 놈을 혼내주는 게 쉽지 않아."

"뱀들과도 동맹을 맺고 있는 거야?"

"그럴 때도 있고, 아닐 때도 있어. 브라흐두가 무너지면 코슈의 경제도 무너지고 말거야. 그자가 카라반 사업 전반을 통제하고 있거든. 셰크들에겐 그자가 계속 권력을 잡고 있는 게 편하겠지. 따라서 아슈란의 이름으로 아위노르를 통치하는 셰크인 수슈도 브라흐두가 쓸모 있는 동안은 참고 있는 거야.

하지만 아무리 브라흐두라 해도 빅토리아를 포로로 삼아 오랫동안 숨기고 있을 수는 없을걸. 뱀들이 곧 알아내고 말 테니까."

잭이 벌떡 일어섰다.

"그자를 만나게 날 좀 데려가줘."

"잭, 무슨 말인지 못 알아들었구나. 브라흐두는 장난으로 상대할 작자가 아니야."

"상관없어. 아무도 빅토리아에게 손대지 못하게 할 거야. 내 말 알겠어? 뱀이든 그 쥐새끼 같은 브라흐두든 누구든 말이야."

코슈는 인구가 밀집된 국경 도시로, 사막을 가로지르는 카라반들은 전부 이곳에서 출발한다. 또한 이 카라반들은 이둔 대륙의 서쪽 전 지역을 차지하는 드넓은 땅인 드락웬으로 들어가기도 한다.

아무리 그렇다 해도 잭의 눈에 코슈 시는 더럽고 먼지투성이인 곳으로만 보였고, 그다지 머물고 싶은 곳이 아니었다. 집들은 죄다 카슈타르 사막의 장밋빛 모래색이나 아니면 그보다 조금 더 짙은 색을 띠었으며, 실린더 모양에 둥근 지붕을 이고 있는 것이 기이한 모양의 커다란 버섯과 비슷했다. 도로는 포장도 되어 있지 않았다. 아니, 어쩌면 예전에는 길이 닦여 있었을지도 모르겠다고 잭은 생각했다. 하지만 지금은 그저 두터운 모래 아래 묻혀 있을 뿐이었다.

어쨌거나 그는 거리에서 많은 시간을 허비하지 않았다. 키마라가 잭을 식료품 가게로 인도했는데, 그곳 주인인 얀 족 여자도 키마라의 친구였다. 가게 안쪽으로는 두 사람이 방금 있었던 가게 공간과 비슷한 지하실이 있었다. 놀랍게도 이 집 지하실은 비밀문을 통해 다른 집과 연결되어 있었다. 코슈에 있는 대부분 집들도 다 마찬가지라고 했다. 이렇게 이 도시의 주거지들은 지하망으로 연결되어 있었고, 키마라가 말해준 바에 따르면, 그것이 얼마나 깊은지는 아무도 모른다고 했다. 얀 족 여인이 방금 두 사람에게 보여준 그 통로만 해도 분명 지하실이 두세 개는 더 있을 것이고, 그것들 중 적어도 절반이 비밀 문이었다.

"얀 족들의 천성이야."

키마라가 말했다.

"다른 이들을 잘 믿지 못하는 성격이라 뒤로 빠져나갈 문이나, 값진 물건을 감출 곳, 또는 위급할 때 직접 숨을 수 있는 구멍을 늘 마련해두려 하거든."

지하실을 통해 도시 외곽에 이른 두 사람은 곧 멀리서도 브라흐두의 궁전을 알아볼 수 있었다.

잭은 궁전을 보자 싸하게 밀려오는 향수를 느꼈다. 부드러운 돔 지붕으로 된 건축물은 림바드에 있던 집과 흡사했다. 다른 점은 뒤편을 환한 불로 밝히고 벽과 감시 망루를 더 강화한 것뿐이었다.

"저 궁전은 누가 세운 거야?"

잭이 키마라에게 물었다.

"저건 오래된 천상족 건축물이야."

키마라가 대답했다.

"아주 오래전 코슈에는 천상족 공동체가 여러 개 있었는데, 그들은 차차 도시를 떠나갔지. 결국 이곳은 도둑놈, 살인자, 협잡꾼들의 근거지가 되고 말았어."

키마라가 한숨을 쉬었다.

“이제 이곳은 천상족에게 적합한 장소라고 할 수 없지.”

놀랍게도 저택 문지기는 두 사람을 그냥 통과시켰다. 게다가 검도 그대로 가지고 있게 했다. 키마라가 브라흐두에 대해 한 말이 과장이 아니었을까 생각할 즈음, 보초병들이 홀의 문을 열어주었고, 그곳에 지역을 다스리는 족장인 브라흐두가 두 사람을 기다리고 있었다.

궁전과 같은 곳을 상상했던 잭의 눈에 비친 그곳의 모습에는 궁전 비슷한 것이라고는 하나도 없었다. 홀 안쪽에 앉아 있는 브라흐두의 양쪽으로 무장한 호위병들이 긴장된 분위기 속에 도열해 있었다.

잭은 주저하지 않고 앞으로 나아갔다. 그는 조금 전까지만 해도 차가운 이성을 유지하고 있었지만, 지금은 몹시 격분한 상태였다. 저놈이 빅토리아를 포로로 잡고 있는 놈이다. 그가 빅토리아를 해쳤다면, 톡톡히, 아주 비싼 대가를 치르게 할 것이다.

홀 안쪽으로 갈 때까지 아무도 그를 막아서지 않았다. 잭은 브라흐두가 앉아 있는 곳에서 불과 몇 걸음 떨어진 곳에 발길을 멈추고 이맛살을 찌푸리며 그를 노려보았다.

브라흐두는 흉터가 진 가무잡잡한 피부에, 다부진 체격을 하고 있었다. 보석이 주렁주렁 달린 값비싼 옷을 두르고 커다란 세 개의 받침대 위에 우뚝 솟은 왕좌와 같은 의자를 차지하고 있었다. 그의 주위로 호위병들이 여러 명 둘러서 있고, 옆에는 마법사 고유의 튜닉을 입은 백발 머리칼의 남자도 있었다.

브라흐두가 잭을 주의 깊게 살펴보더니 능글맞은 웃음을 지었다.

"얼마나 지나야 네가 여기 나타날지 궁금해하고 있었지."

잭이 캐물었다.

"빅토리아는 어디 있지?"

브라흐두의 눈이 이상하게 반짝였다.

"아, 그 여자애. 역시나 내가 너에 대해 잘못 안 게 아니군. 네가 다들 떠들어대고 있는 용이로구나."

잭은 여차하면 검을 빼어들 작정으로 도미바트 손잡이에 손을 가져갔지만 브라흐두는 침착하게 덧붙였다.

"그애는 이곳에 없다. 사막에 있는 지하 독방에 포로로 갇혀 있지. 길을 안내하는 얀 족이 없으면 나조차도 어떻게 찾아갈지 모르는 곳이다. 분명히 말하지만, 지금 이곳에는 없다. 그러니 만일 내게 무슨 일이 생긴다면 넌 두 번 다시 그애를 볼 수 없게 될 게야."

"지하 독방이라고?"

잭이 놀라 외쳤다.

"사막 한가운데? 그럼 그앤 죽고 말 거야!"

"그렇더군. 벌써 별로 상태가 좋지 않은 게 눈에 띄더군."

잭이 성을 내며 이를 악물었다.

"빅토리아한테 바라는 게 뭐지? 그앨 셰크들한테 넘겨주려는 건가?"

"아마 그렇겠지."

브라흐두가 웃었다.

"수슈가 그앨 끈질기게 찾고 있으니까. 지금까지는 어떻게든 피해왔지만, 조만간 네가 날 찾아온 사실도 알려지게 되겠지. 그렇게 되면 원하든 말든 그애를 셰크에게 넘겨줘야만 할 거다. 하지만 난 그게 썩 내키지는 않는단다. 믿어주렴. 그애는 아주 가치 있는 포로니까. 난 그애가 누군지 알고 있지. 마법의 능력을 전수해줄 수 있는, 이 세상에 하나밖에 없는 생물이지. 지금은 아주 희귀한, 아주 탐나는 재능의 소유자라는 말이야."

잭은 그대로 숨이 멎는 듯했다.

"이 악당! 감히 빅토리아한테 손끝이라도 대기만 해봐!"

"네가 막강하다는 것도 알지. 내가 들은 게 사실이라면 말이다."

브라흐두가 또다시 웃었다.

"하지만 그것도 여기선 아무 소용이 없다. 그 여자애가 목숨을 부지하길 원한다면 말이야."

잭이 잠시 눈을 감았다. 기운이 빠졌고, 화가 나 미칠 것 같은 동시에 무력감이 몰려왔다.

"당신이 원하는 게 뭐야?"

잭이 물었다.

"내가 누군지 알고 있으면서 이곳까지 오게 그냥 내버려뒀잖아. 왜지? 나를 셰크들에게 밀고하려고?"

브라흐두가 턱수염을 훑으며 생각에 잠겼다.

"내가 그럴 수 있다는 건 너도 잘 알 거다. 그러면 분명 내게 엄청난 이익이 생길 것도 확실하지. 하지만, 알다시피 그 여자애는 내게 그다지 협조적이지 않아서 말이야. 그러니 아마 우리 둘이 이야기를 나눈다면 뜻이 통하겠다 싶었지. 네가 그 여자애가 내게 베풀 수 있는 것보다 더 흥미로운 걸 가져온다면, 그걸 서로 교환할 수도 있을 거다."

잭은 그를 불신의 눈으로 쳐다보았다.

"내가 네 입장이라면 오래 생각하지도 않을 텐데."

브라흐두가 미소를 지었다.

"여자애는 사막 어딘가에서 괴로워하고 있고, 셰크들까지 그앨 찾아나섰으니 말이야. 넌 시간이 별로 없다고."

잭은 심호흡을 했다. 함정에 빠진 게 분명했지만, 빅토리아를 운명에 맡기는 것 말고 이 문제를 해결할 길은 없어 보였다.

"정확히 무슨 이야길 하고 싶은 거지?"

"스와니트의 껍질 이야기를 하는 거지."

잭의 표정은 아무 내색 없이 그대로였지만 키마라는 공포에 질려 작게 외마디 비명을 질렀다.

"아, 넌 스와니트가 뭔지 모르는군."

브라흐두가 상황을 파악했다.

"네 혼혈 친구가 자세히 설명해줄 거야. 미리 조금 말해두자면 스와니트는 태초부터 얀 족들이 숭배해온 사막의 주인이라고 할 수 있지. 내가 그것에 관심 있는 건 그 껍질 때문이야. 그걸 뚫을 수 있는 건 아무것도 없어. 그러니 스와니트 껍질로 만든 갑옷과 보호 조끼가 얼마나 효과적일지 상상할 수 있겠지? 게다가 북쪽에서 전쟁을 준비중이라는 풍문이 떠돌더군. 무기로 장사하기 좋은 시절이야. 안타까운 건 스와니트가 나이를 먹으면 껍질이 연해진다는 거야. 그러니 놈들이 늙어죽을 때까지 기다리는 건 아무 소용이 없는 셈이지. 늙기 전에 죽여야만 한다는 말이야. 이제 너도 알아챘겠지만 놈들을 죽이기는 대단히 어렵지. 따라서 스와니트 껍질은 아주 귀한 물건이고……그러니 네 여자친구의 생명과 맞바꾸겠다는 거지."

그를 쏘아보던 잭은 분노로 몸이 부들부들 떨려왔다. 그는 한마디 말도 없이 뒤돌아 입구로 향했다. 그리고 문 앞에서 잠깐 걸음을 멈추었다.

"그 껍질을 가지게 될 거다, 브라흐두."

잭이 사나운 표정으로 말했다.

"하지만 빅토리아에게 무슨 일이 생긴다면, 당신을 발기발기 찢어놓을 거라고 맹세하지."

브라흐두는 잭의 뒷모습을 지켜보며 입가에 미소를 지었다.

그러자 마법사가 말했다.

"죽으러 가는 거나 다름없군요."

"알아."

브라흐두가 대답했다.

"그리고 계집애도 곧 이 사실을 알게 되겠지. 그러면 분명 좀더 이성적으로 행동하게 될 테고."

"미쳤어?"

키마라가 폭발했다.

"이건 자살 행위야!"

잭은 키마라의 말에 신경 쓰지 않았다. 그는 다시 사막으로 들어가는 데 필요한 물건들을 챙기며 사나운 표정으로 배낭을 꾸리고 있었다.

"잭, 내 말 들어!"

혼혈 소녀가 끈질기게 말했다.

"브라흐두가 널 속인 거야. 네가 타지 사람이고 사막에 사는 생물에 대해 아무것도 모른다는 사실을 이용한 거라고. 그는 널 사지(死地)나 다름없는 곳에 몰아넣은 거야. 스와니트를 죽일 수는 없어!"

"얼마 전까지만 해도 다들 누구도 셰크를 죽일 수 없다고 말했었지."

잭이 침착하게 대답했다.

"그런데 난 놈을 죽였어."

"그거랑은 달라."

키마라의 붉은 눈에 눈물이 글썽였다.

"잭, 넌 무슨 말인지 이해하지 못하고 있어. 지금까지 스와니트를 잡은 사람은 없어. 한번도."

잭이 잠시 멈칫했다. 키마라가 스와니트에 대해 설명해준 적이 있었다. 어마어마하게 크고 무지막지하게 게걸스러운 곤충으로, 어떤 무기로도 꿰뚫을 수 없는 껍질에 싸여 있다고. 하지만 그는 빅토리아를 떠올렸고, 그녀와 헤어진 후 그의 영혼이 얼마나 고통스러운지 생각했다. 다른 대안이 없었다.

"상관없어."

잭이 말했다.

"그놈을 찾아갈 거야. 그리고 그 껍질을 가지고 돌아올 거고."

키마라가 눈길을 돌렸다. 그리고 부드럽게 말했다.

"난 유니콘을 많이 알지는 못해. 하지만 빅토리아와 내가 공유하고 있는 게 무엇인지는 알고 있다고 생각해. 내게 건네준 그것, 그건 절대로 강제로는 뺏어가지 못해. 브라흐두가 노리는 게 그거잖아."

"내가 왜 그놈들이 그애에게 손대지 못하게 하려는지 이제 너도 이해할 거야."

잭이 진지하게 말했다.

"빅토리아가 원하지도 않는데 그놈들이 그걸 억지로 가지려 한다면……그건 그애한테 끔찍한 일이 될 거야. 하지만,"

그는 다정하게 키마라를 바라보며 덧붙였다.

"네가 나랑 함께 가는 걸 원하지는 않아. 넌 이미 나 때문에 너무나 많은 위험을 겪었어."

키마라는 잭을 쳐다보며 괴로워했다.

"하지만 난 널 혼자 둘 수 없어."

키마라가 흐느꼈다.

"난……널 돕고 싶어."

"정말로 나를 돕고 싶다면, 날 위해 해줄 일이 있어. 북쪽에 있는 바니사르로 가. 그곳에 가서 알렉산더를 찾아. 그 사람에게 무슨 일이 있었는지, 네가 내 곁에서 본 걸 전부 다 이야기해줘. 그 사람에게……내가 이제 날 수 있다고, 빅토리아도 이제 마법을 전수하는 방법을 깨달았다고 말해줘. 그는 무척 기뻐하고 자랑스러워할 거야. 그리고 우리에게 무슨 일이 생겨도, 적어도 그의 노력이 헛되지 않았다는 걸 알게 될 거야."

키마라는 잭의 말을 전부 다 알아듣지는 못했지만 그래도 고개를 끄덕였다.

잭이 말을 이었다.

"알렉산더 곁에는 마법사 아일레가 있어. 아일레라면 네 힘을 사용하는 방법을 가르쳐줄 거야. 내가 돌아오지 않으면……빅토리아는 죽고 말 거야. 그러면 그애가 지닌 마법도 함께 사라지고 마는 거지. 그래서 네게 준 재능을 네가 이용할 줄 아는 게 중요해. 빅토리아가 네 안에 계속 살아 있도록 그 마법을 계발해야 해. 그러니 네가 나와 함께 죽는 건 아무 의미도 없어. 무슨 말인지 알겠지?"

키마라는 잭의 품으로 달려가 그를 꼭 안아주었다. 그녀가 잭의 귓가에 속삭였다.

"널 잃고 싶지 않아."

"브라흐두의 수중에 있는 게 나였다면 넌 어떻게 했을까?"

"난……"

키마라가 몸을 조금 떼고는 잭의 눈을 쳐다보았다.

"넌 빅토리아 때문에 죽을 거야?"

질문에 대답하지 않고 키마라가 물었다.

"단 한순간도 망설임 없이."

잭이 진지하게 대답했다.

키마라가 조용히 고개를 끄덕였다. 그리고 까치발을 들더니 잭의 입술에 부드러운 작별의 입맞춤을 했다. 그저 스치는 정도였지만 잭은 취할 듯한 사막의 숨결을, 두 사람이 함께 공유하는 모든 불의 힘을 느꼈다.

그는 몇 걸음 뒤로 물러나 어깨에 배낭을 멨다. 두 사람은 서로 마주보았다. 어쩌면 마지막이 될 수도 있었다.

"살아서 돌아와, 잭."

키마라가 말했다.

"널 다시 보고 싶어."

잭은 미소를 띠고는 다정하게 윙크를 했다.

"조심해."

그리고 그는 뒤돌아 사막의 심장부를 향해 멀어져 갔다.

빅토리아가 위험에 빠졌다는 사실을 알았을 때 크리스티안은 이미 난델트 위를 날고 있었다. 그는 잠시 공중에 정지한 채, 시스카셰그를 통해 전달되는 정보를 파악하려고 애썼다. 빅토리아의 생명이 모래시계처럼 한 방울 한 방울씩 빠져나가는 것이 느껴졌다. 부상을 당했거나, 아프거나, 어쩌면 에너지가 모두 빠져버린 것일 수도 있다.

어떤 경우가 되었든, 빅토리아는 그리 오래 버틸 수 없을 것이다.

크리스티안은 눈을 가늘게 뜨고 남쪽으로 가던 길을 계속 갔다.

그는 삼 일 전, 검 제조자 이데온을 뒤에 남겨놓고 나나이를 떠났다. 작별은 짧았고, 아무런 감정도 없었다. 두 사람은 할 일을 했고, 이제 나나이에서 크리스티안이 머무는 시간이 끝났다는 것을 서로 알고 있었다.

지금 그는 빅토리아와 함께하기 위해, 혹은 잭을 죽이기 위해 남쪽으로 이동중이었다. 자신의 진짜 동기가 뭔지는 정확히 알 수가 없었다. 서로 지극히 다른 이유였지만, 둘 다 똑같은 힘으로 그를 이끌고 있었다.

잭과 빅토리아가 이번 일을 알아서 처리하도록 놔두는 게 낫지 않을까 싶기도 했다. 잭이 빅토리아를 돌볼 것이다. 그리고 자신이 그들과 거리를 유지하고 있으면 아슈란이나 셰크의 본능이 요구하는 대로 용과 맞서지 않아도 된다.

하지만 지금 이 순간, 그는 결과가 어떻게 되든 간에 자신이 계속 그곳을 향해 가게 되리라는 사실을 알았다. 가능한 한 빨리 빅토리아에게 닿아야만 했다. 잭이 어딜 헤매고 있는지, 왜 빅토리아가 죽어가고 있는지 알 수가 없었다. 빅토리아를 제때 구해낼 일말의 가능성이라도 있다면 그렇게 해야만 했다.

12

내게 마법을 줄 수 없다면

해가 떨어지자 브라흐두는 다시 빅토리아를 보러 가기 위해 서둘러 나섰다. 빅토리아는 움직일 힘도 없이 한쪽 구석에 누워 있었다. 그녀를 가둬놓은 방은 넓었지만 창문이 없었고, 희미하고 창백한 램프 불빛만 비추고 있을 뿐이었다.

빅토리아는 처음에 도망치려 했지만, 곧 지팡이가 없으면 아무 힘도 낼 수 없다는 사실을 깨달았다. 하지만 그 물건이 브라흐두라는 저 망나니의 손에 넘어갔다 해도 그다지 걱정하지 않았다. 그가 절대로 그것을 사용할 수 없으리라는 사실을 잘 알기 때문이었다. 그리고 브라흐두를 위해 일하는 마법사 페이나르 역시 마찬가지일 것이다. 게다가 무엇보다 시급하게 먼저 해결해야 할 일이 있었다.

주변의 모든 것이 죽어 있었다. 돌로 쌓은 벽 너머에 무엇이 있는지는 모르겠지만, 생존하는 데 필요한 에너지를 공급해줄 만한 것은 당연히 아무것도 없을 터이다.

빅토리아의 마법은 지구에서보다 이둔에서 더 큰 효과를 발휘했다. 그리고 빅토리아 자신도 더 강해지고, 정신이 맑아진 듯 느껴졌다. 이둔에서는 마법이 대기 중에 전기 흐르듯 탁탁 튀며 흐른다. 설사 눈으로 볼 수는 없다 해도, 빅토리아는 마법을 느낄 수 있었고, 피부를 어루만지는 바람을 느끼듯 그것을 감지할 수 있었다. 하지만 자신을 가둬둔 이 끔찍한 방 안의 공기는 침묵 속에 죽어 있었다.

브라흐두가 맨 처음 찾아왔을 때만 해도, 빅토리아는 아직 싸울 여력이 있었다. 그녀는 마구 화를 내며 그에게 달려들었다. 그는 빅토리아가 공격하리라곤 기대하지 않았던 모양이다. 혹은 태권도 수련으로 익힌 그녀의 힘차고 재빠른 발차기를 미처 못 본 것일 수도 있다. 어쨌든 빅토리아가 브라흐두를 수차례 때리고 나서야 그자와 보초병들은 간신히 그녀를 붙잡을 수 있었다. 그러고 나서야 브라흐두는 그녀의 자유와 생명과 맞바꾸기 위해 잭에게 요구한 것이 무엇인지 밝혔다.

빅토리아는 그의 말을 듣고는 그대로 공포에 질렸다. 그러고는 단호하게 고개를 가로저었다.

그러자 브라흐두는 빅토리아를 그곳에 가둬두고는 서서히 지치게 내버려두었다. 아침마다 보러 와서는 자신의 주장을 끈질기게 내세웠다. 빅토리아는 계속 거절했다. 움직일 힘조차 남지 않았어도 말이다.

그를 세번째 만났을 때 빅토리아는 그에게 설명하려고 애를 썼다.

"그건 내가 결정하고 말고의 문제가 아니에요. 내 안에서, 마음에서 우러나야 하는 거예요. 단지 진심으로 원할 때만 말이에요. 다른 사람과 일치하는 어떤 관계를 느낄 때만 가능한 거라고요."

"유니콘들은 누구와도 일치감을 느끼지 않아."

브라흐두와 함께온 마법사 페이나르가 대꾸했다.

"다른 존재들과 절대 섞이지도 않지."

"유니콘의 본성이 스스로를 드러내지 말라고 경고하기 때문이에요. 모든 사람들이 보고 만질 수 있다면, 전부 다 마법사나 준마법사가 될 테니까. 세상은 균형을 유지해야만 하죠. 그러지 않으면 마법이 사방에 흘러넘칠 테고, 그로 인해 발생하는 혼란으로 이 세상은 파괴되고 말 테니까요. 엄청난 책임이죠. 그렇기 때문에 유니콘의 재능은 영원한 고독을 짊어지게 하는 일종의 형벌이기도 해요. 하지만 그래도 어둠 속에서, 무성한 숲속에서 다른 사람들을 지켜보며, 그들과 함께하고 싶어하기도 하고, 그들을 알고 싶어하기도 하죠……"

페이나르는 고개를 갸우뚱하더니 어느 순간 무슨 말인지 알겠다는 듯이 눈을 반짝였다. 하지만 빅토리아의 말은 그녀가 원하는 방향으로 받아들여지지 못했다.

"걱정하지 마라."

그가 교활한 미소를 지으며 말했다.

"이틀 후 다시 내가 올 때면 넌 온 마음을 다해 마법을 전해주려고 안달하게 될 테니 말이다. 내 장담하지."

빅토리아는 그의 말이 맞을지도 모른다는 생각을 했다. 하지만 또다시 브라흐두가 찾아왔을 때는 이런 작자에게 마법을 건네준다는 생각만으로도 몸서리가 쳐졌고, 그에게 강제로 재능을 건네주느니 차라리 죽는 게 낫겠다는 생각이 들었다. 그래서 그녀는 생각한 그대로 말했다.

"내일 다시 오마."

브라흐두가 말했다.

"그때도 네가 살아 있다면, 난 마법사가 되겠지. 안 그러면 넌 두 번 다시 햇빛을 볼 수 없을 테니까. 셰크들이 널 찾고 있단다, 얘야. 놈들은 네가 죽기를 바라지. 네 시체를 넘겨주면 나도 막대한 이익을 얻게 될 거고."

빅토리아는 눈을 감고, 무기력하게 구석에 누운 채 가만히 있었다. 아무 말도 하지 않았지만 다음날까지 버틸 수 있을지조차 의문이었다.

그렇지만 브라흐두는 예상보다 일찍, 마지막 태양이 떨어지자마자 다시 감옥에 모습을 나타냈다. 빅토리아는 이미 익숙해진 그의 청을 또 듣겠거니 하고 기다렸다. 하지만 이번에 그가 하는 말은 달랐다.

"잭이 널 찾으러 왔었다."

빅토리아가 눈을 떴다. 심장이 갑자기 빨리 뛰기 시작했다. 몸을 일으키려 했지만 힘이 없었다.

"물론, 빈손으로 돌아갔지."

브라흐두는 아무렇지도 않게 말했다.

그는 젊은 용과 만난 일을 세세하게 하나하나 주워섬기기 시작했다. 한마디 한마디 내뱉을 때마다, 빅토리아는 그가 거짓말을 하고 있는 게 아니라는 사실을 분명히 알 수 있었다. 그가 묘사하는 잭과 함께 왔다는 혼혈 얀 족 소녀에 대한 설명은 정확했고 아주 자세했다.

"너도 알다시피,"

브라흐두가 말을 끝맺었다.

"난 그애를 죽을 게 뻔한 곳으로 보냈다. 네가 스와니트에 대해 들은 적이 있는지는 모르겠다만, 셰크들도 이 생물들과 마주치고 싶어하지 않는다는 걸로 충분하겠지."

빅토리아는 심호흡을 했다. 뭐라 대답하고 싶었지만 기운이 없었다.

"아직 그애를 살릴 수는 있다."

브라흐두가 미소를 지었다.

"그애가 떠난 지 얼마 되지 않았으니까. 내게 마법을 건네주렴, 그러면 그앨 만나러 갈 수 있도록 널 풀어주마. 운이 좋으면 그애가 미친 짓을 저지르기 전에 말릴 수 있을 거다. 그애는 좀 정상이 아닌 것 같으니까 말이다. 너도 알지? 그 녀석은 널 위해서라면 뭐라도 할 것 같더군. 심지어 스와니트에 물려 으스러지더라도 말이야……별로 유쾌한 일은 아니지. 사실, 아무리 내 최악의 적이라고 해도 그런 운명에 처하게 하고 싶지는 않단다."

빅토리아는 눈물 고인 눈을 감았다. 그랬다. 잭이라면 충분히 그럴 수 있었다. 잭이 그보다 훨씬 더한 일도 할 수 있다는 점에는 의문의 여지가 없었다.

"당신이 거짓말하는 게 아니라는 걸 어떻게 알죠?"

빅토리아는 간신히 힘을 내서 대답했다.

"당신이 책을 셰크에게 보낸 게 아니라는 걸, 그가 아직 살아 있다는 걸 어떻게 아냐고요."

"좋은 질문이군."

브라흐두가 시인했다.

"대답은 간단하지. 난 그애를 넘겨주지 않았어. 그랬다면 셰크들이 내가 널 포로로 잡고 있다는 사실을 알게 될 테니 말이다. 수슈가 널 찾으러 여기까지 오려면 시간이 좀 걸리겠지. 하지만 그리 긴 시간은 아닐거야. 무슨 말인지 알겠니? 하지만 아직 난 네게서 원하는 바를 얻지 못했거든."

"그럼……나중에 날 가게 해준다는 건 어떻게 알죠?"

빅토리아가 간신히 물었다.

"당신이 날 배신하지 않으리라는 건 어떻게 아냐고요."

브라흐두가 미소를 지었다.

"알 수 없는 일이지. 하지만 문제를 다른 관점에서 보라고. 달리 선택이 있나?"

"거절할 수도 있죠……"

"……그러면, 네가 그렇게 버티는 동안 네 친구인 용은 점점 더 죽음에 가까이 다가가게 되겠지."

빅토리아는 이를 악물었을 뿐 아무 말도 하지 않았다.

브라흐두가 미소를 지으며 돌아서 나가려 했다.

"기다려요!"

그때 빅토리아가 외쳤다.

"할게요."

브라흐두는 다시 빅토리아를 돌아보며 미소 지었다.

"착한 아이구나."

그가 손짓하자 페이나르는 빅토리아가 몸을 일으키도록 거들었다. 마법사의 손길이 닿자 조금 기분이 나아졌다. 다른 마법사들처럼 페이나르의 몸도 부드러운 마법의 에너지를 내뿜고 있었다. 눈으로는 보이지 않지만 빅토리아는 진동하는 그 맑은 에너지를 분명하게 감지할 수 있었다. 오래전에 유니콘이 마법사들에게 건네준 것이기 때문이었다. 빅토리아는 마법사의 에너지 일부에서 새로운 힘을 얻어 그것이 몸 안에 흐르게 했다.

하지만 그걸로는 충분하지 않았다. 그리고 브라흐두를 마법사로 변신시킬 생각이라면 훨씬 더 큰 힘이 필요했다.

"여기서는 할 수 없어요."

빅토리아가 말했다.

"생명이 있는 곳으로 나를 데려가야 해요, 오아시스 같은 곳으로……"

하지만 브라흐두가 고개를 가로저었다.

"안 되지, 얘야. 넌 여기서 못 나가. 나를 진정한 마법사로, 막강한 존재로 만들어주기 전에는 말이다."

빅토리아가 절망적인 표정으로 페이나르를 돌아보았다.

"여기서는 아무것도 할 수 없어요. 저 사람에게 말 좀 해줘요."

"우리도 알아."

마법사가 말했다.

"그래서 미리 준비를 해뒀지."

마법사는 튜닉의 주머니에서 반짝이는 물건을 꺼냈다. 빅토리아는 그것을 주의 깊게 살펴보았다. 붉은 줄이 파인 알처럼 생긴 보석이었다. 그곳에서 엄청난 양의 에너지가 흘러나오는 것을 감지할 수 있었다.

"인공 전달기다. 유니콘들이 능력을 발휘하는 것과 비슷한 방식으로 작동하지. 단 누군가를 마법사로 만들어줄 수는 없지만. 이 경이로운 물건과 같은 재료로 만들어진 또다른 쌍둥이 보석이 있단다. 하나를 에너지가 많이 흐르는 장소에 놔두면, 그 에너지가 다른 쌍둥이 돌에 전달되는 거다. 그 거리가 아무리 멀어도 상관없지. 무슨 말인지 알겠니?"

빅토리아는 그 보석에 손끝을 갖다댔다. 그 속에 비축된 엄청난 양의 마법이 감지되었다.

"나머지 쌍둥이 돌은 카슈타르에서 가장 큰 오아시스 한가운데 있지."

마법사가 말을 이어갔다.

"그곳의 에너지를 모아 내 손에 쥐고 있는 이 보석에 전달하는 거다. 그래서 이 돌을 쥐고 있으면 마치 그곳에 있는 것과 마찬가지인 셈이지.

마법사들은 이런 전달기를 마법의 저장도구로 사용한단다. 짧은 시간에 큰 힘을 발휘해야 하는 순간을 대비해서 말이지. 물론 마법사들은 주문을 걸기 위해 힘을 사용하지만, 넌 그렇지 않지. 내가 잘못 안 건가? 넌 우리가 널 잡아올 때 등에 메고 있던 그 지팡이가 필요한 거겠지. 네가 그 지팡이로 하는 일은 에너지를 모아 다른 사람을 치료하거나 아니면 그들을 마법사로 만드는 거겠지."

빅토리아는 몸이 오싹했다.

브라흐두가 끼어들었다.

"네가 쓸데없이 낭비하는 매 순간 순간, 책은 점점 더 죽음에 가까이 다가가고 있단다."

빅토리아는 침을 삼켰다. 저 남자에게 마법을 건네줄 수도 있다. 하지만 그런 후 그가 그녀를 셰크들에게 넘겨버리고 잭이 스와니트 껍질을 가져오기를 기다릴지도 모를 일이었다. 정말로 잭이 돌아올 경우 말이다. 어떤 경우가 되든 브라흐두로서는 손해 볼 게 없었다.

그래도 그가 약속을 지킨다면……지극히 낮은 확률이기는 했지만 그래도 가능성은 있었다.

빅토리아가 고개를 들고 말했다.

"좋아요, 그렇게 하죠."

페이나르가 전달기를 건네주었다. 빅토리아는 그것을 두 손에 쥐고 눈을 감았다. 에너지가 내면으로 흘러들어와 그녀를 채우고 새롭게 하는 것이 느껴졌다. 정말로 생명이 가득한 장소에 와 있는 것 같았다.

그녀는 그렇게 몇 분 간 가만히 있었다. 완전히 기운을 차리려면 몇 시간은 더 필요할 것이다. 하지만 그럴 시간은 없었다. 서둘러 잭을 만나러 가서 그가 큰 일을 저지르기 전에 막아야 했다.

보석을 계속 두 손에 든 채 빅토리아가 눈을 떴다.

"준비 됐어요."

그녀는 마법사를 바라보았다.

"우리 둘만 있게 해줘요."

마법을 전달하려면 유니콘으로 변신해야만 했고, 다른 사람이 쳐다보고 있으면 불편했기 때문이었다. 브라호두를 위해서 이런 일을 하고 있다는 것만으로도 이미 충분히 끔찍했다.

페이나르는 브라호두를 쳐다보며 우물쭈물했다. 그러자 브라호두가 허리에 차고 있는 칼에 손을 가져가며 의미심장하게 고개를 끄덕였다. 마법사는 일어나 문을 닫으며 방에서 나갔다.

빅토리아는 여러 번 심호흡을 했다. 에너지가 계속 내면에서 순환했고, 어느 순간 마치 숲속 한가운데 있는 듯한 기분이 들었다. 숲이 그리웠다.

그녀는 정신을 집중하려고 애썼다. 자기 안에 있는 루나리스를 찾아, 유니콘의 정수가 밖으로 흘러나오게 하여 변신하려고 했다.

그렇지만 빅토리아는 여전히 혼란스러웠고, 루나리스는 빛을 보러 나오려 하지 않았다. 루나리스는 영혼의 한구석에 그대로 웅크린 채 떨고 있었다. 절망한 빅토리아는 집요하게 내면의 유니콘을 호출했다. 그녀는 속으로 울고, 간청하기도 하고 위협도 했다. 하지만 변신은 일어나지 않았다.

빅토리아가 눈을 떴다. 브라호두가 기대에 찬 시선으로 지켜보고 있었다.

"잘 되고 있는 건가?"

"노력중이에요."

빅토리아가 작은 소리로 말했다.

"보통은 변신하는 데 문제가 없어요, 하지만 오늘은……"

그러자 브라흐두가 빅토리아의 멱살을 붙잡고 두 눈을 위협적으로 번득이며 노려보았다.

"변신하는 게 좋을 걸, 이쁜이? 그러지 않으면 너와 네 친구가 곧 죽을 테니까. 무슨 말인지 알지?"

빅토리아가 고개를 끄덕였다. 브라흐두가 놓아주자 빅토리아는 깊이 숨을 내쉬고 다시 시도했다. 꼭 해야만 해. 그녀는 속으로 되뇌었다. 억지로 마법을 건네주는 게 그렇게 어려운 건 아니잖아. 이미 한 번 해봤잖아.

드락웬 탑에서 네크로맨서가 빅토리아를 이용했던 기억이 떠오르자 속이 뒤틀렸다. 떠올리는 것만으로도 고통이 느껴지는 것 같았다. 하지만 빅토리아는 이를 악물고 잭을 위해서라면 그 정도는 다시 겪을 마음의 준비가 되었다고 다짐했다. 그보다 더한 일이라도.

그때 갑자기 그녀는 자신의 의지만으로는 이 일을 할 수 없다는 걸 깨달았다. 원한다고 해서 심장 박동을 멈출 수 없는 것처럼 말이다. 잭의 생명을 구할 수만 있다면 심장에 비수라도 꽂을 텐데도.

하지만 그 부름을 느낄 수 없다면, 키마라에게 그랬던 것처럼 자신의 능력을 건네주고픈 그 놀라운 마음을 느낄 수 없다면, 아무리 간절히 원한다고 해도 결국 마법을 강제로 추출해내는 방법밖에 없었다. 아슈란이 빅토리아의 힘을 빼앗기 위해 오래전에 사용했었던 그 끔찍한 도구가 필요한 것이다. 그게 있어야 브라흐두가 요청하는 일을 할 수 있다는 걸 그녀는 깨달았다. 그 물건이 자신을 더할 수 없이 괴롭히더라도, 그것만 있으면 책을 구할 수 있으니까.

결국 그녀는 목이 메어와 나지막한 목소리로 털어놓았다.

"소용없어요. 당신에게는 아무런 감정도 느낄 수가 없어요. 유니콘은 당신 앞에 절대로 모습을 나타내지 않을 거예요, 브라흐두."

남자는 아무 말이 없었다. 전달기를 빼앗기자 빅토리아에게는 또다시 아무런 힘도 남지 않았다. 브라흐두는 자리에서 일어나 심각한 표정으로 그녀를 내려다보았다.

"방금 넌 네 사형선고에 서명을 한 거야."

그가 말했다.

"내게 마법을 줄 수 없다면, 넌 다른 누구한테도 줄 수 없게 될 거야."

쾅 하고 문이 닫혔고, 빅토리아는 자신이 이제 산 채로 매장되어, 그날 밤을 넘기지 못하리라는 걸 알았다.

그래도 그녀는 책과 그가 처한 위험에 대한 생각뿐이었다. 또한 크리스티안도 떠올랐다. 갇혀 있는 동안 두 사람 모두가 그리웠다. 빅토리아는 반지를 통해 크리스티안의 존재를 느꼈지만,

그가 여전히 다른 쪽에, 잭을 구하기에는 너무 먼 어딘가에 있다는 것만 알 수 있었다.

잭은 지평선 쪽에서 다가오는 붉은 구름을 보았다. 지난번에 비슷한 걸 보았을 때, 키마라는 들키지 않게 모래 언덕 사이에 숨으라고 다급하게 말했었다. 그때 잭은 두말 않고 그 말을 따랐다. 하지만 이번에는 모래 언덕 높은 곳, 눈에 잘 보이는 곳에 자리를 잡고 그것을 기다렸다.

키마라가 '카야신', 스파이라고 불렀던 곤충 떼가 잭이 있는 곳까지 오는 데는 얼마 걸리지 않았다. 잭은 놈들이 자신을 둘러싸도록 내버려두었다. 성을 내며 윙윙거리는 곤충들 앞에서 초조함을 드러내지도 않았고, 몇 마리가 피부 위에 내려앉아 기다란 더듬이로 더듬어도 꼼짝하지 않았다.

구름 같은 곤충 떼가 물러가자, 잭은 모래 언덕에 침착하게 앉아 계속 기다렸다.

카야신들이 더 크고 위험한 존재에게 잭이 이곳에 있다는 정보를 곧 알릴 터였다.

해가 저물 때까지 기다려야만 했다. 그때 드디어 달빛을 받으며 지평선 쪽에서 다가오는 스와니트가 어렴풋이 보였다. 엄청나게 거대했다. 그 생물이 잭이 있는 곳까지 왔을 때야, 놈이 얼마나 어마어마한 존재인지를 알 수 있었다.

방추형의 거대한 곤충은 무서운 십여 개의 발로 모래언덕을 기면서 기다란 두 개의 더듬이로 바닥과 공중을 더듬었다. 먹이를 찾아 입가에 돋아난 수많은 돌기는 무시무시하기 이를 데 없었다. 몸통은 갑옷처럼 몸을 보호하는 뿔 모양의 막으로 가려져 있었다.

잭은 스와니트의 무시무시한 모습을 잊고 냉정을 유지하려고 애썼다. 곤충의 껍질을 형성하고 있는 저 막이 그의 목표물이었다. 빅토리아를 구하기 위해서는 저 껍질들이 필요했다. 그는 내내 그 생각만 하려고 무진 애를 썼다.

스와니트가 다가오는 동안 놈을 관찰할 여유가 있었다. 혹시 껍질 사이의 연결점 어딘가에 칼을 찔러넣을 수 있지 않을까 싶었지만 그 생각은 그만 접었다. 놈이 너무나 컸기 때문이었다. 도미바트 같은 전설의 검으로 아무리 상처를 낸다 해도, 놈에게는 모기에 물리는 정도밖에 되지 않을 것이다.

잭은 그런 식으로는 놈을 이길 가망성이 전혀 없음을 파악했다. 그래서 도미바트의 칼집을 그대로 모래에 박은 후 용으로 변신했다.

용이 포효하며 솟아오르자, 스와니트 역시 눈이 없는 머리를 들어올렸다. 그리고 용을 찾아 돌기를 공중에 마구 흔들어댔다. 잭은 당장이라도 그를 두 동강 내버릴 듯한, 입가에 달린 스와니트의 네 개의 집게발이 어떻게 움직이는지 찬찬히 살펴볼 수 있을 정도로 가까이 다가갔다. 그리고 조금 더 높이 날아올라 놈의 사정권을 벗어났다.

스와니트는 아까보다 더 맹렬히 잭을 찾고 있는 듯했다. 잭은 그 이유를 알 것 같았다. 이 생물들은 사막에 살고 있고, 사막의 다른 존재들에 비해 너무나 컸다. 사냥감이라고 해봐야 늘 인간족이나 얀 족들뿐이었고, 그 정도로는 놈들에게 하찮을 것 없는 후식 정도밖에 되지 않았다. 그러니 스와니트들은 늘 굶주려 있었던 것이다.

하지만 용은 그렇지 않았다.

잭은 힘차게 날개를 퍼덕이며 불을 한 입 가득 뿜어냈다. 하지만 스와니트의 껍질이 그 불길을 막아내는 걸 보고는 절망하고 말았다. 직접 부딪혀 싸우는 수밖에 다른 도리가 없었다.

그는 발톱을 앞으로 쳐들고 놈에게 돌진했다. 곤충의 몸통에 발톱을 박으려 했지만, 생채기 하나 내지 못하고 껍질 위로 그대로 죽 미끄러지고 말았다. 잭은 스와니트의 입 돌기에 붙잡히기 전에 다시 공중으로 날아올랐다.

그는 공중에서 두어 바퀴 돌며 생각했다. 왜 브라흐두가 그처럼 저 껍질에 관심을 갖고 있는지 이해가 되었다. 불에도 끄떡없는 것이 다이아몬드만큼이나 강했다. 아니, 어쩌면 그보다 더 단단할지도 모른다. 그러니 껍질을 깨무는 것도 아무 소용 없을 것이다. 선택의 여지가 점점 줄어들었다.

그래도 이 생물을 죽여야만 했다. 빅토리아를 위해서.

스와니트는 용의 뒷발 위로 몸을 곧추 세워 공중에서 잭을 잡으려 했지만 뜻을 이루지 못했다. 잭은 놈을 피하며 계속 궁리했다.

놈의 위로 내려가며 껍질막을 좀더 가까이서 볼 수 있었다. 혹시 막 사이에 난 공간에 발톱을 박을 수 있을지도 모른다. 그걸로 상처를 입힐 수는 없겠지만, 잘하면 놈을 발톱으로 찍은 뒤에 끌어당기면 몸통을 뒤집을 수 있을지도 모른다. 저 곤충이 보이는 대로 거대한 꼬치 벌레의 일종이라면, 어쩌면 아래쪽에는 보호막이 없을 수도 있다. 충분히 가능한 이야기였다. 실제로 스와니트는 모래 위를 기어다녔고, 몸통 아래의 발만 바닥에 노출되어 있었다. 노출된 부분에만 껍질이 발달되었다는 생각은 꽤 그럴듯했다.

그는 곧장 곤충 위로 내려와 발톱을 등 위에 박았다. 하지만 연결 부위를 찍지는 못했고, 스와니트는 재빨리 움직여 잭을 향해 여러 개의 발을 들어올렸다.

잭은 곤충의 발이 끈끈이로 되어 있다는 걸 확인하고 공포에 질렸다. 두 발 끝이 옆구리에 와서 붙더니 잭을 입 쪽으로 끌어당겼다. 잭은 다시 날아오르기 위해 필사적으로 날개를 퍼덕였다.

그는 뒤로 돌아 스와니트의 입 안에 불을 뿜었다. 그러자 벌레는 잭을 놓아버렸다. 꽤나 놀란 모양이었다. 하지만 곧바로 다시 용을 향해 돌진하며 입가의 돌기로 용의 꼬리를 물었다.

잭은 고통에 차 울부짖었다. 사납게 몸부림을 쳐 겨우 빠져나왔지만, 스와니트의 아래턱이 잭의 비늘 덮인 가죽을 찢어버렸다. 숨을 헐떡이며 잭은 놈에게서 거리를 두려고 조금 더 위로 올라갔다.

잭은 또다시 뒤에서 하강하며 스와니트 껍질에 발톱을 박으려 했다. 이번에도 그는 뜻을 이루지 못했지만 곤충 역시 잭을 붙잡지 못했다.

세번째 시도에서 발톱이 연결 부위에 닿는 게 느껴졌다. 하지만 놈의 살에 깊이 박히지는 못했다. 더 움켜쥘 시간적 여유가 없었다. 스와니트가 뒤로 물러서더니 잭을 향해 돌진했기 때문이었다. 잭은 공중으로 물러났지만 스와니트의 뒷발이 잭을 잡아 바닥에 뒤집어버렸다.

잭은 몸을 뒤틀어 성을 내며 필사적으로 모래 위에서 꼬리를 휘두르며 발톱과 이빨, 뿔과 불 등을 되는 대로 동원하여 싸웠다. 하지만 그 어떤 것도 이 거대한 생물을 해치지는 못할 것 같았다. 게다가 스와니트 발 안쪽의 뾰족한 끝이 용의 몸에 박혀 황금 가죽을 찢기 시작했다. 그는 다시 한 번 놈의 얼굴에 불을 뿜었지만 이번에는 잭을 놓아주지 않았다. 그를 덮쳐오는 스와니트의 턱을 보자, 잭은 자신이 이 전투에서 살아남지 못하리라는 것을 알았다.

빅토리아는 지독한 고통을 느꼈다. 그녀 자신이 죽어가고 있기 때문이 아니었다. 잭이 심각한 위험에 빠졌다는 걸 느꼈기 때문이었다.

그녀는 자리에서 일어나 비틀거리며 문까지 갔다. 남아 있는 마지막 힘을 다해 문을 부수려 달려들었다. 두드리고, 또 두드리며 한 번, 다시 한 번 때렸지만 소용이 없었다. 하지만 잭이 죽어가는 마당에 그곳에 그냥 갇혀 있을 수는 없었다. 쉬지 않고 계속해서 문을 두드려댔다. 자신이 지쳐 나가떨어지거나 아니면 문이 부서질 때까지. 더이상 두드릴 수 없게 되자, 그녀는 두 눈에 눈물이 그렁그렁한 채 문가에 스르르 주저앉고 말았다.

그리고 잠시 후 그녀를 구하러 그곳으로 들어오는 누군가가 보였다.

빅토리아를 위해서야.

잭은 스와니트의 끈끈한 발 사이에서 마지막으로 몸을 비틀었다. 날카로운 침이 살에 깊숙이 박혔지만 개의치 않았다. 사납게 탁 하고 꼬리를 휘두르며 놈의 얼굴에 다시 불을 내뿜었다. 상처를 입히지는 못했지만 벌레가 잠시 당황한 기색이 보였고, 그 틈에 잭은 다시 빠져나왔다.

잭은 할 수 있는 한 힘껏 공중으로 날아올랐다. 하지만 비행은 어딘가 불안정했다. 한쪽 날개가 찢어졌기 때문이었다. 그는 두어 차례 심호흡을 하고, 날아오를 때 일으킨 먼지 사이로 스와니트를 보았다.

그는 다시 하강했다. 이번이 마지막 시도일 수도 있다. 하지만 빅토리아의 시선을 떠올리고, 그녀가 사악한 브라흐두에게 잡혀 있다는 사실을 상기했다. 이렇게 해서 그애를 구할 수만 있다면 이런 일쯤은 아무렇지도 않았다.

앞발의 발톱이 가까스로 틈새에 박혔다. 이번에는 두 껍질막 사이를 분리하는 가는 선 사이에 제대로 박혔다. 그 부분을 고리처럼 찍고는 힘차게 날갯짓을 했다. 당기고, 또 당겼다. 그러면서도 놈이 다시 덮쳐오는 걸 피하기 위해 잠시 멈춰야만 했다. 그때 스와니트가 잭을 잡으려고 뒷발을 들어올리자 잭은 벌레를 찍은 발톱을 다급하게 확 잡아당겼다. 간신히 놈의 균형을 잃게 만들 수 있었다. 그는 있는 힘을 다해 다시 끌어당겼다.

그러자 스와니트가 공중에 발을 휘저으며 장밋빛 모래 위로 뒤집어졌다. 잭은 지칠 대로 지쳤으면서도 기쁨의 열기가 몰려와 승리의 함성을 내질렀다. 짐작대로 스와니트의 아랫부분은 껍질의 보호를 받지 못하고 있었다. 놈에게 달려들어 앞 발톱으로 푹 찌르자 그제야 깊은 안도감이 들었다.

잠시 후, 스와니트는 죽은 채 모래 위에 뻗었고, 심한 부상을 당한 채 꼼짝할 힘도 없었던 용은 그 옆에 털썩 쓰러졌다.

빅토리아는 누군가 자신을 끌고 가는 듯한 느낌에 눈을 떴다.

빛이 보였다. 누군가 그녀를 감옥에서 꺼내려는 중이었다. 심장이 덜컥 내려앉았다. 잭? 아니, 잭이 아니다. 크리스티안도 아니다.

페이나르, 브라흐두를 섬기는 마법사였다.

"조용."

그가 나지막이 속삭였다.

"보초병들은 수면주문에 걸려 자고 있지만, 그래도 놈들을 깨우면 안 되지."

빅토리아는 어안이 벙벙하여 아무 말도 하지 않았다. 도대체 무슨 일인지 이해가 되지 않았지만, 페이나르가 감옥에서 자신을 꺼내주고 있었고, 잭 곁으로 갈 수 있는 이런 행운에 대해 토를 달 생각은 없었다. 그녀는 지하 감옥의 복도를 따라 그가 이끄는 대로 가만히 따라갔다.

곧 두 사람 모두 밖으로 나왔다. 페이나르는 그때서야 그녀를 놓아주었다. 기운이 하나도 없었던 빅토리아는 세 달의 달빛이 비추는 모래 위로 푹 쓰러졌다. 그러고는 커버에 싸인 아이셀의 지팡이에 손을 뻗어 그것을 가까스로 움켜쥐고는 혼란스러워했다.

"가라."

마법사는 이렇게 말할 뿐이었다.

"왜……?"

빅토리아가 겨우 질문을 던졌다.

페이나르는 대답하는 데 조금 뜸을 들였다. 그는 빅토리아의 눈길을 피하며 대꾸했다.

"오래전 젊었을 때, 유니콘을 본 적이 있다. 아직도 그 눈을 잊을 수가 없어. 아름다운 꿈길 같은 눈이었지."

놀란 빅토리아가 그를 쳐다보았지만, 마법사는 급작스럽게 등을 돌리고는 문 안으로 다시 들어가버렸다. 빅토리아는 그의 행동을 따져볼 여유가 없었다. 그녀는 겨우겨우 일어나, 지팡이에 의지한 채 잭을 찾아 사막 한가운데를 향해 지친 몸을 끌며 나아갔다.

다음 날 아침 죽은 스와니트 곁에서 눈을 뜬 잭은 흠칫 놀랐다. 의식을 잃은 게 틀림없다고 생각한 그는 자신을 탓했다. 어쩌면 빅토리아에겐 시간이 얼마 남지 않았을지도 모르는데다가 이제

작열하는 햇살 아래 죽은 스와니트의 시체를 끌고 가야만 했기 때문이었다.

한시도 낭비할 시간이 없었다. 그는 두 앞발로 검과 검자루를 집었다. 그리고 꼬리를 스와니트의 발에 감아 끌어당겼다.

처음에는 그것을 움직일 수조차 없었다. 하지만 계속 끈질기게 잡아당기자 거대한 몸통이 모래 위에서 조금씩 끌려왔다. 잭은 그의 무게와 맞먹는 이 괴물을 코슈까지 끌고 가는 일이 불가능할 거라는 생각은 눈곱만치도 하지 않았다. 해야만 했기 때문이다. 그뿐이었다.

그는 사막을 가로지르며 몇 시간째 스와니트를 끌고 갔다. 그리 많이 나가지는 못했지만 아무것도 안 하는 것보다는 나았다. 한 걸음 한 걸음 내디딜 때마다 빅토리아에게 더 가까워진다는 사실을 자각하며.

정오가 되어, 세 개의 태양 중 가장 큰 태양이 머리 꼭대기에 떠오를 즈음, 잭은 저 멀리 모래 언덕 사이로 그에게 다가오는 쓸쓸한 한 형상을 알아보았다. 그는 잠시 발걸음을 멈추고 눈을 여러 번 껌벅였다. 신기루가 아닌가 싶었다. 그는 틀림없이 저건 환영일 거야, 라고 생각했다. 작대기에 몸을 기댄 한 소녀가 겨우겨우 힘겹게 걸어오고 있었다.

아니, 지팡이인가.

'이건 신기루야.'

잭이 혼잣말을 했다.

그러면서도 그는 죽은 스와니트를 뒤에 남겨놓고 그녀를 향해 걸어갔다. 다가가는 동안 그는 다시 인간 소년의 모습으로 변신했다.

열이 펄펄 끓는 채로, 지저분하고 기진맥진한 몰골을 한 빅토리아가 자신의 품에 쓰러지자, 그녀를 끌어안은 잭은 잠시 동안 두 사람 다 죽어서 천국에 있는 게 아닌가 싶었다. 빅토리아를 품에 안자 머리에 시원한 물을 뒤집어 쓴 것처럼 기분이 상쾌해졌다. 눈을 감고 그 상황에 감사하면서도 두 사람이 다시 함께 있게 되었다는 사실이 믿기지 않았다. 하지만 갈증과 더위에 목이 바짝 마른 그는 빅토리아의 이름을 부를 수도, 얼마나 보고 싶어했는지 말해줄 수도 없었다.

빅토리아는 잭에게 몸을 기댄 채 숨을 몰아쉬면서도 바짝 말라 갈라진 입가에 미소를 띠었다. 잭은 계속 걸어갈 힘이 없다는 걸 깨닫고, 빅토리아를 죽은 스와니트 곁으로 데려가 모래 위에 안전하게 눕혔다. 빅토리아는 거대한 생물이 만든 그늘에 감사하듯 다시 미소를 지었다. 잭은 자신의 에너지를 전해주려는 듯 빅토리아를 품에 꼭 안아주었다.

용이 품고 있는 내면의 불길이 아무리 크다 해도, 그에겐 지금 비축한 에너지가 거의 없었다. 몸이 회복되려면 한동안 휴식을 취해야만 했다. 그래도 잭은 빅토리아와 달리 사막에서도 휴식을 취할 수 있었다.

'빅토리아를 이곳에서 벗어나게 해야만 해.'

잭은 생각했다. 하지만 자신도 완전히 탈진해 있었다. 빅토리아가 곁에 있는 지금, 그동안 그를 지탱해온 긴장이 스르르 풀렸다.

'조금만 있다가.'

잭은 속으로 되뇌었다.

'지금은 쉬어야만 해.'

그리고, 그는 자기도 모르게 빅토리아의 곁에서 깊은 잠에 빠져들었다. 스와니트의 몸통이 만들어준 그늘에 몸을 누인 채.

남레를 공격한 뒤 며칠 후, 세 척의 나룻배가 누르곤에 도착하자 알렉산더는 진심으로 모든 신에게 감사를 드렸다.

이동은 결코 쉽지 않았다. 남레에서의 사건이 있은 후, 딩그라를 통치하는 셰크인 시에셀이 이미 그들의 움직임을 낱낱이 꿰고 있었기 때문이었다. 인간들이라면 에스메랄다 항구로 향하는 다른 나룻배들 사이에 위장하고 있던 누에보스 드라고네스의 배를 감지하기 어려웠을 테지만, 셰크는 예외였다.

누에보스 드라고스를 진짜 용처럼 보이게 하는 파그노르의 특별한 피부는 셰크의 감각을 속이는 데 매우 불리했다. 강 위를 나는 셰크라면 누구라도 다른 배 사이에서 나무로 만든 용을 싣고 가는 그들의 배를 알아볼 수 있을 터였다. 그것을 알아보는 즉시, 그들은 용에게 맞서려는 맹목적이고 본능적인 증오심에 휩싸여 배를 공격하게 될 것이다.

남레 다리를 공격한 후부터 여러 마리의 셰크들이 반란군들의 나룻배를 찾아 강 위를 떠돌고 있었다. 알레그라가 건 강력하고 영구적인 위장 주문은 처음에는 제대로 효과를 발휘했다. 하지만 요정들은 위장 주문에 특히나 민감했고, 선박을 위장한 바로 그

주문에 가려진 알레그라 본인이 점차 힘을 잃어가기 시작했다.

알렉산더 역시 그리 편치는 않았다.

에벤까지 가는 항로는 두 사람에게는 말 그대로 생지옥이었다. 그렇지만 둘 중 누구도 주문을 거두자는 내색은 조금도 내비치지 않았다.

그들은 세크들이 그들을 에벤에서 가로막으려 할 거라는 사실을 알고 있었다. 다행히도, 누르곤까지 가기 위해 반드시 거슬러 가야만 하는 이베론 강은 도시에 도착하기 직전에 아디르 강으로 합쳐졌다.

"조심들 해!"

나룻배가 물살을 거스르며 항해하기 위해 여섯 쌍의 노를 힘차게 펼치는 모습을 보며 덴얄이 말했다.

"수도까지 강을 거슬러가는 나룻배들이 많기는 하지만 아디르 강과 비교하면 그렇게 붐비는 편은 아니다. 조심하지 않으면, 발각될지도 모른다."

어쨌거나 이동은 별 탈 없이 진행되었다. 그리고 드디어 어느 날 오후, 첫번째 태양이 저물 무렵, 반란군들은 멀찍이 누르곤 요새의 희미한 실루엣을 알아볼 수 있었다.

알렉산더는 서로 모순되는 감정들이 물밀 듯 밀려오는 기분이 들었다.

바니사르가 그가 나고 자란 곳이라면 누르곤의 높은 성벽은 그가 전사로, 남자로 태어난 곳이다. 지금까지는 자신이 누르곤을 이다지도 그리워하고 있는 줄 깨닫지 못했다. 그렇지만 지금 눈앞에 보이는 모습이라면 차라리 요새를 보지 않는 편이 나을 뻔했다.

난델트 전 지역의 자랑거리였던 위풍당당한 요새는 이제 폐허와 무너진 건물 부스러기 더미에 지나지 않았다. 성벽의 일부는 여전히 그곳에 서 있었지만, 지붕은 이미 오래전에 주저앉았고, 탑들도 부서져내렸으며, 총안들 사이에서도 더이상 누르곤의 깃발이 나부끼지 않았다.

누르곤의 깃발은 빨강색 바탕에 높이 교차하는 두 검 아래로 왕관을 쓴 하얀 용이 그려져 있었다. 그것은 난델트의 여느 귀족 가문의 문장이 아니라, 오직 누르곤만의 상징이었다. 그리고 그 아래로 모든 왕국들과 왕실들, 귀족 가문의 젊은 자제들이 모여들었다. 또한 기사단은 어려운 입학시험을 통과한 자라면 평민 젊은이들도 받아들였다. 남녀의 차별도 없었다. 그랬다. 누르곤 기사들 중에는 여자들도 있었고, 그들 중에는 기사단 계급에서 중요한 위치를 차지한 여인들도 있었다.

알렉산더는 한숨을 참았다. 그가 저 성벽 안에서 배운 것은 싸움뿐만이 아니었다. 기사단이 수련생들에게 제공하는 교육은 매우 폭이 넓었고, 고향 왕국에서 중요한 위치를 맡게 될 젊은이들 각자에게 개별적으로 맞춰져 있었다. 지난 시절, 요새는 활기에 차 북적거렸다. 엄격한 규율 속에서 기사단 수련생들은 해가 떠올라 저물 때까지 일했다. 그리고 성 벽 주위에 있는 누르곤 마을 역시 전사가 되기를 희망하는 학생들과 귀족 스승들이 필요로 하는 바에 따라 성장하고 번창했었다.

이제, 이 마을에 남은 건 아무것도 없었다. 요새의 소리 없는 잔해들만이 과거의 영광과 위대한 날의 메아리를 상기시켜줄 뿐이었다.

알렉산더는 나룻배가 강 위로 서서히 들어서는 동안 눈길을 돌렸다.

"기사들은 어떻게 되었소?"

알렉산더가 쉰 목소리로 물었다.

덴얄이 어깨를 으쓱했다.

"처음에는 셰크의 침략에 맞서 모두 함께 싸웠어요. 하지만 첫 전투에서 패배하고는 각자의 왕국을 지키기 위해 뿔뿔이 흩어졌습니다. 셰크들은 그들에게 조금도 자비를 베풀지 않았지요. 딩그라나 나네텐처럼 무조건 항복한 왕국에서조차 기사들을 추적하여 한 명씩 끝장냈어요. 몇몇 왕들, 누르곤 기사단을 배신한 자들만 사면을 받았습니다. 바로 딩그라의 왕 캐바니온처럼 말입니다."

덴얄은 마치 침을 내뱉듯이 그 이름을 말했다.

"사람들 말로는 마지막 남은 기사들이 최후의 공세를 퍼붓기 위해 집결했었다고 하더군요. 그런데 캐바니온이 그들을 배신하고는 고스란히 시에셀에게 갖다바친 거랍니다."

"떠도는 풍문은 들었소."

알렉산더가 이를 갈았다.

"누르곤의 기사가 같은 기사단의 형제들을 배신했다는 말이 좀처럼 믿기지 않는군요."

"기사들은 전멸되었습니다."

덴얄이 까칠하게 말했다.

"제가 보기엔 단순한 소문 이상인 것 같아요."

알렉산더는 대답하지 않았다. 요새를 물끄러미 쳐다보고 있던 그는 돌연 경계태세를 취하며 인상을 썼다.

반란군의 지도자는 말을 계속 이어갔다.

"캐바니온은 기사단의 기사이기도 하지만, 과거에도 그랬고 지금도 여전히 딩그라의 군주지요. 그러니 아무리 좋게 생각해도 누르곤이 왕국의 도시보다 더 큰 명성을 얻고, 더 중요한 위치를 차지한다는 사실이 마음 편치 않았을 겁니다. 실제로 요새의 대스승이 왕인 자신보다 더 높은 권위를 지니는 것도 마음에 들지 않았겠지요. 다른 한편으로는……"

"쉿!"

알렉산더가 쉰 목소리로 덴얄의 말을 끊었다.

"알아채지 못했어요?"

"뭘요?"

"차가움."

"함정이야."

알레그라가 목소리를 낮추며 두 사람 뒤의 갑판으로 황급히 모습을 드러냈다.

"셰크들이 요새에서 매복하고 우리를 기다리고 있어."

"그럴 수가."

덴얄은 안색이 창백해지며 중얼거렸다.

"놈들이 알 수가 없을 텐데……"

"그 사실을 반드시 알아야 할 필요까진 없었겠지."

알레그라가 대꾸했다.

"놈들에겐 생각하고 추측하고 결론을 내리는 걸로 충분할 테니까."

"무기를 들라."

알렉산더가 명령했다.

"싸울 준비를 하라."

요새의 폐허 속에 숨어 있던 생물은 갑판 위의 움직임을 놓치지 않았다. 시에셀이 성 위로 솟아올라, 거대한 날개의 그림자로 강과 나룻배를 가리며 날카로운 소리를 내지르자 모두 피가 얼어붙는 듯했다.

시에셀은 암컷 세크들 중 가장 아름답고 치명적이라고 했다. 게다가 제 종족 가운데서도 놀라울 정도로 영리했다. 아직 젊은데도 불구하고 순전히 타고난 능력으로 날개 달린 뱀 종족의 고위층 자리를 얻었다. 또한 아무도 드러내놓고 말하는 이들은 없었지만, 그녀가 다른 누구도 아닌 바로 날개 달린 뱀들의 군주인 세스하크의 총애를 받는다는 사실도 세크들 사이에서는 더이상 비밀이 아니었다. 하지만 시에셀은 세스하크를 거부하는 여유를 부리고 있었고, 당장은 동반자를 필요로 하지 않는 듯 보였다.

세스하크는 그녀에게 직접 누르곤 기사들을 끝장내라는 임무를 맡겼고, 시에셀은 이 임무를 충실히 수행했다. 게다가 그녀는 불필요한 위협이나 정신적 속박으로 적법한 왕을 굴복시킬 필요도 없이 딩그라를 다스릴 정도로 수완이 뛰어났다. 사실 캐바니온 왕이 배신하게 된 건 시에셀 때문이라는 사실을 모르는 사람은 거의 없었다. 물론 이 군주가 누르곤 기사단에 그다지 좋지 않은 감정을 갖고 있었다는 것도 어느 정도 사실이었다. 그래도 그가 영원한 영광을 약속하며 기사들을 팔아 아슈란에게 갖다바치도록 이끈 주인공은 바로 시에셀이었다. 캐바니온을 속여넘기기가 어찌나 쉬웠던지 시에셀은 거의 실망할 정도였다. 이제 왕은 자신의 승리를 확신하며, 자신이 네크로맨서의 제국에 꼭 필요한 인물이라고 믿었다. 하지만 그는 언제라도 쓸모가 없어지면 눈 깜짝할 사이에 제거될 것이다. 그 혼자 그 사실을 모르고 있을 뿐이었다.

지금 당장 그를 살려두고 있는 것은, 인간의 나라를 통치하는 데는 설사 명목뿐일지라도 인간 왕을 두는 것이 꽤나 편리하기 때문이었다. 하지만 난델트에 사는 모든 이들은 딩그라의 운명을 실제로 좌우하는 자가 바로 아름답고 치명적인 시에셀이라는 사실을 알고 있었다.

모두 이 사실을 알고 있었다. 캐바니온 왕 본인만 빼고.

시에셀은 저항군이 이둔으로 귀환했다는 사실을 낱낱이 꿰고 있었다. 이 무리 가운데 예전의 알산, 즉 바니사르의 왕위 계승자이자 셰크들의 뜻을 거스르며 절대로 굴복하지 않을 누르곤의 기사가 있다는 사실도 알고 있다. 그는 전투를 벌이기 위해 곧 이곳으로 달려올 것이다.

그녀는 알렉산더가 동생이 다스리는 왕국에 도착했다는 소식을 전해들었다. 하지만 바니사르는 에이세슈의 세력에 속했고, 시에셀은 다른 셰크의 영토에서 벌어지는 일에 간섭하면 안 된다는 사실을 잘 알고 있었다. 그렇지만, 남레 다리에서 전투가 벌어지고 그 다리를 지키던 셰크인 케슈가 죽은 후, 시에셀은 이제 때가 되었음을 알았다.

변절자, 누르곤 최후의 기사 중 하나인 알렉산더가 시에셀의 통제권 안에 들어온 것이다.

어떤 셰크들은 그가 아와 숲으로 향하고 있다고 생각했다. 요정족 마법사 아일레가 계속 저항군과 동행하고 있다는 사실을 굳이 언급하지 않더라도, 저항군의 최초 목적지가 아와 숲이리라는 생각은 잘못된 게 아니었다. 하지만 누르곤 기사들과 싸우며 오랜 시간을 보낸 시에셀은 누르곤 기사라면 누구나 현재의 자신을 만들어주고 배움을 닦았던 요새로 돌아가고픈 충동을 느끼리라는 사실을 잘 알고 있었다.

설사 요새 따위는 더이상 존재하지 않더라도 말이다.

따라서 다른 셰크들이 에벤을 살피는 동안, 시에셀은 참을성 있게 누르곤에서 기다리고 있었다. 그리고 결국 그 인내심이 보상을 받은 것이다.

다른 나룻배들은 왕국의 수도인 아렌을 향해 강을 오르고 있었다. 하지만 유독 그 나룻배만 요새의 폐허에 특별한 관심을 드러냈다. 대부분 배의 선원들은 위풍당당한 성이 솟아 있던 강변에서 황급히 배를 돌려 멀어져 갔다. 마치 요새에 가까이 다가가기만 해도 누르곤 기사들이 당했던 것과 같은 운명을 당할지 모른다고 믿는 듯했다. 하지만 그 선박은 나무 사이로 가려진 폐허를 더 잘 보고 싶다는 듯 강변으로 접근하고 있었다. 시에셀은 그들이 과연 정박할 생각인지 지켜보고 있었다.

갑판 위의 움직임으로 보아 반란군들도 시에셀의 존재를 눈치챘음을 알 수 있었다. 이제 그들은 자신의 추측을 확인시켜준 셈이었다. 저자들은 평범한 선원들이 아니다.

시에셀의 날카로운 시선이 갑판 위에 서 있던 알렉산더를 곧바로 발견했다. 그녀는 즉각 그를 알아보았다. 누르곤 기사의 풍채와 자긍심을 지닌 채 우뚝 서 있는 그의 눈은 이상한 빛을 띠고 있었다. 야수의 영혼이 숨어 있음을 알려주는 야성적인 반짝임이었다. 나머지 변절자들은 거들떠보지도 않은 채 그녀는 달빛처럼 재빨리 그에게 돌진했다. 급습이 유리할 것이다. 그녀가 상대할 만한 라이벌은 오직 알렉산더뿐이니, 그만 쓰러뜨리면 나머지도 그대로 쓰러질 거라는 걸 알고 있었다.

그녀는 한순간 알렉산더를 붙잡을 뻔했다. 큰 덩치를 있는 대로 드러내며 솟아오른 세크의 돌연한 출현에 그가 마비된 듯 멍하니 서 있었기 때문이었다.

하지만 바로 그때 주문을 외치는 힘찬 목소리가 들렸고, 시에셀은 보이지 않는 방어막에 부딪혔다. 그녀는 기다란 파충류의 몸통을 재빨리 말아 구부리며 방어막의 끝을 찾았다. 마법사 아일레가 뒤에 서 있었다. 그녀가 막강한 마법사라는 건 잘 알지만 배 전체에 주문을 걸 만한 시간은 없었을 것이다.

짐작대로였다. 알레그라는 마법으로 겨우 알렉산더의 몸만 간신히 보호하고 있었다. 알렉산더는 시에셀의 치명적인 독니가 위협적으로 가까이 다가오는 걸 보았고, 셰크가 황급히 방향을 바꿔 다른 공격 각도를 찾기 시작했을 때야 겨우 대응할 수 있었다. 셰크가 마법 보호막을 피해 다시 그를 공격할 곳을 찾아낸 바로 그 순간, 알렉산더가 숨라리스를 들어올렸다. 뱀이 공격했다. 알렉산더가 일격을 가했지만 시에셀이 더 빨랐다.

그렇지만 알렉산더는 셰크가 정신을 가다듬어 반짝이는 눈으로 숨라리스를 따져보듯이 바라보는 모습을 보고 놈이 무슨 생각을 하는지 짐작할 수 있었다. 숨라리스는 바로 얼마 전에 다른 셰크를 죽인 전설의 검이다. 영리한 시에셀은 검을 조심해야만 한다는 사실을 깨달았다.

그 짧은 주춤거림을 이용하여 알렉산더는 사나운 포효를 내지르며 다시 공격했다. 등 뒤로 덴얄과 다른 반란군들이 도와주러 달려오고 있었다. 하지만 시에셀은 그들을 무시했다. 그녀에겐 알렉산더만이, 그리고 어쩌면 알레그라 정도가 고려할 만한 상대였다. 그녀는 알렉산더에게서 시선을 떼지 않으면서, 날렵하게 몸을 기울여 그의 일격을 피하고는 꼬리로 탁 때려 그를 뱃전으로 내던지며 공격에서 벗어났다.

알렉산더는 가능성을 가늠해보았다. 예전에 다리에서는 급습을 통해 셰크를 제압했다. 하지만 지금 이 암컷은 지나칠 정도로 경계하고 있었다. 숨라리스를 두 손으로 꼭 쥔 그는 이 대결에서 어떻게 살아나갈지 생각했다.

돌연 배가 크게 흔들렸고 그는 균형을 잃었다. 시에셀 역시 놀라지 않았더라면 알렉산더는 패할 수도 있었다. 시에셀은 날카롭게 쉭쉭거리는 소리를 내더니 배의 창고로 이어지는 작은 해치를 번득이는 눈으로 응시했다.

알레그라는 무슨 일인지 즉시 알아챘다. 그리고 중얼거렸다.

"케스트라, 안 돼……"

다시 쿵 하고 배가 흔들리더니 해치가 산산조각 나며 튕겨져 나왔다. 그리고 장엄한 붉은 용이 석양빛을 향해 자유의 포효를 내지르며 불쑥 솟아나왔다. 알렉산더는 숨이 멎는 듯했다. 파그노르가 진짜가 아니며, 그저 마법을 건, 올렌코 나무와 용의 비늘을 접착제로 붙여 만든 덩치만 커다란 속이 빈 기계라는 것도 알고 있었다. 그것을 조종하는 건 물불가리지 않는 한 아가씨였다. 하지만 그래도 용은 너무나 진짜 같았다.

시에셀 역시 그 사실을 알고 있었다. 셰크는 눈을 가늘게 뜨고는 파그노르를 보며 또다시 적대적인 소리를 냈다. 알렉산더는 그 눈빛에서 맥박 치는 증오심을 감지하고는, 셰크의 내면에서 벌어지는 투쟁을 감지했다.

이성은 시에셀에게 저 용이 진짜가 아니라고 말하고 있었다. 하지만 본능은 용에게 돌진하여 죽이라고 충동질하고 있었다.

파그노르 안에 있는 케스트라는 그 짧은 동요의 순간을 제대로 이용했다. 그녀는 용을 셰크에게 돌진시키며, 마법과 공학의 결합체를 작동시켜 입으로 불을 내뿜었다. 시에셀은 공포에 찬 비명을 내지르며 급히 불길을 피했다. 그러자 본능이 싸움에서 이겼다. 셰크는 무시무시하게 입을 벌리고는 증오심에 미친 듯이 용에게 덮쳐들었다.

케스트라는 시에셀의 습격을 피하기 위해 파그노르를 움직였다. 재차 포효한 용이 또다시 불길을 내뿜었다. 시에셀은 우아한 움직임으로 불길을 피하며 물결치는 기다란 몸통으로 상대를 에워쌌고, 상대가 방심하는 틈을 노려 자신의 긴 몸통으로 휘감으려 했다.

케스트라는 파그노르 안에서 셰크의 움직임을 보고 놈의 의도를 알아차렸다. 그녀는 조종간을 적당히 움직여 용이 조금 더 높이 날아오르도록 날개를 휘저었고, 용은 시에셀을 향해 사나운 이를 드러냈다.

반란군들은 다들 놀라 입을 벌린 채, 갑판 위에서 이 싸움을 올려다보고 있었다. 제일 먼저 반응을 보인 건 덴얄이었다. 그가 명령했다.

"자, 빨리, 창, 활, 석궁!"

얼마 되지 않아, 무기를 갖춘 사람들이 갑판 위에 모였다. 그들은 각자 쏘아 올릴 무기를 손에 들었고, 덴얄이 그 끝에 횃불로 직접 불을 붙였다.

"줄을 당겨라!"

덴얄이 소리치자 궁수, 석궁수, 투창병들이 갑판을 따라 가공할 만한 불길의 대열을 이루었다. 일제히 모두 명령에 따랐다.

"발사!"

점화된 화살이 비처럼 하늘로 솟구치더니 그들의 머리 위에서 얽힌 채 잔인한 싸움을 벌이고 있는 거대한 두 몸통을 향해 떨어져갔다. 알레그라도 힘을 합쳐 불의 마법을 쏘아올렸고, 마법의 불은 불길에 휩싸인 공처럼 다른 불화살들과 함께 솟아올랐다. 알렉산더는 한순간 파그노르의 몸통 안에 든 케스트라가 걱정이 되었지만, 곧 용이 에스쿠페푸에고라는 것, 즉 불에 타지 않는 올렌코 나무로 만들어졌다는 사실을 떠올렸다.

알렉산더는 불현듯 자신이 이곳에 어울리지 않는다는 생각이 들었다. 누에보스 드라고네스는 몇 년 동안이나 셰크들과 투쟁하며 놈들에 맞서 전략을 발전시켜왔다. 하지만 알렉산더 자신은 이 생물들과 맞설 준비가 되어 있지 않았다. 기사단에서 배웠던 일대일 싸움도 셰크의 경우에는 소용이 없었다. 아무리 전설의 검으로 무장했다 해도 기습하지 않으면 놈을 쓰러뜨릴 가능성이 전혀 없었다.

조금 멍한 상태로 그는 시에셀이 쏘아올린 불길에서 몸을 피하려고 애쓰는 모습을, 그리고 잠시 동안 파그노르를 놓치는 모습을 보았다.

케스트라가 그 틈을 노렸다. 그녀는 이전보다 훨씬 더 거센 마지막 불길을 확 내뿜었다.

이제 알렉산더도 이 인조 용들의 불길이 무한정하지 않다는 사실을 알고 있었다. 반란군 마법사들이 마법으로 다시 힘을 소생시키지 않는 한 파그노르는 더이상 불길을 뿜을 수 없을 것이다. 케스트라는 단 한 장의 카드에 모든 운을 건 셈이었다.

잠깐 동안은 효과가 있는 듯 보였다. 공포에 찬 비명과 함께 시에셀은 셰크들이 그렇게나 질색하고 두려워하는 불을 피해 뒤돌아 도망쳤다. 별안간 동작을 멈추고 곧바로 강으로 뛰어들지 않았다면 불길에 휘감겼을지도 모른다.

거대한 시에셀의 몸통이 불을 피해 풍덩 소리를 내며 수면 아래로 잠기자 나룻배가 위태롭게 휘청했다. 덴얄이 나지막이 불평을 했다.

"창, 활, 석궁 준비!"

그가 다시 소리를 질렀다.

반란군들이 발사 준비를 했다. 대장이 다시 화살 끝을 점화했다. 궁수는 시위를 당겼고, 투창병과 석궁수들은 무기를 채웠다. 모두 불안한 마음으로 시에셀의 은빛 몸통이 다시 강 위로 떠오르기를 기다렸다. 파그노르는 계속 그들 위에 머물러 있었고, 케스트라는 용이 분노에 찬 고함을 내지르게 했다.

알렉산더는 생각했다.

'조금만 더 운이 좋아서 셰크가 이제 용이 불을 내뿜을 수 없다는 걸 알아채지 못한다면 좋으련만.'

하지만 위장은 오래가지 못했다.

이제 막 하늘에 떠오른 별들을 향해 솟구치는 거대한 크리스털 분수처럼 물을 튀기며 시에셀이 다시 물 밖으로 나왔다. 셰크는 날개를 활짝 펼치고 물을 떨어뜨리면서 훨씬 더 자신감에 찬 자세로 다시 인조 용을 향해 황급히 돌진했다. 그 쉭쉭거리는 소리를 듣자 모든 사람의 피가 얼어붙었다.

"발사!"

덴얄이 명령했다.

또다시 화살이 비처럼 쏟아지며 시에셀 위로 떨어졌다. 대비를 하고 있던 셰크는 이번에는 꽤 쉽사리 몸을 피했다. 그러더니 입을 쫙 벌리고는, 번득이는 두 눈에 죽음의 눈길을 빛내며 파그노르를 향해 돌아섰다.

케스트라는 미처 용을 조종할 틈이 없었다. 별안간 시에셀의 둥근 몸통이 파그노르의 나무 몸통을 옥죄어왔다. 날개를 조종하는 조종대를 필사적으로 움직여봤지만 날개는 이미 셰크의 몸통에 꼼짝없이 갇힌 상태였다. 그러자 케스트라는 자신이 잡혔다는 것을, 단지 시에셀의 날개만이 자신과 인조 용을 떠받치고 있다는 사실을 알았다.

저 아래, 배 위의 반란군들 역시 어떻게 된 일인지 깨달았다.

"이럴 수는 없어!"

알렉산더는 어찌할 바를 몰라 중얼거렸다. 파그노르가 쓰러진다면 그들 역시 패하는 것이다. 이 배가 요새에 닿지 못한다면 다른 어떤 배도 뒤따르지 못할 것이다. 싸움이 이렇게 시작과 동시에 끝나고 말 것이다.

별안간, 힘찬 외침이 강변의 숲 너머에서 들려왔다.

"숨 라르 누르곤!"

거대하게 번쩍이는 창과 같은 것이 하늘을 가로지르며 시에셀이 있는 방향으로 날아왔다. 셰크는 급작스럽게 뒤돌아섰지만 순간 두 눈에 그녀를 향해 곧장 날아오는 물체의 빛이 반사되었다. 시에셀은 자리를 벗어나려 했으나 파그노르를 안고 있던 차라 움직임이 둔했다. 셰크는 세차게 날개를 퍼덕였다.

쏘아올린 물체가 셰크의 한쪽 날개를 깨끗하게 관통했다. 시에셀은 고통에 비명을 질렀고, 그만 파그노르를 떨어뜨리고 말았다.

케스트라는 용이 물에 빠지기 직전에 간신히 조종간을 제어할 수 있었다. 시에셀이 으스러지게 휘감는 바람에 망가진 한쪽 날개가 모양이 틀어지고 불안했다. 그래도 케스트라는 다시 치솟아 시에셀과 나룻배에서 멀어지려고 애썼다.

셰크는 소리를 지르며 용을 뒤쫓을 채비를 했다. 하지만 다시 좀전의 외침이 들려왔다. 그 소리에 문득 알렉산더는 무언가가 떠올랐다. 울창한 숲으로부터 또다시 창과 흡사한 무기 여섯 발이 발사되었다. 그중 하나가 시에셀의 왼쪽 날개를 꿰뚫었고 다른 하나는 비늘 덮인 가죽을 찢었다.

셰크는 순간 머뭇거렸다. 도대체 어디서 무엇이 발사된 것인지, 지금 도망치면 살아나갈 수 있을지조차 가늠할 수 없을 것 같았다. 케스트라는 그 틈을 놓치지 않았다. 파그노르는 시에셀을 향해 돌아서서는 마치 당장이라도 다시 불길을 내뿜을 듯 입을 활짝 벌렸다. 다른 상황이었다면 아마 셰크는 그리 쉽게 속지 않았겠지만, 부상을 당해 혼란스러워하고 있던 시에셀은 궁지에 몰린 느낌이었다. 셰크는 분노에 찬 비명을 내지르고는 번쩍이는 창의 사정거리에서 멀리 떨어진 곳으로 올라가려고 날갯짓을 했다. 어느덧 뱀은 보랏빛 하늘에 휘영청 뜬 세 달 중 가장 큰 달을 향해 밤하늘 속으로 멀어져 갔다.

긴장감 넘치는 순간이었다.

그때 파그노르가 안도의 한숨을 내쉬는 듯하더니 강변으로 날아가 요새 앞마당이었던 곳에 착지하려고 애썼다. 그리 순조로운 착지는 아니었다.

모두 무사하다는 사실을 깨닫는 순간, 선박에 타고 있던 사람들은 케스트라와 에스쿠페푸에고를 기리며 환호성을 내질렀다. 하지만 덴얄은 재빨리 그들을 조용히 시켰다. 선원들에게 강변으로 배를 대라고 명령한 그는 알레그라와 알렉산더가 서 있는 뱃전으로 다가갔다. 두 사람은 케스트라도, 방금 자신들을 공격한 셰크도 잊은 듯, 강변의 나무 그늘에 시선을 고정하고는 나지막이 대화를 나누고 있었다.

"괜찮아요?"

질문을 던진 덴얄은 갑자기 불안해졌다.

"저기 뭐가 있는 거죠?"

"우리 짐작으로는 동맹자들 같은데."

알레그라가 대답했다.

"우리가 본 건 빛의 나무로 만든 창이야. 오로지 요정들만이 이 나무를 어디서 찾을지 알고 있지. 그리고 강 맞은편에는 아와 숲이 펼쳐져 있잖아."

"아뇨. 그렇지 않아요."

덴얄이 지도를 살피며 대꾸했다.

"강 맞은편, 저 나무 너머로 말을 타고 삼 일 정도는 가야 평원이 나와요. 거기서부터 아와 숲이 시작되는 거고요."

알레그라가 온화하게 웃었다.

"요정들의 경계는 인간의 경계와 같지 않아. 숲은 자라나지. 그래서 요정의 영토는 원하는 곳으로 확장되는 거라네. 셰크라 해도 위나 왕국이 넓어지는 걸 막을 수는 없을걸. 전쟁에서 영토를 넓히는 우리 요정들의 방식이지. 아와 숲은 십오 년 동안 확장해오고 있었다네. 나를 믿으라고. 이 숲이라면 더할 나위 없이 아주 빨리 자랄 수 있지."

왠지 덴얄은 오싹한 한기가 들었다.

"아와 숲이 바로 누르곤까지 닿았다고요? 기사들이 절대로 허용하지 않을 거예요."

"기사들도 그 점을 이용하고 있소."

알렉산더가 매서운 미소를 지으며 대답했다.

"이 창을 던진 이들은 기사단의 일원이오. 오직 누르곤 기사만이 '숨 라르 누르곤'이라는 전투구호를 외치며 공격하니까."

알렉산더의 미소는 비통함을 띠고 있었다. 아마도 이제는 자신이 그럴 자격이 없다고 생각하기 때문이리라.

숨 라르 누르곤. 누르곤의 영광을 위하여. 순간 돌아선 알렉산더는 이전에 요새였던 곳을 응시했다. 저 말없는 폐허에서 까마득한 지난날의 위대함이 메아리치며 자신을 부르는 것 같았다. 그는 무슨 일이 있더라도 기사단을 위해, 설사 지금은 저렇게 폐허만 남았을지라도 과거의 기사단이었던 저 폐허를 위해 싸우리라 결심했다.

숨 라르 누르곤.

덴얄이 말을 걸었고 알렉산더는 다시 현실로 돌아왔다.

"그게 누구였든 간에, 이제는 더이상 자기들이 여기 있다는 표시를 드러낼 것 같지 않군요. 지금 중요한 건 우리가 저 성에 자리를 잡고, 물리적인 것이든 마법이든 간에 가능한 한 모든 방법을 동원해서 방어해야 한다는 겁니다. 운이 좋다면, 그 셰크가 더 많은 구원군을 데리고 돌아오기 전에 타나웨 누님과 나머지 사람들이 도착할 겁니다. 하지만 혹시 그러지 못할지도 모르니 준비를 해둬야지요."

그의 말이 채 끝나기도 전에 배가 잠깐 흔들리더니 강변에 닿았다. 알레그라와 알렉산더는 강 맞은편을 향해 마지막으로 눈길을 던졌다. 하지만 무성한 나무들은 여전히 침묵할 뿐이었다. 정체를 알 수 없는 동맹자들은 모습을 드러내길 원치 않았다, 적어도 지금은.

잭은 세 달이 이미 창공을 환히 비출 때 잠에서 깼다. 본능이 그들이 위험에 처했다고 말하고 있었다. 그는 간신히 눈을 뜨고 주위를 둘러보았다.

사막, 곤충 시체, 그리고 여전히 그의 곁 모래 위에 빅토리아가 누워 있었다.

그리고 뱀들이 있었다.

시슈 정찰병들이었다. 한 스무 명쯤 되는 인원이 두 사람을 에워싸고 있었다. 잭은 시슈들이 자신을 발견했다면 셰크들도 곧 나타날 것이라는 사실을 알았다. 젖 먹던 힘까지 다해 몸을 일으킨 그는 놈들과 맞서려고 검에 손을 뻗었다.

하지만 용으로 변신할 힘이 없었다. 그는 아직 불을 되살릴 정도로 완전히 회복하지 못했다. 일어서기조차 힘들었다. 그는 휘청하더니 그대로 바닥으로 쓰러졌다. 하지만 그 덕분에 목숨을 구한 셈이 되었다. 그의 심장을 향해 곧장 날아오던 화살이 목표보다 조금 위인 어깨를 맞혔기 때문이었다.

잭은 시슈의 독이 핏속으로 퍼지는 걸 느꼈다. 그리고 하늘에서 펄럭이며 날아와 다가오는 세크의 구불거리는 그림자를 보았다. 그러자 이제 졌다는 생각이 들었다. 그대로 빅토리아 곁에 털썩 쓰러져 의식을 잃기 전, 그는 마지막으로 빅토리아의 허리에 팔을 감으며 그녀를 지키려는 헛된 노력을 기울였다.

빅토리아는 어렴풋이 소란이 이는 걸 들었지만 무의식 상태에서 깨어날 수가 없었다. 뭔가 시원한 존재가 곁에 있다는 걸 감지한 그녀는 안도감이 들었다. 세 태양과 사막의 더위 때문에 타는 듯했던 열기가 가라앉는 게 느껴졌다. 그 기분이 어찌나 상쾌한지 빅토리아는 꿈속에서도 안도의 한숨을 내쉴 정도였다.

그때 뭔가가 자신을 잭에게서 떼어놓으며 일으켜 세우려 했다. 빅토리아는 신음하며 약하게 몸부림쳤다. 잭 곁에서 떨어진 그녀는 그 사실이 너무 고통스러워 정신이 번쩍 들었다.

그녀는 익히 잘 알고 있던 푸른 눈동자와 마주쳤다.

"크리스……티안?"

빅토리아가 중얼거렸다.

그를 쳐다보자 불안한 마음이 들었다. 그의 눈이 다시 서릿발처럼 차가워져 있었다.

"다시 만나 반가워, 빅토리아."

그가 말을 건네자 빅토리아는 눈동자에 서린 차가운 얼음 벽 너머에 따뜻한 빛이 있는 걸 발견하고는 휴 하고 한숨을 내쉬었다.

"나도."

빅토리아는 솟구치는 기쁨의 눈물을 참으려고 눈을 깜박이며 소곤거렸다. 그대로 그의 품에 안긴 그녀는 행복했다. 그리고 그가 자신을 들어올려 옮기도록 가만히 있었다. 하지만 크리스티안이 그녀를 안고 발걸음을 옮기자 그의 어깨 너머로 죽은 스와니트와 그 곁에 홀로 누운 책의 모습이 보였다.

"기다려!"

빅토리아가 외쳤다.

"책을 두고 갈 수는 없어!"

셰크는 아무 말도 하지 않았다. 단지 빅토리아를 안고 계속 걸어갈 뿐이었다. 빅토리아는 즉시 그의 의도를 알아채고, 있는 힘을 다해 그가 내려놓을 때까지 몸부림을 쳤다.

"책 없이는 가지 않을 거야."

"여기 있으면 넌 죽어."

크리스티안이 침착하게 대꾸했다.

"그래서 널 안전한 곳으로 데려가려는 거야. 원하든 원치 않든 간에."

"책 없이는 안 갈 거야."

빅토리아가 고집했다.

크리스티안이 속을 알 수 없는 표정으로 쳐다보았다.

빅토리아는 심호흡을 했다. 다시 만난 크리스티안과 헤어져야 한다는 생각을 떠올리기만 해도 견딜 수 없었지만 다른 대안이 없었다.

"그렇다면 나도 내버려둬."

크리스티안이 그녀에게 다가왔다. 빅토리아는 뒷걸음질쳤다.

"안 돼, 크리스티안."

빅토리아가 경고했다.

"날 강제로 데려가야 할 거야."

셰크의 눈에서 강철 같은 빛이 반짝했다.

"그래야 한다면."

그는 그렇게 대답하고 하이아스를 칼집에서 꺼냈다.

빅토리아는 칼날이 희미하게 초자연적인 빛을 발하는 걸 보았다. 그때서야 죽은 시슈들이 여기저기 흩어져 있는 풍경이 눈에 들어왔다. 하이아스의 얼음의 일격을 시험해본 모양이다.

빅토리아는 이를 악물고 도전을 받아들였다. 그녀가 한 손을 들어올리자 그녀의 지팡이가 말없는 명령에 복종하듯 손 안으로 날아들어왔다.

두 사람은 서로 마주 보았다. 빅토리아는 그토록 사랑하는 크리스티안과 이런 식으로 맞서리라는 것, 나아가 그를 해칠 수도 있으리라는 건 상상조차 할 수 없는 일이었다고 생각했다. 하지만 잭을 바라보는 크리스티안의 눈이 이상한 빛으로 번쩍이는 걸 본 그녀는 용의 목숨을 구하기 위해 셰크와 싸워야만 한다는 사실을 깨달았다.

크리스티안이 공격했다. 빅토리아가 지팡이로 일격을 가로막자 전설의 두 무기가 순간 반짝하는 빛을 뿜어냈다. 두 사람은 눈길을 주고받았다. 빅토리아는 잭을 위해 있는 힘을 다해 크리스티안을 뒤로 힘껏 밀쳐냈다. 그가 재빨리 움직였고, 빅토리아는 시야에서 그를 놓치고 말았다. 문득 그가 옆에 있는 걸 느낀 그녀는 그 방향으로 지팡이를 휘둘렀다.

그녀는 그의 공격을 막아내며 뒤로 밀쳤다. 두 사람은 잠시 서로를 살폈다. 빅토리아는 서 있으려고 애쓰며 숨을 헐떡였다.

"넌 더이상 버틸 수 없어, 빅토리아."

크리스티안이 말했다.

"너무 약해서 움직이기도 힘들잖아."

"그래도 싸울 거야."

빅토리아가 대꾸했다.

"마지막 숨을 거둘 때까지. 난……난 잭을 도와야만 해, 모르겠니?"

"저항하지 않고 지금 나와 같이 간다면 잭을 죽이지 않을게. 하지만 날 억지로 이곳에 머물게 한다면 내 본능을 얼마나 더 오랫동안 억제할 수 있을지 장담할 수 없어."

빅토리아가 이를 악물었다.

"저애를 버리고 가면 여기서 죽고 말 거야. 난 잭을 살려야만 해……"

"너도 같이 죽을 거야. 그렇게 둘 수는 없어."

그는 재빨리 움직이며 다시 공격했다. 빅토리아가 그 자리에서 몸을 돌려 지팡이를 들어올렸다. 하지만 예상하지 못한 지점에서 뻗어온 하이아스의 막강한 일격과 마주쳤다. 크리스티안의 검이 빅토리아의 손에서 지팡이를 쳐냈다. 잠시 후, 칼날이 빅토리아의 목에 닿았다.

빅토리아는 순간 눈을 감고 하이아스의 차가운 힘 아래 부들부들 떨었다. 이 년 전에 겪은 장면이 너무나 또렷하게 떠올랐다. 크리스티안과 그녀가 처음으로 눈을 마주친 바로 그 순간이었다. 당시에는 알지 못했지만 바로 그때 두 사람의 역사가 시작되었다는 것을 빅토리아는 깨달았다. 그는 알고 있었을까?

빅토리아가 고개를 들어 침착하고 도전적인 자세로 그를 쳐다보았다. 하이아스가 두렵지 않았다. 이번에는 아니었다.

크리스티안이 차분하게 그 시선을 맞받았다. 빅토리아는 그의 푸른 눈에서 감정의 흔적을 발견하고는 그 역시 지난 시간을 떠올리고 있다는 걸 알았다. 하지만 그때 그의 의식이 머릿속으로 파고들었다. 빅토리아는 그가 뭘 하려 하는지 알아챘다.

"안 돼."

빅토리아가 속삭였지만 그는 멈추지 않았다.

"안 돼!"

빅토리아가 소리쳤다.

그녀가 시선을 돌리자, 짐작대로 검은 이미 그녀가 다치지 않도록 치워져 있었다. 하지만 크리스티안은 그녀의 팔을 붙잡더니 하이아스를 내려놓고는 빅토리아를 자기 곁에 돌려세워 그녀를 더 가까이 끌어당겼다.

"안 돼!"

빅토리아는 날카롭게 비명을 질렀다. 기운이 없어 서 있을 힘조차 없었지만 그녀의 이마에서 빛나는 별은 그 어느 때보다 강하게 반짝였다.

"안 돼, 크리스티안, 잭한테서 나를 떼어놓으려 하지 마!"

빅토리아는 울고 있었지만, 그녀의 눈물은 셰크의 마음을 움직이지 못했다. 빅토리아는 깊은 잠에 사로잡히는 걸 느끼고는 저항하려 있는 힘을 다했다. 크리스티안의 품에 안겨 잠에 빠져들기 전, 그의 힘에 굴복하기 전에 그녀는 간신히 중얼거렸다.

"……제발……"

13

집결

반란군들의 작업은 신속하게 진행되었다. 그들은 요새의 폐허를 살피고 남쪽 구역에 기지를 세웠다. 그곳이 그나마 제일 잘 보존되어 있는 곳이기 때문이었다. 배에서 무기를 내리고, 바리케이드를 치고, 초소를 세워 교대로 보초를 섰다.

알레그라는 반란군의 새로운 기지를 보호할 마법 방어막을 책임졌다. 그녀는 곧 이 일을 혼자 감당하기에는 너무 벅차다는 사실을 깨달았다. 콰이다르와 타나웨, 다른 두 마법사도 방금 알레그라 일행을 싣고 이곳으로 온 나룻배와 같은 배편으로 누르곤을 향해 오는 중이었다. 그들이 머잖아 도착하겠지만 알레그라에게는 시간이 그리 많지 않았다. 그녀는 가장 높은 성벽에 올라가, 아와 숲의 경계가 솟아오른 맞은편 강변을 향해 검은 눈동자를 고정시켰다. 그러고는 그곳 사람들의 흔적을 포착하기 위해 나무들이 부르는 노랫소리에 귀 기울였다. 아와 숲의 보호막은 아직도 제대로 작동하고 있었다. 만일 요정들이 그 방어막을 조금만 더 넓혀 요새가 있는 곳까지 확장할 수 있다면, 저항군은 더 안전해질 것이다.

그때 맞은편 강변에서 뭔가 이상한 것이 보였다. 빛이 이쪽저쪽으로 움직이며 신호를 보내고 있었다.

아래쪽 다른 망루에서도 그 빛이 보였다. 알레그라가 외치는 경계 신호가 성의 폐허 위로 울려 퍼졌다.

알레그라는 마당으로 내려가 다른 사람들과 함께 모였다. 덴얄과 케스트라도 나란히 서 있었다. 마법사는 케스트라의 풀죽은 표정을 보고는, 반란군 지도자가 그녀의 무모한 행동을 꾸짖었다는 걸 즉각 알아챘다. 안쪽으로 절반쯤 무너진 벽 옆에서 파그노르가 쉬고 있었다. 마법은 깨어졌고, 지금은 그저 덩치가 큰 기이한 나무 기계일 뿐이었다.

날개의 뼈대 하나가 이상한 각도로 뒤틀린 채 비어져나와 있었다. 알레그라는 뼈대를 제대로 돌려놓으려면 로윈과 타나웨가 꽤나 오랫동안 작업을 해야겠구나 하고 짐작했다.

"무슨 일입니까?"

덴얄이 인상을 쓰며 물었다. 누에보스 드라고네스가 난델트 산속의 피난처를 떠난 이후로 덴얄의 기분은 점점 더 언짢아지고 있었다. 알레그라는 덴얄이 그처럼 근심에 싸여 있어도 뭐라고 할 수 없었다. 알렉산더의 계획은 바로 그날 오후 케스트라가 저지른 짓만큼이나 무모한 일이기 때문이었다. 덴얄은 케스트라의 잘못은 꾸짖을 수 있지만, 알렉산더에게는 맹목적인 충성을 바쳐야만 했다. 그 역시 바니사르의 백성이기 때문이다.

"강 저편에서 우리에게 신호를 보내고 있어."

알레그라가 말했다.

"드디어 우리의 동맹자들이 누군지 알게 될 것 같군."

그러면서 알레그라는 케스트라를 힐끗 쳐다보았다. 뻰질나게 파그노르를 힐끔거리며 돌아보는 모습이 덴얄이나 마법사의 말에는 아랑곳하지 않는 모양이었다. 돌연 이 아가씨는 명령을 받는 데 익숙지 않구나, 라는 생각이 들었다. 그러자 덴얄이 정말로 이 아이를 다룰 능력이 있는 것인지 의문이 들기 시작했다.

하지만 더 곰곰이 생각할 틈이 없었다. 덴얄이 갑자기 성큼성큼 큰 걸음으로 강변을 향해 갔기 때문이었다. 알레그라가 그의 뒤를 좇았다. 두 사람은 초인적인 날렵함을 뽐내며 바위에서 바위로 건너뛰는 알렉산더의 실루엣을 보았다. 두 사람이 그를 따라잡았을 때 그는 이미 배가 공격당한 곳 근처의 망루까지 내려가 있었다.

거기서 빛줄기 하나가 계속 흔들리며 불안하게 빛나고 있었다. 마치 살아 움직이는 생명체 같았다. 이쪽저쪽으로 떠돌던 빛은 강 맞은편 덤불 사이에 자리 잡고 있는 한 무리의 그림자를 희미하게 비추었다.

"저건 도깨비 불이야."

놀란 알레그라가 말했다.

"이렇게 숲에서 멀리 떨어진 곳에 나타나는 건 아주 드문 일이지."

그녀는 두 손을 입가로 모아 밤에 우는 새처럼 맑고 날카로운 소리를 냈다. 강 저편에서 누군가 같은 음색으로 대답했다.

"친구들이야."

알레그라가 결론을 내렸다.

"하지만 우리가 누군지, 무슨 권리로 요새에 들어왔는지 알고 싶어해."

"그런 말을 했어요?"

알렉산더가 미간을 찡그리며 투덜댔다.

"요정이 그런 걸 궁금해하다니 이상한데요. 시험 하나만 해볼게요."

그는 두어 발짝 앞으로 나가 맞은편 강변의 사람들에게 소리쳤다.

"숨 라르 누르곤, 난델트는 이리알 여신의 빛 아래 걸어가노라!"

"우리는 이리알 여신의 빛 아래 우리 편을 지킨다!"

씩씩한 사내의 목소리가 대답했다.

왠지 친숙하게 들리는 소리였지만 목소리의 위치가 정확히 어디인지 알아낼 수가 없었다.

"누르곤의 영광을 위하여, 형제여! 그대는 누구냐?"

"그런 질문을 하는 너는 누구냐?"

알렉산더 대신 덴얄이 대답했다.

"당신은 지금 난델트의 지배자 중 한 분이신 바니사르의 알산 왕자님과 말하고 있소!"

짧은 침묵이 흘렀다.

"바니사르의 알산 왕자는 죽었다."

목소리가 대답을 하자 알렉산더는 이번에는 그가 누구인지 알 수 있었다.

"지금은 그의 겁쟁이 동생이 그 땅을 다스리고 있다!"

"오, 신들이시여! 코반!"

알렉산더가 감격하여 외쳤다.

"친구를 이런 식으로 맞이하나요? 그가 죽었다고 헛소문을 퍼뜨리면서요?"

왁자지껄 우렁찬 소리가 들려왔다.

"알산, 이 친구야! 정말 자넨가?"

"와서 확인해보시면 되잖아요!"

강 맞은편의 움직임이 활발해졌다. 사람들이 의논을 하고 있는 모양이었다. 얼마쯤 시간이 흐른 후 다시 코반의 목소리가 들렸다.

"다리를 올려라!"

뭔가 덤불 사이에서 움직이자 물이 출렁했다. 반란군들은 조금 뒤에야 무슨 일이 벌어지는지 알아차렸다. 맞은편 강변에 있는 사람들이 강물 속에 잠겨 있던 밧줄을 당긴 것이다. 그러자 뭔가가 수면으로 떠올랐다.

알렉산더와 일행들은 다리 널빤지가 강 위로 단단히 자리를 잡을 때까지 그들이 줄을 팽팽하게 당기는 모습을 지켜보았다. 덴얄은 밧줄이 그들이 있는 쪽 어디에 매여 있는지 눈으로 좇았다. 줄은 나룻배를 정박해놓은 장소에서 멀지 않은 강변 잡초 사이에 숨은 바위에 단단히 매여 있었다. 맞은편에서 밧줄 끝을 나무에 잡아맸고, 물을 뚝뚝 흘리는 널빤지 다리가 두 강변을 이어주었다.

"코반!"

알렉산더가 소리질렀다.

"정말로 이쪽으로 건너오려는 건가요?"

맞은편 강변의 사내가 웃었다.

"몇 년째 하고 있는 일이라네. 정말로 자네라면 귀신인지 아닌지 꼬집어볼 테니까 도망가지 말라고."

반란군들은 황당함 반, 걱정 반으로 코반과 그의 일행이 날렵하게 다리를 건너는 모습을 지켜보았다. 모두 네 명이었다. 세 명의 인간과 실포 하나. 그들 앞으로 도깨비불이 길을 밝히며 둥둥 떠 있었다. 알레그라는 날카로운 시선으로 강 저쪽에 사람들이 더 많이 남아 있다는 걸 감지했지만, 별다른 기척은 없었다.

코반은 강변으로 대단히 날렵하게 뛰어내렸다. 겉으로 봐서는 알렉산더의 할아버지라고 해도 될 정도로 나이가 들어 보였다. 하지만 바짝 여윈 얼굴은 돌에 새긴 듯했고, 기사단에서 오랜 수련을 거친 몸은 강건하고 늠름했다.

도깨비 불과 세 달의 달빛 아래, 두 사람은 조심스럽게 서로를 살폈다.

"이리알 여신의 사랑을 위하여!"

코반이 낮게 읊조렸다.

"자네가 알산의 유령이 아니라면, 정말 많이 닮았군. 알산에 대한 소식을 듣지 못한 지 십오 년이 지났건만 자네는 그때 그대로 그다지 늙지도 않은 것 같군. 그러면서도 내가 기억하는 자네와는 어딘가 많이 다른데."

"많은 일들이 있었죠."

알렉산더가 지친 표정으로 미소를 지었다.

"나 역시 살아서 다시 만나다니 반갑기 짝이 없네요. 사람들 말이 누르곤의 기사들은 전부 전멸했다고 했거든요."

"시에셀."

코반이 그 이름을 내뱉었다.

"그 사악한 셰크가 마치 무슨 해충이라도 되는 양 우리를 추적해서 죽이려 했지. 하지만 몇 명은 살아남아 요새 주변에서 숨어지내고 있다네. 마치 거지처럼. 주위에 뱀들이 없을 때면 방금 전처럼 다리를 건너 다시 우리의 집으로 돌아왔지."

"집의 흔적이 남은 곳으로 말이죠."

알렉산더가 비통한 어조로 중얼거렸다.

"자네는 그 오랜 세월 동안 어디 있었던 건가?"

코반이 돌연 우려하는 듯한 목소리로 물었다.

"우리의 마지막 희망을 찾아갔었어요. 그 희망을 되찾아오려고요."

코반은 고개를 흔들었다.

"난 그 소문을 믿지 않으려 했다네. 너무 허황된 이야기로 들렸으니까. 그 빌어먹을 천체 결합 때 살아남은 용과 유니콘에 대해 떠도는 이야기들…… 그런데 오늘 오후 우린 그 붉은 용을 봤다네……"

"진짜 용이 아니에요."

알렉산더가 분명히 밝혔다.

"그건 아니죠."

"인조 용이었군그래? 그 이야기도 들은 적이 있지. 인조 용으로는 셰크를 이기지 못할걸."

"아마 못 이기겠죠. 하지만 도움은 될 겁니다. 그리고 정말로 용이 있어요, 코반. 진짜 용이. 내가 직접 찾아내서 다시 데려왔죠. 곧 우리와 함께할 거예요. 그래서 우리가 돌아온 겁니다. 이곳을 저항군의 기지로 삼아, 이곳에서부터 이둔 전체를 되찾을 겁니다."

"설사 그게 사실이라 해도……단지 용 한 마리로 아슈란과 셰크들 전부에 맞서 뭘 할 수 있다는 거지? 이미 자네도 그 괴물 한 마리만으로도 어떤지 보지 않았나."

"그리고 당신도 우리가 단 한 마리의 용으로 놈과 맞서는 걸 보았겠죠."

자랑스러운 듯한 목소리가 끼어들었다.

모두 돌아보니 케스트라가 서 있었다. 잔뜩 격앙된 덴얄이 입 다물라고 명령할 찰나, 코반의 숨넘어갈 듯한 탄성이 그의 말을 가로막았다.

케스트라를 빤히 쳐다보던 코반은 안색이 창백해지더니 넋이 나간 듯했다.

"하루에 귀신을 둘이나 보다니!"

코반이 중얼거렸다.

"이런, 얘야, 도대체 어디 숨어 있었던 거니?"

코반이 앞으로 나서자 케스트라는 뒷걸음질치며 경고의 눈빛을 던졌다.

"아니에요."

케스트라가 말했다.

"난 예전의 그 아이가 아니에요. 내 이름은 꺼내지도 마요. 내가 누구였는지 기억하지도 마요. 그건 과거일 뿐이에요."

그녀는 뒤를 돌아 그대로 어둠 속으로 사라졌다. 어리둥절해하는 침묵이 흘렀다.

"코반."

알렉산더가 조용히 말했다.

"당신은 기사단의 군장(軍將)이죠. 그러니 저애도 가르쳤겠군요. 아닌가요? 그녀도 누르곤에서 수련을 했었군요."

기사는 고개를 가로저으며 괴로운 한숨을 내쉬었다.

"아니라네, 알렉산더. 잘못 알고 있군. 요새가 무너진 건 십오년 전 일이야. 저앤 누르곤에서 수련을 했다고 하기에는 너무 어리지. 하지만 저애의 언니는 어리지 않았어."

코반은 알렉산더에게 시선을 고정했다.

"자네 둘은 같은 시기에 기사단에 있었다네. 하지만 자네는 기억 못 할 수도 있지. 그 언니가 입단했을 때 자네는 이미 거의 수련을 마친 시기였으니까. 그리고 어쩌면 기억하지 못하는 게 나을지도 몰라. 저애의 언니는 이미 죽었을지도 모르니. 그리고 동생 일은……그래, 어쩌면 저애 말이 맞을지도 모르겠군. 저애를 위해서는 옛 이름이나 지난 이야기 따윈 다시 떠올리지 않는 게 상책일 거야. 예전에 시아 왕국에 존재했던 다른 모든 일들처럼 말이야."

알렉산더는 다음 말을 기다렸지만 나이든 군장은 엄숙한 침묵 속에 빠져 있었다.

"서둘러야겠습니다."

그때 덴얄이 끼어들었다.

"우리에겐 시간이 많지 않아요. 셰크들이 이미 우리가 이곳에 있다는 걸 알 테니 머지않아 공격해올 겁니다."

"숲을 보호하는 방패막을 확장해야겠어요."

알레그라가 실포에게 말을 건넸다.

"요새는 인간이 만든 건축물이라 살아 있는 게 아니라는 건 알지만 이번에는 예외로 해주셨으면 해요."

실포가 고개를 숙였다.

"그건 우리가 해드릴 수 있습니다. 하지만 그 대신 여러분도 뭔가를 해주셔야 합니다."

"아슈란과 맞서는 싸움에서 우린 모두 하나가 된 마음으로 움직여야 합니다!"

덴얄이 거의 고함치듯 응수했다.

알레그라가 조용히 하라는 손짓을 했다.

"그래야 공평해요. 이게 요정들이 행동하는 방식이니까."

알레그라는 알렉산더와 코반 그리고 다른 기사들을 향해 돌아섰다.

"이들이 숲을 조금 더 확장하는 대신 요새를 보호해줄 거예요."

그들은 심기가 불편한 듯 몸을 움직였다.

코반이 말했다.

"그동안 우리는 숲 경계에 있는 요정들과 긴밀한 관계를 유지해왔소. 그들은 우리를 기꺼이 받아주었고, 우리도 싸움하는 데 협력했죠. 우리는 아와 숲이 자라도록 강 맞은편 땅을 양보했습니다. 하지만 요새를 줄 수는 없는 일입니다."

"요새는 아니에요."

알레그라가 정확히 지적했다.

"단지 주변의 영토만입니다. 누르곤 땅은 다시 인간들이 살지는 못할 거예요. 그러니 위나의 초록 망토가 폐허를 덮게 두세요. 숲이 예전 농토에서 자라도록 내버려두세요. 여러분의 요새는 존중할 것이고 요정의 방패막으로 보호해줄 겁니다. 어쨌든 그곳은 결국 숲의 일부가 될 테니까요."

기사들은 여전히 미심쩍어했다.

알렉산더가 먼저 한 발 물러섰다.

"최근 십오 년 동안 아슈란의 세력 확장을 막아온 건 요정의 방어막뿐입니다."

그는 지적했다.

"마법 종단의 막강한 마법사들조차도 최후의 보루를 지킬 수 없었습니다. 카슬룬 탑도 넘어갔죠. 하지만 아와 숲은 아직 자유롭습니다."

코반이 한숨을 내쉬며 고개를 끄덕였다.

"그렇게 될 수 있다면."

코반이 알렉산더에게 말했다.

"자네가 무슨 일을 하는 건지 제대로 알고 있기를 바라네."

"뭘 하고 있는지는 잘 알고 있습니다."

알렉산더가 미소를 지었다.

"저 소리가 들리나요?"

모두 귀를 기울이자 강을 거슬러 올라오며 철썩철썩 노 젓는 소리가 들렸다.

그리고 어둠 속에서 목소리가 들려왔다.

"드라고네스!"

덴얄이 미소를 지었다. 타나웨의 목소리였다.

그가 말했다.

"구원병이 도착했군요."

'넌 내 것이 될 수도 있었어. 나만의 것. 언제까지나.'

의식을 뚫고 속삭임이 들려왔다.

빅토리아는 눈을 뜨고 깜박였다. 목소리는 멀리서 울렸다. 잠시 기다려보았지만 아무 소리도 들리지 않자, 빅토리아는 그저 꿈이었구나 싶었다. 심호흡을 하자 몸 안에서 흘러넘치는 에너지가 느껴졌다. 그것이 그녀를 다시 채우고, 회복시키며 기운을 북돋워주고 있었다. 그녀는 살아 있는 것이다.

나뭇잎 사이로 내려쬐는 햇살을 피하려고 그녀는 눈을 가늘게 떴다. 무슨 일이 있었지?

그때 수많은 기억이 의식 속으로 몰려왔다.

'용의 생명을 구할 생각은 없어.'

'잭 없인 가지 않을 거야.'

'넌 여기 있으면 죽어.'

'다시 만나 반가워.'

'넌 날 강제로 데려가야만 할 거야.'

'……제발……'

심장이 거세게 방망이질 쳤다. 그녀는 단숨에 몸을 일으켰다. 잭, 잭을 찾으러 가야만 한다. 어디에 있든 상관없다. 돌아가야만 하는데……

옆에서 무언가가 움직였다. 누군가 같은 나무 아래, 그녀의 곁에 누워 있었다. 그를 알아보고는 심장이 그대로 멎는 줄 알았다.

잭이다.

처참한 몰골이었다. 지저분하고, 상처투성이에 의식도 없고 하얗게 질려 창백했지만, 그래도 살아 있었다. 두 사람은 풀밭 위에 나란히 누워 있었다. 두 눈에 눈물을 글썽이며 빅토리아는 잭을 품에 꼭 껴안았다. 아직 그녀 자신도 완전히 회복하지는 않았지만 그녀는 한시도 낭비하지 않고 잭을 구하기 위해 치료를 시작했다. 잭의 상태가 좀 나아지고, 심각한 상처가 치료되어 시슈의 독이 완전히 몸에서 빠져나갔다는 생각이 들 무렵에야 무슨 일이 있었는지, 이게 무슨 상황인지 생각하기 시작했다.

어찌 되었든 간에 크리스티안은 잭도 구한 것이다. 그 생각만으로도 전율이 일었다.

그를 보기만 해도 알 수 있었다. 크리스티안이 나나이로 떠났던 일이 성과를 맺었고, 그는 다시 인간성과 셰크의 본성 사이에서 균형을 잡게 된 것이다. 하지만 그는 아까 잭을 돕기 위해 또다시 본능을 억눌러야만 했다. 빅토리아는 이런 행동이 크리스티안 안에 깃들어 있는 셰크에게 얼마나 상처가 될지 궁금해하지 않을 수 없었다.

이를 알아볼 요량으로 그녀는 자리에서 일어났다. 잭이 이제 괜찮아졌고 치유의 잠에 깊이 빠져들었다는 것을 확신한 그녀는 크리스티안을 찾아나섰다. 그가 멀지 않은 곳에 있다는 걸 느낄 수 있었다.

나무들 저 너머 강바닥에 물이 흐르고 있었다. 목이 탔던 빅토리아는 잠시 동안 잭도, 크리스티안도 잊고, 흐르는 물을 응시했다. 강변으로 달려간 그녀는 잠시 강의 흐름을 거슬러 걸어올라가다가 잔잔하고 달콤한 웅덩이를 발견했다. 신발도 벗지 않고 물속으로 들어갔다. 그녀는 한참 동안 물을 마시고, 시원한 느낌을 만끽하며 세수를 했다.

아무 소리도 나지 않았지만 크리스티안이 뒤에 다가온 것을 느낄 수 있었다. 빅토리아는 뒤돌아 그를 바라보았다. 셰크는 강변에 서서 진지한 얼굴로 그녀를 주시하고 있었다.

빅토리아의 심장이 너무 기뻐 철렁 하고 내려앉더니 콩닥콩닥 세차게 뛰기 시작했다. 그를 만나 기뻤고, 잭과 자신에게 해준 일에 고마웠던 빅토리아는 미소를 지으며 그에게 다가가려 했다.

하지만 크리스티안은 뒤로 물러서더니 차가운 시선으로 빅토리아를 바라보았다.

"너한테서 용 냄새가 나."

그는 단지 이렇게 말할 뿐이었다. 그걸로 모든 것을 다 설명한 셈이었다.

빅토리아는 아무 말도 하지 않았다. 그저 슬프게 그를 쳐다볼 뿐이었다. 크리스티안은 그녀에게 상처를 주었다는 걸 알았지만 어쩔 수 없었다. 그는 그대로 등을 돌려 숲속으로 다시 들어가려 했다.

그때 뒤에서 첨벙 하는 소리가 났다. 그는 다시 뒤돌아보았다.

빅토리아가 물 가장 깊은 곳에 뛰어든 것이다. 그가 안절부절못하며 강가로 달려오자 빅토리아가 다시 물 밖으로 고개를 내밀더니 그가 있는 곳까지 헤엄쳐 왔다. 그녀가 강에서 나오도록 도와주려고 손을 내밀었지만 빅토리아는 도움을 거절하고 혼자 물 밖으로 나왔다. 그녀는 머리끝부터 발끝까지 물을 뚝뚝 흘리며 크리스티안 앞에 우뚝 섰다. 그리고 강렬한 시선을 던졌다.

"그럼 지금은?"

빅토리아가 물었다.

"이제 냄새가 가셨니?"

크리스티안이 빅토리아를 바라보았다. 젖은 머리카락이 등 뒤로 폭포처럼 늘어져 있었다. 젖은 블라우스가 몸에 달라붙었다. 크리스티안은 빅토리아가 자기 모습이 어떻게 보이는지 제대로 알고 있기는 한 건지 궁금했다. 크리스티안은 몰래 미소를 지었다. 빅토리아의 커다란 눈이 간청하듯 그를 응시하며 몇 걸음만이라도 다가가도록 허락해주기를 기다리고 있었다.

크리스티안은 한마디 말도 없이 그녀를 끌어당겨 입을 맞추었다. 그러자 비로소 자신이 빅토리아를 얼마나 보고 싶어했는지 깨달을 수 있었다.

그의 행동에 빅토리아는 처음에는 화들짝 놀랐지만 곧바로 눈을 감고 그를 끌어안았다.

"크리스티안."

빅토리아가 그의 이름을 속삭이자 그가 얼굴을 떼고 눈을 쳐다보았다.

자신이 얼마나 그를 그리워했는지, 다시 볼 수 있어 얼마나 행복한지, 그가 잘 있다는 걸 확인하고 얼마나 안심했는지 말하고 싶었다. 그리고 많은 이야기를 들려주고 싶었지만 적당한 말을 찾을 수 없었다.

"크리스티안, 난……"

"쉿, 조용히."

크리스티안이 나지막이 속삭였다.

"말하지 마."

빅토리아는 언어가 그 순간을 방해한다는 걸 깨닫고 그의 말을 따랐다. 크리스티안의 가슴에 머리를 묻고, 조용히 자신을 감싸는 그의 팔을, 젖은 머리칼을 어루만지는 그의 손가락을 느꼈다.

그녀는 생각했다.

'널 얼마나 그리워했는지 몰라.'

크리스티안은 숨을 깊이 들이쉬고 있었다. 그것이 그의 유일한 반응이었지만 빅토리아는 그도 자신과 같은 마음이라는 걸 느낄 수 있었다. 너무나 강렬한 감정이었다. 그녀는 침을 삼키며 자신이 크리스티안과 떨어져서 어떻게 그 오랜 시간을 참았는지 새삼 놀라워했다.

"고마워."

빅토리아가 말했다.

크리스티안이 긴장했다. 빅토리아는 그에게 책의 존재를 떠올리게 하여 둘만의 순간을 놓쳐버렸다는 걸 알았다. 그래도 그 말은 해야 했다.

"책을 위해서 한 일이 아니야. 내가 그가 죽기를 바란다는 걸 너도 알잖아."

"알아."

빅토리아가 다정하게 말했다.

"그래서 네가 오늘 한 일이 나한테는 정말 중요한 거야. 네게 얼마나 힘든 일인지 아니까."

크리스티안이 차가운 눈길을 던졌다.

"아니. 넌 모를 거야."

그는 등을 돌려 그녀에게서 멀어지더니 곧 나무 사이로 사라져 버렸다.

빅토리아는 그를 따라가지 않았고, 붙잡으려고도 하지 않았다. 물에 젖었다는 걸 의식하자 금방 몸이 덜덜 떨렸다. 그녀는 다시 책이 있는 곳으로 발길을 돌렸다.

그후 한동안은 잭을 돌보는 데 전력을 기울였다. 무한한 애정을 담아 피부에 말라붙은 피를 닦아주고, 입술에 물을 흘려 먹여주었으며, 이마를 닦아주었다. 세 사람이 다시 함께 있다는 생각에 행복했다.

그녀는 점차 잭과 크리스티안, 두 사람을 동시에 사랑하는 일이 어렵지 않다는 사실을 깨달아갔다. 하지만 그렇다고 크리스티안이 셰크의 본능을 회복하여 예전과 마찬가지로 잭을 향한 증오심을 키우고 있다는 사실을 깨닫지 못할 만큼 순진하지는 않았다. 그리고 잭 역시 그 어느 때보다 더 용다워졌다는 생각에 마음이 불안했다.

그녀는 크리스티안이 두 사람과 같이 있게 된다면 이후의 나날이 매우 힘들어질 거라는 사실 또한 깨달았다.

잠시 후 잭이 잠을 깼다. 여전히 멍한 상태인 그를 보고는 빅토리아는 그를 혼란스럽게 만들지 않기 위해 무슨 일이 있었는지는 말하지 않았다. 그저 두 사람이 무사하다고 했고, 자신을 구하기 위해 스와니트와 맞서 싸워줘서 고맙다고만 했다. 한편으로는 그런 식으로 목숨을 위험한 지경에 빠뜨린 것을 질책하기도 했다. 잭은 빅토리아가 다시 그의 곁에 있다는 사실이 행복하여 그 투정을 받아주었다. 하지만 곧 정신을 차린 그는 두 사람이 사막에서 어떻게 빠져나왔는지 물었다.

빅토리아가 시선을 피했다.

"우리를 구해줬어."

"누가?"

바로 그때, 두 사람 곁의 나무 뒤에서 크리스티안의 그림자가 튀어나왔다. 잭은 흠칫 놀라 몸을 일으키려 했지만 빅토리아가 그를 저지했다.

셰크가 짧은 눈길로 두 사람을 쳐다보고는 빅토리아의 무릎에 뭔가를 던졌다.

"쉬어. 내일 해뜰 무렵에 떠날 거야."

"뭐라고?"

잭이 퉁명스레 물었다.

"떠난다고? 어디로? 내 생각엔……"

하지만 크리스티안은 이미 자리를 뜨고 없었다.

빅토리아는 셰크가 던져준 것을 살펴보았다. 먹을 것과 물자루가 든 주머니였다. 두 사람이 먹기에 충분했다.

"그에게 조금만 더 부드럽게 대해주면 안 될까, 잭?"

빅토리아가 부드럽게 말했다.

"크리스티안이 우리 두 사람의 목숨을 구했어. 그가 아니었다면 우리는 죽었을 거야."

잭은 골이 난 채 침묵을 지키고 있었다. 빅토리아는 마음속으로는 그를 이해했다. 두 사람은 함께 여러 날을 보냈고 모든 걸 함께했었다. 그리고 잭은 그동안 빅토리아와 오로지 단 둘이서 지낼 수 있었다. 바로 얼마 전에 그는 하마터면 빅토리아를 위해 목숨까지 잃을 뻔했다. 진정한 영웅처럼 말이다. 때문에 빅토리아는 크리스티안이 곁에 있는 걸 참아주고, 또다시 크리스티안과 그녀와의 관계를 받아들여주는 것 말고는 잭에게 다른 걸 기대할 수는 없었다.

빅토리아는 이 난감한 문제를 어떻게 풀어야 하나 싶었다. 전에는 책과 함께 떠나기로 선택했지만 이제 크리스티안을 다시 만났다. 빅토리아는 사막에서 그와 눈을 마주친 그 순간부터 두 사람을 이어주는 운명의 끈을 끊을 수 없으리라는 걸 잘 알고 있었다. 아무리 헤매더라도, 몇 번을 헤어지더라도 둘은 언제나 다시 만날 것이라는 사실을……

브라흐두는 셰크인 수슈 앞에 벌벌 떨며 고개를 숙이고 있었다. 브라흐두처럼 막강한 권세를 지닌 자라 해도 감히 날개 달린 위대한 뱀의 눈을 똑바로 볼 엄두를 내지는 못했다.

수슈는 이둔에 온 셰크들 중 제일 나이 많은 축에 속했다. 지난 시절 용과 싸운 적도 있었다. 그는 천체 결합이 일어난 날, 뱀들이 머물러 있던 어두운 세계에서 이둔으로 인도하는 차원의 문을 넘어 세스하크를 따라온 최초의 뱀이었다.

여섯 천체의 힘으로 차원의 문이 다시 열리고, 그 문턱을 서둘러 넘어선 수슈는 살아 있는 용이라면 아무나 찾아내 죽이고 싶었다. 그는 꽤 젊은 편이었던 초록색 암컷 용과 맞서 싸울 수 있어 무척 흡족해했다. 그렇지만 그 싸움에서 별다른 감흥을 느끼지는 못했다. 용이 이미 절반쯤 죽어가고 있었기 때문이었다. 용을 죽일 때 수슈가 느낀 기쁨이란 그저 순간적인 것에 지나지 않았다. 어쨌든 결국 그 암컷 용은 천체 결합이 미친 영향 때문에 그리 오래 살아남지 못했을 것이었다. 자신이 개입하여 한 일이라곤 용이 더 빨리 죽도록 한 것뿐이었다.

그런데, 이제 다시 용이 출몰했다. 젊고, 강하고, 더할 나위 없이 건강한 채로 카슈타르 사막을 자유롭게 돌아다니고 있었다. 인간의 몸 안에 숨어 있기 때문에 놈의 위치를 파악하기는 쉽지 않았다. 하지만 그래도 놈은 용이다. 의심의 여지가 없다. 아위노르 국경을 감시하던 셰크들은 며칠 전 그 용이 라덴 해에 빠지는 걸 보았다. 수슈는 용이 물속에 빠진 순간부터 그가 자신의 영토 안에 들어왔으며, 따라서 자기 책임이라는 걸 파악했다.

시슈들이 사막 한가운데서 스와니트 시체 곁에서 죽어가는 놈을 발견했다. 셰크는 그 일을 떠올리며 눈을 가늘게 떴다. 다른 것도 아닌 스와니트라니. 그 빌어먹을 용은 상대할 가치가 있는 적수였다. 의심의 여지가 없다.

그런데 무언가가 그 용과, 더불어 함께 있던 유니콘을 구했다. 수슈는 뱀 인간들이 마지막으로 전해온 텔레파시 보고를 받았다. 잽싸고 치명적인 그림자가 시슈들을 덮쳤다는 혼란스러운 보고였다. 아무래도 급습한 자는 셰크 같았다.

그러나 그 셰크와는 정신적으로 아무런 접촉도 할 수 없었다. 그 일 이후 정찰병 시슈들과의 연락도 끊겼다. 그는 무슨 일이 있었는지 알아내기 위해 그 장소로 쫓아갔다. 거대한 곤충의 몸통과 죽은 뱀 인간들이 나뒹굴고 있었다.

그들의 몸에는 하이아스가 낸 것이 분명한 상처 자국이 남아 있었다.

바로 그때 브라흐두와 그의 일당이 값진 스와니트 껍질을 차지할 요량으로 도착했다. 물론 소식은 사막에 급속히 퍼져나갔었다. 하지만 수슈는 아무리 브라흐두라 해도 뭔가를 미리 알고 있지 않았다면 이곳에 이렇게 빨리 도착할 수 없었으리라는 걸 깨달았다.

그는 배신자 키르타슈가 용의 목숨을 구해내고 그의 일을 방해했다고 세스하크에게 보고했다. 생각조차 할 수 없는 언짢은 일이었다. 하지만 세스하크는 그다지 중요하게 여기지 않았다.

수슈는 네크로맨서가 이 일과 무슨 관련이 있지 않나 싶었다. 무엇 때문인지는 알 수 없었지만, 네크로맨서는 여전히 자기 아들을 보호하고 있었다. 이해하려면 할 수도 있었다. 아무리 엄청난 마력을 지니고 있다 해도, 아슈란 역시 나약한 인간에 지나지 않기 때문이다. 그가 지금도, 그리고 앞으로도 이해할 수 없는 것은 바로 뱀들의 왕이신 위대한 세스하크가 자신의 뜻을 굽히면서까지 여전히 그 게임에 동참하고 있다는 사실이었다.

이제 수슈는 자신의 불쾌한 기분을 몽땅 브라흐두에게 쏟아부었다. 그의 의식을 헤집어 이 극악무도한 놈이 유니콘 여자아이를 셰크들에게 인도하는 대신 포로로 잡고 있었다는 사실을 알아냈다. 또한 놈은 용을 만나기까지 했다. 그 빌어먹을 용을 체포할 기회가 있었는데도 그냥 놔준 것이다.

"제발 용서해주십시오."

브라흐두가 떨며 말했다.

"저는 그저 욕심에 눈이 먼 나약한 인간일 뿐입니다……하지만 그래도 아직 쓸모는 있습죠."

'내겐 아주 유용했을 법한 기회였지, 브라호두.'

세크가 그의 말을 받아쳤다.

'그런데 너 때문에 그 기회를 놓친 거다.'

"당신을 위해 그 여자애를 찾아내드릴 수 있습니다."

브라호두가 필사적으로 소리쳤다.

"용과 같이 있던 그 혼혈 얀 족 여자애를……"

수슈는 그의 말을 듣고 있지 않았다. 방금 의식 속에서 왕인 세스하크의 부름을 받았기 때문이었다. 그는 인간이 하는 말을 무시한 채 눈을 가늘게 뜨며 뱀의 군주가 보낸 메시지에 정신을 집중했다.

지시사항이었다. 용과 유니콘이 북쪽인 바이셀을 향해 가고 있고, 배신자도 그애들과 동행하고 있다. 잘됐다. 그렇다면 놈을 따라잡아 없애버리기가 쉬울 것이다, 라고 수슈는 생각했다. 하지만 놀랍게도 세스하크가 그것을 말렸다. 그는 말했다. 너희는 그 아이들에게 다가갈 수 없다. 예언이 그들 셋을 보호하고 있다. 그 때문에 지금까지 아무도 그들을 죽이지 못한 것이다. 하지만 다른 방법이 있으니……

수슈는 주의를 기울였다. 세스하크가 제시한 방법은 꽤 흥미로웠고 그럴싸한 결과가 나올 것 같았다. 하지만 그건 수슈 자신이 최후의 용을 죽이는 기쁨을 맛볼 수 없다는 의미이기도 했다.

세스하크가 의식 속에서 물러가자, 카슈타르의 통치자는 다시 현실로 돌아왔다. 그는 이 소식에 기분이 몹시 상했다.

브라호두는 여전히 떠들고 있었다.

"……제 부하들 전부가 그 혼혈 얀 족을 찾아 사막을 뒤지고 있는……"

이 말이 브라흐두가 남긴 마지막 말이 되었다. 사정이 새삼 급작스럽게 변한 탓에 부아가 치민 셰크가 자신의 무시무시한 꼬리를 휘둘러 마치 이 인간이 귀찮은 벌레라도 되는 양 납작하게 눌러버렸기 때문이었다.

샤일과 사이세이는 사막 경계에서 토르카 한 쌍을 구해 이제는 코슈 방향을 향해 카슈타르 사막 가장자리를 따라가고 있었다.

여행 이틀째 날, 그들은 한 오아시스에 당도했고, 그곳 나무 아래서 다음 이동을 위해 휴식을 취하고 있는 카라반을 만났다. 두 사람은 먹을거리를 살 생각으로 호숫가에 어설프게 차려놓은 작은 노점들을 돌아다녔다. 사이세이가 과일장수가 내놓은 물건을 살피는 동안, 샤일은 그 일대를 조사하고 있었다. 근처에 그들을 알아보는 시슈가 없는지 확실히 해두기 위해서였다.

그들 옆에서 한 얀 족 여인이 둥글게 에워싼 한 무리의 사람들에게 재빠르게 소곤거리며 뭔가를 설명하고 있었다. 샤일은 그 대화에 별 주의를 기울이지 않다가 어느 순간, 그 여인이 '유니콘'이라는 단어를 말하는 걸 들었다. 그는 용수철이 튕겨나가듯 그들에게로 향했다.

"지금 뭐라고 말했습니까?"

사람들이 그를 미심쩍은 눈빛으로 쳐다보았다. 샤일은 지팡이에 몸을 의지하며 그들에게 다가가 공손히 물었다.

"유니콘들은 아주 오래전에 전멸되었지요. 안 그런가요? 하지만 유니콘을 이야기하는 전설들은 많지요. 여러분은 지금 그런 이야기를 하고 있는 겁니까? 저도 그런 이야기를 좋아한답니다. 그 이야기에 귀 기울여도 되겠습니까?"

그러자 얀 족이 대답했다.

"당신은마법사로군요."

샤일이 고개를 끄덕였다. 그는 나지막이 대답했다.

"어렸을 때 유니콘을 봤지요. 당신 이야기는 유니콘에 대한 건가요?"

"어느유니콘아가씨에대한이야기지요."

얀 여인은 불길을 담은 눈으로 그를 빤히 바라보며 말했다.

"하지만또한유니콘이자신의재능을건네준사막의어느여인에대한이야기이기도합니다."

샤일의 심장이 덜컥 내려앉았다.

"그 사막의 여인에 대해서는 어떤 이야기가 있나요?"

"그녀는오랜어둠의시절이지난후처음으로빛을건네받은여인이었대요. 그녀는얀족들에게유니콘의빛을이야기하며카슈타르사막전체를돌아다닌대요. 마법이다시이세상에돌아왔다고전한다네요. '마지막종족'이라불렸던우리얀들이이번에는첫번째종족이된거지요. 그유니콘아가씨가마법을전수한그여인에게는우리종족의피가흐르고있으니까요."

샤일은 그가 말하는 내용을 제대로 파악하려고 무진 애를 썼다. 그리고 숨은 뜻을 잡아냈다. 그건 빅토리아가 마법사를 임명하기 시작했다는 이야기였다. 그리고 첫번째가 얀 족 여인이라는 뜻이다.

"어둠 속에서 빛을 본 그 여인에 대해서는 뭐라고 합니까?"

얀 족이 그를 불신의 눈으로 쳐다보고는 대꾸했다.

"나도이야기의끝은몰라요."

샤일은 계속 더 말을 걸려고 하다가, 얀 족 여인이 대답하지 않으리라는 걸 깨달았다. 그래서 고개를 숙여 그녀와 헤어지고는 과일장수와 말을 나누고 있는 사이세이에게로 다가갔다.

"샤일."

샤일이 다가오자 사이세이가 말했다.

"이 사람 말이, 아무리 늦어도 해질 무렵쯤이면 룸바크에서 코슈로 가는 카라반이 오아시스에 당도할 거래요. 그들에게 합류할 수 있다면 우리도 안전하게 사막을 건널 수 있을 거예요. 그리고……"

그녀는 샤일의 표정을 보고는 말을 멈추었다.

"무슨 일 있어요?"

샤일은 방금 알아낸 일을 말해주려고 그녀를 옆으로 데려갔다. 사이세이에게 자세한 설명을 끝낼 즈음 누군가 그의 소매를 끌어당겼다.

얀 족 여인이었다.

"코슈에있어요."

그녀가 나지막이 말했다.

"네?"

"코슈에있다고요."

얀이 되풀이하여 말했다.

"어둠속에서빛을본여인말이에요. 용과유니콘이이둔을구하러 왔다는말을퍼뜨리고다니니까뱀들이그여자를찾아다녀요. 아마포로로잡을생각인모양이지만이미그여인의말은온사막에퍼졌고그메시지도카슈타르전체에알려질거예요."

마법사가 다급하게 소곤거렸다.

"그 여인의 이름이 뭐죠?"

"그혼혈얀의이름은키마라예요."

그리고 그녀는 입을 다물었다. 그리고 얀 족 특유의 신속한 동작으로 두 사람에게서 멀어져 갔다. 눈길을 피하는 모습은 마치 방금 입에 올린 이야기를 두려워하는 듯했다.

샤일은 잠시 아무 말도 하지 않았다. 그러다 고개를 들어 사이세이를 쳐다보았다.

"코슈로 가는 카라반이라고 했소?"

반란군들은 일 분 일 초도 허투루 쓰지 않았다. 요정들이 요새 주변으로 숲을 확장하고 그 위로 보호막을 짜는 동안, 알레그라와 콰이다르는 옛 성벽을 마법으로 강화하는 일을 맡았다.

로윈과 타나웨는 이미 인조 용을 더 많이 만들어내는 작업에 착수했다. 파그노르까지 해서 용 셋을 가져왔고, 누르곤에 도착하자마자 서둘러 파그노르를 손보았다. 하지만 세크들이 역공을 해온다면 그걸로는 충분치 않았다. 요새의 지하실은 상대적으로 손상이 적어 작업실로 사용하기에 완벽한 장소였다.

그 사이 알렉산더와 덴얄은 성의 방어책을 마련했다. 무엇보다도 성벽을 새로 세웠는데, 임시방편에 지나지 않기는 했지만 한동안은 쓸모가 있을 것이다. 그들은 무기를 나눠주고, 보초를 세우고, 각기 다른 방어 전략을 논의했다.

첫번째 군대가 도착할 즈음, 반란군들도 적을 맞이할 준비를 모두 갖춘 상태였다.

딩그라의 캐바니온 왕이 이끄는 군대의 일부였지만, 사실상 그 군대를 보낸 자가 시에셀이라는 건 모두 알고 있었다.

그렇지만 시에셀은 군대를 지휘하지 않았다. 대신 그녀가 보낸 다른 셰크가 백여 명 가까운 인간과 시슈를 통제하고 있었다. 아마 그 정도 병력이면 누르곤의 폐허를 다시 정복하고 반란군들도 납작하게 눌러버릴 수 있다고 생각했던 모양이지만, 시에셀은 요정들과 그들의 방패막은 고려하지 못했다. 위나 여신을 모시는 여사제들의 축복을 받고 요정의 기운을 얻은 아와 숲의 나무들은 급속히 자라났다. 시에셀의 군대는 요새와의 사이에 불쑥 솟아난 식물의 장벽과 마주치게 되었다.

그들은 그곳을 통과할 수 없었다.

알렉산더와 반란군들이 역공을 했다. 인조 용 세 마리가 하늘에서 셰크를 공격하고, 궁수와 석궁수들이 성벽과 나뭇가지 위에서 활시위를 당겨댔으며, 알레그라와 대마법사도 치명적인 마법으로 싸움에서 단단히 한몫했다.

기사들도 나름대로 공격을 감행했다.

이제 막강한 누르곤 기사단 중 남은 이는 달랑 다섯 명뿐이었다. 코반, 알렉산더 그리고 남자 둘과 여자 한 명이었다. 그리고 이제 그들은 탈 말조차 없었다.

하지만 그들은 선 채로 일대일로 맞서 싸웠고, 딩그라 전사들은 검을 다루는 데 그들의 적수가 되지 못했다. 누르곤 기사들은 이십여 명의 지원자들을 이끌고 있었다. 이들은 싸우는 방법은 하나도 알지 못했지만 그래도 반란군 기지를 지키기 위해 무슨 일이든 할 각오가 되어 있었다.

이들 전체의 선두에 알렉산더가 있었다. 싸움이 벌어지자 그의 안에 깃들어 있는 사나운 짐승이 풀려났다. 그의 용모가 변하자 같이 싸우던 많은 동맹자들은 크게 놀랐다. 하지만 그는 아랑곳하지 않고 맹렬히 싸우며 적의 진열에 틈을 만들었고, 대부분의 반란군들이 그를 따라 전장의 한복판으로 뚫고 들어갔다.

하지만 아무리 그래도 그들만으로는 적을 이길 수 없었다. 가장 큰 희망은 용이었다.

하늘에서는 세 마리의 인조 용이 상대편 군대의 유일한 셰크를 공격하는 데 집중하고 있었다. 이쪽저쪽의 병사들 모두 그들의 머리 위에서 전개되는 싸움에는 신경 쓰지 않으려 했지만, 쉽지 않은 노릇이었다. 그들은 대부분 이 비슷한 광경조차 본 적이 없었다. 셰크를 증오심에 미쳐 날뛰게 한 용들은 그를 에워싸며 불을 뿜어대어 뱀의 감각을 흐리게 하고는 발톱과 뿔, 이빨로 놈의 날개를 찢어버렸다.

마침내 셰크가 죽어 바닥으로 곤두박질쳤고, 딩그라의 병사들은 지휘자를 잃고 말았다. 모든 일이 훨씬 더 수월해졌다. 반란군도 용 하나를 잃었지만 다른 두 용은 여전히 지상에 있는 적들을 몰아대기 시작했고, 그들 위로 날아가 불을 뿜어대며 적들을 절대 공포 속에 빠뜨렸다.

성벽에서, 방어막 아래서, 나무의 비호를 받으며, 하늘을 정찰하는 두 용의 보호를 받으며, 반란군들은 누르곤을 지키기 위해, 아슈란과 그 일당과 맞설 기지를 세우겠다는 마지막 희망을 위해 싸웠다.

밤이 되자, 시에셀이 보낸 군대의 잔당은 다시 왕국의 수도인 아렌으로 물러갔다.

반란군이 첫 전투에서 이긴 것이다. 하지만 이것이 마지막 전투가 아니라는 걸 모두 아주 잘 알고 있었다.

그날 이후로 잭, 크리스티안, 빅토리아는 흐르는 율 강의 물길을 따라 북쪽으로 가고 있었다. 이 강은 서쪽 나라인 드락웬과 대륙의 중앙 영토를 따라 흐르고 있다. 잭은 크리스티안이 저항군의 나머지 사람들과 합류할 지점인 바니사르로 그들을 안내하는 것이려니 하고 아무 말도 하지 않았었다. 어쨌든 그게 그들의 계획이었고, 무엇보다도 크리스티안과 말 한마디 섞을 기분이 아니었기 때문이다. 셰크가 옆에 있다는 사실만으로도 미칠 지경이었다.

첫날 밤, 잭은 지난번 아와 숲에서 두 사람이 공유했던 그 동지애는 무엇이었는지, 헤어지기 전에 나눴던 그 대화는 대체 무엇이었는지 의아하기만 했다. 이제 두 사람이 친구라고까지 생각했었는데. 어느 순간 모두가 친구가 되었다고 생각했는데. 그런데, 크리스티안이 돌아온 이후부터 잭은 도미바트를 꺼내 그에게 달려들고픈 충동을 끊임없이 억눌러야만 했다. 아니면 용으로 변신하여 앞발로 그를 토막 내고픈 충동을(잭은 자신의 앞발이 무척 자랑스러웠다. 셰크들이 다른 면에서는 용들과 비슷하지만 그들에게는 앞발이 없기 때문이었다). 무엇이 그동안 그를 이렇게 변하게 한 것일까?

상황은 날이 지나도 좋아지지 않았다. 잭과 크리스티안은 서로 아무 말도 하지 않았다. 아주 어쩔 수 없는 경우에만 입을 열었는데 언제나 짤막하고 건조한 말뿐이었다. 서로의 이름을 부르는 것조차 그만두었다. 크리스티안에게 잭은 '용'이고, 잭도 같이 여행하는 이 동행자가 그저 '뱀'일 뿐이라는 사실을 잊을 수가 없었다.

빅토리아는 결국 이런 상황에 질려버렸다. 두 사람이 이성적으로 굴 수 없다는 것을 깨닫고 나서부터 그녀는 두 사람을 평소보다 훨씬 차갑게 대했다. 두 사람 모두에게 입맞춤도, 애교도, 다정함도 끝이었다. 잭에게 안겨 잠을 자는 일도 없었고, 크리스티안과 단둘이만 있는 순간도 없었다.

크리스티안은 전혀 개의치 않는 듯했다. 그는 그저 여전히 빅토리아에게 주의를 기울였고, 그녀의 안전을 걱정했다. 하지만 어떤 순간에도 두 사람을 이어주는 감정이나 빅토리아의 소원함에 대해서는 한마디 언급도 없었다. 잭은 자신의 행동이 지나치다는 걸 잘 알면서도, 빅토리아가 말도 안 되게 굴고 있는 그들 두 사람을 벌주는 이런 상황을 받아들이기가 꽤나 힘들었다.

이동은 며칠간 계속 이어졌다. 강 양쪽으로 자그마한 숲이 있어 그 지역 위를 날아다닐 셰크들의 시선으로부터 그들을 숨겨주었다. 만약을 대비해, 빅토리아는 잭에게 망토를 계속 입어야 한다고 고집했다. 빅토리아의 것은 며칠 전 바다에 빠질 때 잃어버렸지만 잭은 아직도 자기 것을 보관하고 있었다. 용이 되어 비행하는 동안 잭의 물건은 키마라가 가지고 있던 자루에 보관되어 있었기 때문이었다. 누가 망토를 입고 보호를 받아야 하는가를 두고 작은 실랑이가 있었다. 잭은 빅토리아가 입어야 한다고 주장했다.

"아니, 용. 망토를 입을 사람은 너야."

크리스티안이 끼어들었다.

"네가 유니콘보다 더 감지하기 쉬워. 게다가 네가 그걸 입으면 나도 불쾌한 기분이 좀 덜할 테니까."

잭이 검 손잡이로 손을 가져가자, 크리스티안도 비슷한 동작을 취했다.

"이제 그만해, 둘 다!"

빅토리아가 격앙된 목소리로 말을 잘랐다.

"잭, 나도 크리스티안의 말에 동의해. 망토를 유용하게 사용할 사람은 너라고 생각해."

잭이 마지못해 양보하는 걸로 이야기는 끝이 났다.

그 지역은 아무도 살지 않는 땅은 아니었다. 가끔씩 강가에 작은 마을들이 나타났다. 그들은 시슈의 감시가 있을지 몰라 마을들을 대개 피해갔지만, 빅토리아는 그곳에 사는 주민들이 대부분 인간과 천상족들이고 때로는 요정 혼혈도 몇 있다는 사실을 먼발치에서 보고 알아차렸다.

어느 날 오후, 잭과 크리스티안이 서로에게 품은 반감의 골이 결정적으로 깊어지는 사건이 일어났다.

험준한 지대를 지날 때의 일이었다. 강이 협곡을 만들었고, 그들 옆으로 제법 물살이 빠른 작은 폭포가 있었다. 세 사람은 그 흐름을 거슬러 바위를 기어올라갔다. 어느 순간, 크리스티안이 빅토리아에게 손을 내밀어 올라오는 걸 도와주려 했고, 빅토리아가 기계적으로 그 손을 잡았다.

두 사람의 몸에 전율이 일었고 그들은 서로 눈빛을 주고받았다.

며칠 전부터 그들은 서로 전혀 접촉하지 않고 지내고 있었다. 그런데 그 손길이 강렬한 감정을 일깨웠다. 두 사람은 잠시 동안 꼼짝 않고 서로의 눈길에 빠져 그대로 가만히 있었다.

"올라오겠다는 거야, 뭐야?"

쏟아져내리는 물소리를 이기기 위해 고함을 치며 위에서 잭이 두 사람을 불렀다.

크리스티안과 빅토리아는 현실로 돌아와 서둘러 잭이 있는 곳까지 올라왔다. 빅토리아가 곁눈질로 크리스티안을 보니 그는 여전히 평상시와 다름없는 무표정한 얼굴을 하고 있었다.

잭은 바위 높은 곳에 올라가 어두운 표정으로 주위를 둘러보았다.

크리스티안이 물었다.

"무슨 일이야?"

"여기 뱀 냄새가 나."

"잭, 또 시작이야?"

빅토리아가 항의했지만, 크리스티안이 손짓으로 빅토리아의 말을 막았다.

"아냐, 잠깐만. 잭 말이 맞아."

두 사람이 미처 말리기도 전에 잭은 바위에서 뛰어내려 강으로 달려갔다. 그는 사납게 도미바트를 칼집에서 꺼냈다. 불의 검이 일렁이고 있었다.

크리스티안과 빅토리아는 잭을 따라 서둘러 달려갔다. 본능에 따라, 잭은 곧장 바위 사이의 작은 틈으로 향했다. 크리스티안이 이맛살을 찌푸렸다.

"거긴 셰크가 들어갈 수 없어!"

빅토리아는 이상하다는 듯 소리쳤다.

하지만 쉭쉭거리는 소리가 들려왔고, 잭은 조금도 망설이지 않고 칼을 들어올렸다.

크리스티안의 손이 단호하게 잭의 팔을 잡았다.

"놔!"

잭이 항변했다.

"셰크야."

"다시 봐."

크리스티안이 침착하게 말했다.

잭은 잔뜩 화가 난 채 동료의 손을 뿌리치고 바위 사이에 숨어 있는 생물을 좀더 주의 깊게 바라보았다. 개울 물결처럼 흐느적거리며 에레아 달빛처럼 은빛으로 빛나는 비늘이 덮인 뱀은 지구의 뱀 정도 크기였다. 등에는 작은 날개막이 나 있었다. 생물은 성을 내며 쌕쌕거렸고 날개를 휘저으며 공중으로 날아오르려 애썼지만 그럴 수 없었다.

"셰크야."

잭이 결론을 내리고 다시 검을 들어올렸다.

"아직 새끼야."

빅토리아가 가로막았다.

"잭, 너무 어려. 우리를 해칠 수도 없잖아."

"장담하지만 이 벌레는 알에서 나올 때부터 이미 독이 있는 놈이라고. 무지막지한 암살자 뱀의 축소판일 뿐이야……"

미처 말을 끝내지도 않았는데 새끼가 잭에게 돌진하더니 독니로 팔을 덥석 물었다. 잭이 비명을 지르며 팔을 위로 쳐들어 흔들었다. 화가 있는 대로 치민 그는 새끼 셰크 위로 검을 휘둘렀다.

도미바트의 칼날이 차가운 하이아스의 날에 부딪혔다.

잭이 분노에 치를 떨며 한 걸음 뒤로 물러났다. 크리스티안은 잭과 어린 셰크 사이에 끼어들어 새끼를 지키겠다는 의지를 드러내 보였다. 뱀은 크리스티안의 다리를 휘감더니 안전한 기분을 느꼈는지 거기서 위협적으로 쌕쌕거리면서 잭에게 독니를 드러내보였다.

"싸우자는 거야?"

잭이 어두운 얼굴로 말했다.

"그래 좋아, 기꺼이 상대해주지."

"바보 같은 짓 마."

크리스티안이 침착하게 꾸짖었다.

"아직 새끼일 뿐이야. 그리고 빅토리아에게 빨리 치료를 받는 게 좋을 거야. 아니면 팔이 부어서 곧 못 쓰게 될 테니까."

"놈이 날 물었다고!"

"네가 놀라게 했잖아! 검으로 위협하면서 뭘 기대한 거지?"

분노에 치를 떨던 잭은 간신히 참았다. 검을 다시 집어넣고 크리스티안과 새끼 셰크에게서 멀어져 바위 위에 걸터앉았다. 그리고 그곳에서 쏘아죽일 듯한 시선으로 그들을 바라보았다.

문득 빅토리아의 손이 어깨에 닿는 걸 느꼈다. 그러자 에너지가 몸 안으로 흘러들어오는 느낌이 들었다. 한편으로는 이렇게 빅토리아와 친숙한 순간을 공유할 수 있게 해주었으니 어린 셰크가 자신을 깨물어준 게 고맙기까지 했다. 빅토리아에게서 치료를 받는 일은 달콤한 애무를 받는 것과 같았다.

게다가 치료에는 실제로 다정한 손길이 수반된다. 빅토리아는 치료를 끝내고 물러나면서 두 손으로 다정하게 잭의 목을 스치듯 어루만졌다.

잭은 미소를 지었다. 훨씬 기분이 나아진 듯했다.

힐끗 크리스티안을 바라본 그는 이상한 장면과 마주쳤다.

크리스티안은 강가에 앉아 있었다. 그가 구해 준 어린 뱀이 그의 팔을 기어올라가 그의 눈을 빤히 쳐다보며 몸을 꼿꼿이 세우고 있었다. 잭은 두 사람이 텔레파시로 정보를 주고받고 있음을 알아챘다. 마음이 불안했다.

"그 독사의 눈을 쳐다보는 게 신중한 행동일까, 셰크?"

두 셰크가 서로 눈길을 떼자 잭이 물었다.

"어른 셰크들의 텔레파시 망에 합류하기에는 아직 너무 어려."

크리스티안이 대답했다.

"난 단지 이 녀석이 어떻게 해서 이곳까지 왔는지 물어본 것뿐이야."

빅토리아가 물었다.

"그래서?"

"길을 잃은 거야. 보금자리가 이곳에서 너무 멀리 있어. 외톨이가 되어 혼란스러워하고 있고……"

잭이 불쑥 말했다.

"입양하고 싶다는 말은 하지도 말라고."

크리스티안은 잭의 눈길을 맞받아쳤을 뿐, 아무 말도 하지 않았다.

"이봐, 그것도 뱀이라며!"

크리스티안은 자리에서 일어나 한마디 말도 없이 다시 길을 걸어갔다. 새끼 뱀은 크리스티안의 어깨에 앉아 그의 왼쪽 팔을 꼬리로 감았다. 그곳에 있는 게 편하고 안전하다고 느끼는 듯했다.

잭이 나지막이 투덜댔다. 빅토리아가 웃었다.

"그냥 아기야."

"그러다 곧 엄마 뱀이 돌아오면 어떻게 할 건데?"

"넌 이해하지 못하는구나, 용."

조금 멀리서 크리스티안의 목소리가 들려왔다.

"엄마 뱀은 절대로 다시 돌아오지 않아."

샤일과 사이세이가 도착했을 때 코슈는 온통 혼란에 빠져 있었다. 브라흐두진 뭔지 하는 지방 토호가 그 지역을 통치하던 셰크에게 처형당했고, 그동안 그가 쌓아올린 모든 것이 한순간에 무너지고 있는 모양이었다. 혼란은 점점 커져만 갔고, 한때 브라흐두의 심복이었던 자들이 이제 그의 자리를 놓고 다투는 싸움에 모두가 휘말려 있었다.

그러는 사이 시슈들은 도시의 질서를 잡기 위해 안간힘을 쓰고 있었다. 브라흐두의 작은 왕국을 물려받으려고 난리치는 자들이 아무리 싸움을 벌여봤자 공연한 일일 거라는 소문이 떠돌았다. 결국 최종적으로 통치권을 떠맡을 자는 셰크인 수슈일 거라는 이야기였다.

코슈가 딱히 손님을 환대하는 도시였던 적은 없었지만 지금은 평소보다도 특히 더 적대적이었다. 또 사람들 말로는, 도시를 돌아다니는 시슈 병사들이 겉으로는 태평해 보이지만 사실은 몰래 수색을 벌이고 있는 것이라고 했다. '어둠 속에서 빛을 본 여인'을 찾기 위해서.

그러던 어느 날, 샤일은 놀랍게도 얀 족들 사이에서 전설이 태동하는 순간을 함께하게 되었다. 마법을 전수받았다는 혼혈 여인에 대한 풍문은 이제 코슈 전체에 퍼져 있었다. 시슈들이 두려워

감히 누구도 큰소리로 대놓고 말하지는 못했지만, 그래도 골목마다 시장마다 술집마다 근처에 뱀들이 없을 때면 소문은 소곤소곤 재빠르게 퍼져나갔다.

그렇게 소문은 점차 더 자세해져 갔다. 보통 사람이라면 그것이 상상력의 소산이라고 생각했을 수도 있고, 이야기가 전달되면서 더 부풀려진 것이라고 생각할 수도 있다. 하지만 샤일은 사람들이 이야기하는 게 전부 사실이라는 걸 알았다. 유니콘 소녀와 그녀가 지니고 있다는 지팡이에 대한 묘사, 또 유니콘과 동행하고 있는 젊은 용에 대한 설명 등. 지나칠 정도로 정확했고, 실제와 딱 들어맞는 이야기였다. 샤일은 빅토리아에게서 마법을 전해받은 새로운 마법사인 혼혈 여인이 도시에 계속 머물러 있으면서, 뱀들이 수색하는 위험한 상황에서도 그녀의 말을 들어주는 사람이라면 누구에게든 계속 자기 이야기를 하고 다닌다는 사실을 알 수 있었다.

그 이야기는 미래에 대한 희망과 믿음으로 가득 찬 이야기였다. 이제까지 얀 족들에게서는 전혀 찾아볼 수 없었던 이야기였다. 기억도 나지 않는 그 오랜 시절부터 현재의 보금자리인 타는 듯한 사막에 사는 데 익숙해져온 얀 족들은 오로지 현재의 일만 걱정했고, 미래가 그들에게 부여하는 것들을 믿지 않았다.

하지만 '어둠 속에서 빛을 본 여인'의 메시지는 마법이 다시 세상에 돌아왔고, 유니콘이 아직 살아 있으며, 예언이 실현될 수 있다고 분명하게 말하고 있었다. 그리고 그 선택받은 자들이 처음으로 그들의 힘을 발현한 곳으로 선택된 장소가 바로 카슈타르라고 말하고 있었다.

샤일은 코슈에서 밤을 보내고 싶지 않았다. 이 도시에서 가장 그럴듯한 여관조차도 선뜻 마음 내키지 않았고, 사이세이에게 밤을 보내기에 더 나은 곳을 마련해주고 싶었기 때문이었다. 하지만 사이세이는 사막 사람들이 '어둠 속에서 빛을 본 여인'이라고 부르는 혼혈 얀 소녀 키마라를 만날 때까지 코슈에 머물러야만 한다고 계속 고집했다. 십오 년 만에 이둔이 처음으로 얻은 마법사이기 때문이었다.

그녀의 입에서 직접 이야기를 듣고 싶어하는 사람들을 키마라가 가끔씩 만나준다는 사실을 알아내기까지는 조금 시간이 걸렸다. 그리고 다음번 약속 시간과 장소를 알려줄 사람을 만나기까지는 조금 더 힘이 들었다. 이런 정보를 전달해준 이는 준마법사인 인간 노파였다. 노파가 정보를 전해준 것은 샤일이 마법사이기 때문이었고, 두 사람이 오로지 마법사들만 알 수 있는, 즉 언젠가 유니콘을 본 자들만이 아는 비밀을 키마라와 공유할 수 있기 때문이었다.

두 사람이 전해들은 바로, 회합은 매번 다른 장소에서 열렸다. 이번에는 도시 외곽의 알둔 신을 모시는 아주 오래된 신전 폐허에서 열린다고 했다.

샤일은 그날 밤 키마라의 말을 들으려고 모인 사람들의 수를 보고 깜짝 놀랐다. 이 모든 이들이 단지 '어둠 속에서 빛을 본 여인'이 그들의 마음속에 희망의 불길을 다시 지필 거라는 이유 때문에 목숨을 걸고 회합에 나온 것이었다.

샤일과 사이세이는 바짝 붙어앉은 채, 한구석에서 키마라가 그곳에 있는 사람들에게 전해주는 이야기를 들었다. 불의 눈동자를 가진 젊은 여인은 열정적으로 이야기해주었다. 림야티 족의 캠프에서 어떻게 잭과 빅토리아를 만났는지, 그리고 뱀을 피해 아위노르를 향하여 사막을 건너가면서 그들과 동반하는 동안 무슨 일이 일어났는지를. 그녀는 여행에 대해 아주 상세하게 이야기했다. 그리고 또한 소년 용의 성격과 결단력, 유니콘 소녀의 침착함과 용기, 그리고 두 사람을 이어주는 깊은 사랑에 대해서도 말했다.

샤일과 사이세이는 눈빛을 주고받으며 미소를 지었다. 여사제는 잭에 대해 말할 때 키마라의 눈에 반짝이는 그리움의 눈길을 놓치지 않았다. 그리고 사람들의 감정을 쉽게 읽을 수 있는 사이세이는 키마라의 마음이 상처를 입었다는 것을, 그렇지만 한결같은 애정과 존중으로 자신을 대해주는 잭에게 원망을 품지 않았다는 것을 알아챘다. 또한 자신에게서 그 젊은이를 데려간 대신, 이제는 아무나 소유할 수 없는 가장 값진 것을 건네준 빅토리아에게 전혀 미움이 없다는 것도 알았다.

키마라가 이야기하는 동안 샤일이 사이세이의 손을 찾아 꽉 쥐었다. 천상족 여인이 달콤하게 미소를 지었다.

"잭이 제게 북쪽, 난델트로 가라고 부탁했어요."

키마라가 말을 끝맺고 있었다.

"모든 사람들에게 용과 유니콘이 돌아왔고, 곧 아슈란과 셰크들에게 맞설 거라고 전해달라고요. 난델트에서는 알산 왕자가 인간 왕국들을 수복하려는 항거를 시작했어요. 빠른 시일 내에 저도 그분과 합류하기 위해 이동할 겁니다. 하지만 그 전에,"

그녀는 강렬한 붉은 눈으로 청중들을 응시하며 덧붙였다.

"제 종족인 카슈타르 사람들에게, 사막에 사는 그들에게 마법이 이 세상에 돌아왔고, 그것이 시작된 곳이 바로 우리의 땅인 이곳이라는 말을 전하고 싶었어요. 이제 역사에서 알둔 신의 자손인 얀은 마지막 종족이 아니라 최초가 될 것이라는 사실을요."

모임이 끝나자 샤일과 사이세이는 키마라에게 다가가 자신들이 누구인지, 누구를 찾고 있는지를 말했다. 혼혈 얀은 미소를 지었고, 잭과 빅토리아를 알고 있는 이들을 만나 행복해했다. 그녀는 두 사람에게 모임에서 말하지 않았던 내용을 전해주었다. 그리고 브라흐두가 빅토리아를 포로로 붙잡고 있었고, 곧이어 그녀를 구하라며 잭에게 불가능한 일을 떠맡겼다는 이야기도 했다.

"빅토리아가 빠져나갔다는 건 알아요."

키마라가 결론을 내렸다.

"수슈가 브라흐두를 처형했으니까요. 빅토리아가 죽었거나 셰크들에게 인도되었다면 그런 일은 없었겠지요. 한편으로는 누군가 암시장에서 스와니트 껍질막을 갖고 큰 사업을 벌였다는 사실도 알게 되었어요."

그녀는 말을 덧붙였다.

"그래서 제가 믿고 싶은 건 잭이 결국 그 생물을 죽였다는 거예요. 그 때문에 브라흐두가 빅토리아를 풀어주기로 한 건지는 모르겠지만. 정말로 그랬는지는 상당히 의문스럽긴 해요."

"아니오."

느닷없이 그들 등 뒤에서 목소리가 들렸다.

"그 때문이 아니오."

흠칫 놀란 세 사람이 뒤돌아보니 그곳 모임에 참가했던 늙은 마법사가 있었다.

"난 페이나르요."

마법사가 말했다.

"그 여자애가 브라하두에게서 벗어났다는 건 분명하게 증언할 수 있습니다. 내가 직접 문을 열어줬거든요. 두 사람이 아슈란과 셰크 일당에게 도전할 힘이 있는 게 사실인지는 모르겠습니다. 난 너무 겁쟁이라 드러내놓고 봉기에 가담하지도 못하죠. 하지만 한 가지 분명한 사실이 있습니다. 그건……"

그가 잠시 망설이더니 나지막이 덧붙였다.

"세상에 남아 있는 최후의 유니콘이 죽어가는 모습을 보면서 가만히 있을 수는 없었다는 겁니다."

크리스티안은 불안한 마음에 새벽녘에 잠을 깼다. 주변을 둘러보며 무엇이 자신의 잠을 깨웠는지 알아내려 했지만 모든 게 정상으로 보였다. 세 달이 부드럽게 밤을 밝히고 있고, 모닥불은 조금 전에 꺼졌으며, 빅토리아는 한쪽 구석에 잠들어 있었다. 그녀는 추워서 몸을 떨면서도 잭 곁에 가려 하지 않았다.

용.

크리스티안은 용이 그들과 함께 있지 않다는 사실을 발견하고 인상을 찡그렸다. 그는 벌떡 자리에서 일어나 그림자처럼 살그머니 나무 사이로 숨어들어가 용을 찾아나섰다.

조금 멀리 떨어진, 숲속의 약간 트인 공간에 그가 있었다. 달빛이 잭을 비추었고, 크리스티안은 그의 눈에서 일렁이는 불길을 보았다.

크리스티안은 잭이 뭘 기다리고 있는지 알아챘다. 그리고 뭘 하려는 건지도 분명했다.

하이아스를 칼집에서 꺼내자 그의 일부인 셰크가 기쁨에 몸을 떠는 게 느껴졌다. 그의 온몸과 온 마음이, 모든 존재가 용과 싸우라고 부추겼다. 잭이 칼집에서 도미바트를 뽑아들고 불길한 미소를 지으며 그와 얼굴을 마주했다. 두 사람은 서로가 서로를 죽여야만 한다는 사실을, 이제는 돌이킬 수 없다는 사실을 알고 있었다. 두 사람 사이에 끼어들 빅토리아도 없는 지금, 그 누구도 각자의 본성이 소리 높여 요구하는 이 대결을 막지는 못할 것이다.

짧지만 강도 높은 싸움이었다. 용이 막강하다는 건 의심의 여지가 없다. 하지만 크리스티안은 이 순간을 너무나 오랫동안 기다려왔고 꿈꾸었기에 그대로 놓칠 생각이 없었다. 그가 승리의 고함을 내지르며 하이아스를 잭의 심장에 꽂자, 상대방의 놀란 눈이 잠시 커지는가 싶더니 칼날이 피로 물들었다. 그러자 검이 흡족해하며 깜박였다.

그는 미소를 띠고 잭의 몸에서 검을 뽑으며, 잭이 생명을 잃고 바닥에 쓰러지는 모습을 응시했다. 힘과 에너지가 넘쳐흘렀고, 검이 기쁨으로 진동하는 게 느껴졌다. 자신의 손을 바라보니 온통 피범벅이었다.

용의 피.

크리스티안은 잠에서 깨어 세차게 두근거리는 심정으로 얼른 자신의 손을 바라보았다. 깨끗했다.

그는 깊이 숨을 내쉬며 마음을 놓았다. 단지 꿈이었을 뿐이다. 주위를 둘러보니 혼자 몸을 웅크린 채 추위에 달달 떨며 잠을 자고 있는 빅토리아가 보였다. 그녀는 크리스티안에게서도, 잭에게서도 멀찌감치 떨어져 있었다. 잭 역시 타다 남은 모닥불 곁에서 자고 있었다. 증오심이 다시 끓어올랐지만 애써 간신히 억누르고 다시 몸을 눕혔다.

크리스티안이 구해준 어린 셰크가 바위 한구석에서 한순간 몸을 꼿꼿이 세웠다. 두 눈이 최면을 걸 듯 어둠 속에서 빛을 발하고 있었다.

14

최후의 용

"이름을 지어줄 거야?"

빅토리아가 물었다.

크리스티안이 새끼 셰크를 쳐다보더니 생각에 잠겼다. 빅토리아의 무릎 위에 실뭉치처럼 몸을 말고 있는 모습이, 그곳에 있는 게 꽤 마음에 드는 모양이었다. 반면에 잭은 녀석을 못 견뎌했고, 이런 감정은 피장파장이었다.

"왜, 그냥 '뱀'이라고 부르지그래."

우거지상을 한 잭이 제안했다.

빅토리아가 웃음을 터뜨릴 듯한 표정으로 대답했다.

"앤 '꼬마 키르타슈'라고 불러야 할 거야."

크리스티안은 슬쩍 미소를 지으며 빅토리아를 쳐다보았다. 어린 셰크는 두 사람을 번갈아 이쪽저쪽 쳐다보고는 눈에 반짝하고 영리한 빛을 띠었다.

잭이 조금 불안한 마음에 물었다.

"우리가 하는 말을 알아듣는 거야?"

"아직은 아니야. 하지만 배우고 있는 중이지."

크리스티안이 대답했다.

"너희들 의식 속으로 들어가는 법을 알아내는 데는 시간이 좀 더 걸릴 거야. 지금은 너희들을 관찰하고 있는 중이지."

오싹한 기분에 잭이 한마디했다.

"진짜 기분 나쁜 눈길이군."

"너희랑 말하고 싶어서지, 통제하려는 게 아니야. 물론 빅토리아랑은 통하고 싶어서겠지만. 녀석이 커서 너랑 할 일이라고는 널 죽이려드는 것밖에 없겠지."

"그렇다면 다행이고."

"이해를 못 하겠어."

빅토리아는 새끼를 들어 가까이서 쳐다보았다. 그녀가 반짝이는 눈을 응시하자, 어린 셰크는 부드럽게 쌕쌕거렸다. 빅토리아는 마치 아기가 처음 말을 떼듯 그가 자신의 의식 속으로 파고들어오려는 것을 희미하게 감지했다.

"벌써 용을 미워하는 거야? 이렇게 어린데?"

"용을 증오하는 건 배우고 말고의 문제가 아니야, 빅토리아. 어렸을 때 배운다고 되는 게 아니라고. 용이 셰크를 미워하는 것과 마찬가지로 그건 그냥 우리의 일부야. 서로 죽을 때까지 싸우라고 내모는 충동이지. 우리에게는 목마를 때 물 마시듯, 피곤할 때 잠을 자듯 자연스러운 일이야."

"끔찍해."

빅토리아가 어두운 얼굴로 말했다.

크리스티안은 대답하지 않았다. 빅토리아가 그를 쳐다보았다.

"하루 종일 너무 심각한 얼굴을 하고 있네."

빅토리아가 물었다.

"무슨 걱정거리라도 있어?"

크리스티안이 고개를 들어 얼음처럼 차가운 눈길로 두 사람을 보았다.

"바로 그 본능 때문이야. 우리가 목적지에 닿기도 전에 서로 죽이게 될까봐 걱정이야."

그는 두 사람에게 꿈에 대한 이야기는 하지 않았다. 잭의 가슴에 검을 찌르는 자신의 모습을 떠올릴 때마다 피가 끓어 하이아스에 손을 가져가지 않으려고 안간힘을 써야만 한다는 말도 하지 않았다.

달랐다. 북쪽의 얼어붙은 땅에서 골렘을 상대로 싸울 때와는 너무나 달랐다. 골렘을 쳐부술 때는 진짜 잭이 아니라는 사실을 잘 알고 있었다. 그렇지만 그 꿈은 어찌나 생생한지 용을 죽이고 있다고 철석같이 믿을 정도였다. 그리고 그는 그 순간을 즐겼다.

잭 역시 그를 죽이고 싶어한다는 것도 잘 알고 있다. 하지만 크리스티안은 그 살인 충동을 통제하는 게 얼마나 중요한지를 잭이 의식하고 있는지 궁금했다. 어젯밤까지만 해도 셰크는 자신이 걸핏하면 생각 없이 경솔하게 구는 잭보다는 훨씬 더 본능을 잘 다스릴 수 있다고 믿었다.

하지만 그 꿈을 꾸고 난 지금은 별로 자신이 없었다.

빅토리아가 물었다.

"그 일을 피할 방법이 전혀 없는 거야?"

크리스티안은 빅토리아에게 짧은 시선을 던졌다. 그 역시 스스로 같은 질문을 했었고, 답이 있을 거라고 믿었었다.

"아마도."

수수께끼 같은 대답이었다.

그가 가까이 다가오자 빅토리아는 뭘 하려는 건지 반문하듯 쳐다보았다. 갑자기 크리스티안이 빅토리아의 어깨를 다정하게 잡더니 끌어당겨 입맞춤을 했다. 빅토리아는 아, 하고 놀라 탄성을 질렀다. 무슨 일인지 깨달았을 때 그녀는 이미 온몸으로 그 키스에 응하고 있었고, 눈을 감고 그의 목에 팔을 두른 채 완전히 그대로 녹아내리는 기분이었다. 크리스티안과 입맞춤을 할 때면 늘 일어나는 일이었다.

그녀는 현실로 돌아오려 애쓰며, 그에게서 몸을 떼었다.

"왜 이러는 거야?"

빅토리아가 겨우 입을 열었다.

크리스티안이 눈썹을 치켜올리고 돌아보자 잭이 짜증 어린 표정으로 두 사람들을 쳐다보고 서 있었다.

"뭐야, 재미로 이러는 거야?"

"잭, 잠깐만."

빅토리아가 항변하며 벌떡 일어났다. 새끼 셰크는 화들짝 놀라 무릎에서 내려왔다.

"무슨 생각으로 이러는 거야, 크리스티안? 일부러 이러는 거야?"

잭이 앞에 있을 때면 그녀는 크리스티안에 대한 애정을 나타내지 않으려고 언제나 무진 애를 썼다. 셰크에 대한 감정을 일부러 감추려는 게 아니었다. 그건 그도 너무나 잘 알고 있으니까. 그렇다고 일부러 드러내놓고 표낼 필요도 없기 때문이었다. 크리스티안은 절대로 질투를 보인 적이 없지만, 잭은 그랬다. 그리고 빅토리아는 굳이 잭의 상처를 헤집고 싶지 않았다. 크리스티안도 이런 마음을 이해한다고, 자신을 지지해준다고 생각했었다. 실제로, 빅토리아가 잭과 있을 때면 크리스티안은 늘 어느 정도 거리를 두었었다. 그런 갑작스러운 키스는 두 사람 모두에게 뜻밖의 일이었다.

"아니, 그냥 있어. 내가 갈게. 두 사람은 하던 일이나 하라고."

잭이 마음이 상한 채 말을 끊었다.

"기다려."

크리스티안이 잭을 붙잡았다.

"날 죽이고 싶은 생각이 드냐?"

잭이 조금 거칠게 뒤돌아보았다.

"지금 날 자극하는 거야, 뭐야?"

"생각해봐. 넌 질투심 때문에 누군가를 죽일 수 있나?"

잭은 그 질문에 놀라 순간 걸음을 멈추었다. 그리고 진지한 표정을 지었다.

"물론……물론 아니지. 질투심 때문은 아니야. 그게 누군가를 죽일 동기가 될 수는 없어. 하지만 네게 주먹 한 방쯤은 날릴지도 모르지."

잭은 말을 덧붙이며 인상을 썼다.

"그건 확실해."

"지극히 인간적이고, 지극히 당연한 반응이군."

크리스티안이 고개를 끄덕였다.

"지금 널 괴롭히는 건 너의 인간적인 부분이지. 빅토리아를 향한 우리의 감정이 우리를 더 인간적으로 만들어버리니까. 그래서 난 우리 모두를 위해 굳이 그걸 참을 필요는 없다고 생각해."

"그래서 뭐야?"

빅토리아가 따졌다.

"지금 내가 실험 대상이라도 된다는 거야?"

셰크를 쳐다본 잭은 표정이 진지해졌다.

"꽤 오랫동안 그 생각을 해왔구나, 그렇지?"

"몇 주 동안 그 생각만 했어."

'하지만 오늘처럼 절실하진 않았지.'

크리스티안은 속으로 덧붙였다. 그는 잭을 똑바로 쳐다보며 심각한 표정으로 다시 말을 이어갔다.

"지금 우리를 살아 있게 하는 유일한 것은 빅토리아에 대한 감정이야. 사랑과 질투는 우리의 내면을 통제하는 인간적인 감정에 포함되어 있지. 우리 내면의 또다른 부분은 우리에게 서로 공격하라고, 죽을 때까지 서로 싸우라고 부추기고 있고. 그 두 본성 사이의 균형, 우리 세 사람을 이어주는 운명의 끈은 아주 미묘한 거야. 그 균형이 깨지면 우린 절대로 아슈란을 이길 수 없을 거야."

잭은 더이상 아무 말도 하지 않았다.

그날 밤 그는 빅토리아에게 다가갔고, 그녀도 그를 내치지 않았다. 두 사람은 크리스티안과 다시 만나기 이전처럼 꼭 껴안고 함께 잠이 들었다. 두 사람은 나지막이 서로의 감정을 거듭 고백하고, 달콤한 사랑의 밀어를 주고받았다. 그러자 잭의 기분은 조금은 나아지는 듯했다.

조금 떨어진 곳에서, 크리스티안은 특유의 버릇대로 얕은 꿈을 꾸며 잠자고 있었다.

그는 다시 꿈을 꾸었다. 잭과 자신이 사투를 벌이고 있었다. 그리고 그가 용을 죽이며 승리에 환호하자 꿈속에서 내면의 셰크도 기쁨에 겨워 울부짖었다.

한밤중에 거센 폭우가 쏟아졌다. 피할 곳을 찾았지만 그 일대는 완전히 탁 트인 평지뿐이었다. 잭은 강이 범람할지도 모르니 강가에 머물러 있으면 안 된다는 것을 깨달았다. 아직 깜깜한 밤이었지만 그들은 다시 길을 나섰고, 뼛속까지 빗물에 젖은 채 쏟아지는 무자비한 폭우를 마냥 견뎌야만 했다.

멀리 작고 둥근 지붕 그림자가 보였다. 세 사람은 좀더 가까이 다가갔다. 천상족 주거지였다.

크리스티안은 결정을 내리지 못하고 있었다.

"그냥 비 그칠 때까지만 있자."

빅토리아가 말하자 그도 결국 수긍했다.

천상족의 집은 쉬기에 좋은 장소였다. 집 주인도 그들을 밀고

하지 않을 것이다. 천상족에게는 그런 성향이 없으니 말이다. 어쨌든 크리스티안은 어린 세크가 집 곁의 헛간에서 비를 피하도록 잘 챙겨놓고, 문가에서 일행과 함께했다.

짐작하기에 집주인들은 한 쌍의 젊은 천상족 부부 같았다. 그들은 한밤중에 찾아온 손님 때문에 놀랐으면서도 얼른 기꺼이 환대해주었다.

잭과 빅토리아는 급히 불가로 다가갔다. 빅토리아가 재채기를 했다.

"아가씨는 젖은 옷을 벗어야겠네요."

천상족 여인이 말했다.

"그러지 않으면 병이 날 거예요. 날 따라와요. 여러분에게 드릴 만한 옷이 있을 거예요."

그러는 동안, 남편은 세 사람을 위해 따뜻한 마실거리를 준비했다. 잭은 손바닥을 화덕의 불 가까이 가져가 따뜻한 열기를 누렸지만, 크리스티안은 그늘진 구석에 머물면서 그저 고개를 흔들어 이마에 붙은 젖은 머리카락만 떼어낼 뿐이었다. 그는 어둡게 반짝이는 눈길로 잭을 지켜보고 있었다.

"밖에 나다니기에는 좋지 않은 밤이죠."

집 주인이 한마디했다.

"근처에 큰 마을이 없어서요."

크리스티안이 작은 소리로 대꾸했다.

"맞아요. 하지만 일단 카슈타르와 셀레스티아를 가르는 강을 건너면 마을이 더 많이 있을 겁니다. 바이셀만 해도 그리 멀지 않고, 또 여기서 반나절도 안 되는 거리에도 마을이 하나 있지요."

크리스티안은 아무 말 없이 고개만 끄덕였다. 천상족 남자는 각자에게 마실 잔을 건네주었다. 잭은 감사히 잔을 받았다. 따뜻한 액체를 마시니 기분이 훨씬 더 좋아졌다.

천상족 여인이 세 사람의 어깨를 덮을 모포를 가지고 돌아왔다. 뒤를 따라 빅토리아가 들어왔다. 그녀는 문가에서 발걸음을 멈추고는 토마토처럼 새빨개져서 수줍어하고 있었다.

뒤돌아본 잭은 빅토리아를 보고는 그대로 숨이 멎는 듯했다. 그녀가 천상족 옷을 입었을 거라고 생각하지 못했기 때문이었다.

천상족들은 아주 가는 직물로 짠 색깔 있는 옷을 입는데, 이 옷은 보기와는 달리 몸을 아주 잘 감싸준다. 하지만 가제 수건처럼 아주 얇았다. 천상족들은 이를 아주 당연하게 여겼다. 그들은 인간이 맨 얼굴로 다니는 걸 당연히 여기듯 옷 아래로 몸을 드러내는 일에 익숙했다. 예를 들어 얀 족들은 얼굴을 드러내는 인간의 관습을 이해하지 못한다. 그들은 자신들이 신뢰하는 이들 앞에서만 얼굴을 보여주기 때문이었다.

잭은 아와 숲에서 천상족을 몇 명 본 적이 있었다. 고유의 직분에 맞는 튜닉을 입고 있는 사이세이와 하딘을 제외한 천상족들은 모두 너무나 얇은 옷을 입고 다녔고, 몸을 가리고 다니는 다른 종족들과 충돌을 일으켰다.

빅토리아가 입고 있는 튜닉이 바로 그런 것이었다. 평소보다 훨씬 더 자세히 몸의 굴곡을 드러내는 초록색의 얇은 튜닉을 입고 있었다.

빅토리아는 어디를 쳐다봐야 할지 몰랐다. 잭 또한 얼굴이 붉어져 눈길을 돌리며 어찌할 바를 몰라했다. 하지만 크리스티안은 한쪽 눈썹을 치켜올리고는 흥미롭게 위아래로 쳐다보았다. 빅토리아의 얼굴이 더 붉어졌다. 몸을 가리고 싶었지만 그러면 안주인을 모욕하는 일이 되지 않나 싶었다.

"니레이."

그때 천상족 남자가 기분 좋은 너털웃음을 터뜨리며 말했다.

"요하비르 신이시여, 사랑을 베푸소서! 이 젊은이들이 얼마나 긴장하고 있는지 좀 봐요."

여인이 아주 살짝 얼굴을 붉혔다.

"미안해요. 이런 내가 바보 같았어요……인간의 풍습이 우리와 다르다는 걸 깜박했네요. 하지만 빅토리아, 왜 아무 말도 안 했어요?"

빅토리아는 미소를 지으며 천상족 여인이 건네주는 모포를 고맙게 받았다. 어깨에 모포를 두르자, 기분이 조금 나아지는 듯했지만 그래도 여전히 친구들을 쳐다볼 엄두가 나지 않았다. 그때 머릿속에서 소곤거리는 크리스티안의 목소리를 감지했다.

'부끄러워할 필요 없어.'

빅토리아의 심장이 미친 듯이 방망이질치기 시작했다. 고개를 들어 벽에 붙은 벤치에 앉은 크리스티안을 보았다. 그는 슬그머니 웃으며 그녀를 지켜보고 있었다. 그의 무엇이 자신을 이렇게 만드는지 궁금했다.

불과 이 주 전 만 해도, 잭과 단둘이 여행하는 동안, 그녀는 어쩌면 앞으로는 크리스티안을 잊고 언제나 그랬듯 그저 가장 좋은 친구로 남아 있는 것에 만족하게 될지도 모른다는 생각을 했었다. 하지만 이제 크리스티안은 돌아왔고, 그의 목소리, 눈빛, 손길, 그리고 단지 그가 곁에 있다는 사실만으로도 혼란스러웠다.

정오가 되기 조금 전에 비가 멎었다. 빅토리아는 이제 물기가 마른 원래의 옷을 다시 입었다. 점심을 마친 후 세 사람은 또다시 길을 나서기로 했다.

천상족 부부는 문 앞에서 떠나는 세 사람을 배웅했다. 젊은이들이 멀어지자 여인이 말했다.

"봤어요?"

남편이 고개를 끄덕였다.

"나도 봤어. 세 사람 사이를 이어주는 강한 운명의 끈을. 그런 것이 존재할 거라고는 상상조차 못 했어."

"평범한 사람들이 아니에요. 그 운명의 끈은 사랑과 미움의 관계, 그 이상의 것이에요. 인간이나 천상족이 지닐 수 있는 것보다 훨씬 더 강렬하고 견고한 감정이죠. 오, 가련한 젊은이들. 그게 뭘까요?"

천상족 남자는 슬픈 표정으로 고개를 가로저었다. 그 답을 알 수가 없기 때문이었다.

며칠 뒤, 빅토리아는 머무르고 있던 장소를 탐색하기 위해 캠프에서 조금 멀리 떨어진 곳으로 나섰다가 문득 크리스티안을 만나야겠다는 생각이 들었다.

크리스티안은 그녀가 자신을 찾을 수 있도록 그 자리에 가만히 머물러 있었다. 그가 서 있는 나무 발치로 빅토리아가 다가오기 한참 전부터 그는 그녀의 존재를 미리 감지하고 있었다.

빅토리아가 부드럽게 말했다.

"너랑 이야기 좀 해야겠어."

크리스티안은 말없이 고개만 끄덕였다. 그녀가 무슨 말을 하려는지 직감으로 알 수 있었다. 그는 풀밭에 앉으며 빅토리아에게도 옆에 앉으라고 손짓을 했다.

빅토리아는 망설였다. 그에게 다가가고픈 충동과 싸우고 있는 듯했다. 크리스티안이 그녀를 뚫어지게 쳐다보았다. 사막에서 두 사람이 다시 만났을 때부터 계속 그랬다. 빅토리아는 잭을 깊이 사랑하지만, 또한 셰크를 향해서도 대책 없이 끌리는 뭔가가 있었다.

마침내 한숨을 내쉬며 빅토리아가 수줍은 듯 가까이 다가갔다. 크리스티안의 손가락이 그녀의 목과 뺨을, 머리카락을 어루만지자 몸에 전율이 일었다. 그녀는 그의 입맞춤에 몸을 맡겼다. 하지만 크리스티안의 입술이 목을 오르내리며 그녀가 예상치도 못한 감각을 일깨우자, 빅토리아가 작은 소리로 말했다.

"부탁이야, 그만 해."

그러자 크리스티안이 멈췄다. 빅토리아는 그의 어깨에 고개를 기대며 심호흡을 하고는, 그가 불러일으킨 느낌을 가라앉히려고 애썼다.

빅토리아가 나지막이 말했다.

"널 사랑하는 감정을 지울 수 있을 거라고 생각했었어."

"정말로 그렇게 생각했어?"

크리스티안이 웃었다.

"아니."

빅토리아가 짧은 침묵 후 고백했다.

"하지만 가능할 거라고 스스로 납득하고 싶었어."

"그래서 선택하려고 했던 거군. 아직도 네 일부를 포기하고 싶어?"

"네가 내 일부야?"

"그래, 난 네 일부야. 책과 마찬가지로. 몰랐니?"

"예언 때문일까?"

"모르겠어. 그리고 그건 중요하지도 않아. 난 너에 대한 내 감정을 알아. 그건 예언이 있든 없든 바뀌지 않을 거야. 넌 네 감정을 아니, 빅토리아? 그런 감정이 분명 있기는 한 거야?"

"물론이야. 하지만 이성은……"

"이성은 동시에 두 사람을 사랑할 수 없다고 말하고 있겠지. 그런데 넌 그러고 있잖아, 빅토리아. 네 상식으로는 그 사실을 받아들일 수 없니?"

빅토리아가 고개를 가로저었다.

"왜 그런 말을 하는 거야?"

"널 도와주고 싶으니까. 그게 다야."

빅토리아는 더이상 질문하지 않았다. 그의 가슴에 고개를 대고 몸을 기댔다. 두 사람이 함께하는 이 순간, 빅토리아는 크리스티안에 대한 사랑이 다시 한 번, 그 어느 때보다 더 강렬하게 넘쳐나는 걸 느꼈다.

"사랑해, 크리스티안."

빅토리아가 속삭였다.

"알아."

그가 미소를 지었다.

"잭도 언젠가 받아들일까?"

"그래야만 할 거야. 우리 일을 받아들이거나 아니면 널 포기해야만 할 테니까. 나를 향한 네 감정은 네 눈빛이나, 네 미소, 네 목소리처럼 오로지 너의 것이야. 낡은 껍질을 벗어던지듯 그 감정을 버릴 수는 없어. 더이상 그러려고 하지 마. 그건 너희 둘에게 고통만 줄 거야."

빅토리아는 잠시 입을 다물었다. 그리고 고개를 들어 크리스티안을 바라보았다.

"그럼 너는? 넌 이 모든 일을 어떻게 생각해? 말해봐, 난 네게 뭐야?"

크리스티안이 망설이지 않고 대답했다.

"빛."

빅토리아는 그가 뭐라고 더 말하기를 기다렸지만 크리스티안은 가만히 침묵을 지키고 있었다.

"이해가 안 돼."

빅토리아가 말했다.

"이해할 필요는 없어. 지금은 네가 그 사실을 아는 것만으로도 충분해."

한동안 조용히 있다가 빅토리아가 다시 입을 열었다.

"이상해. 어쩌면 우리 모두를 끝장낼 운명이 기다리고 있을지도 모르는데. 그래도 널 얼마나 그리워했는지, 내가 느끼는 감정을 어떻게 해결해야 할지에 대한 생각을 멈출 수가 없어."

크리스티안 슬쩍 웃으며 빅토리아를 쳐다봤다.

"뭘 그렇게 복잡하게 생각해? 넌 우리 둘을 좋아하는 것뿐이야. 그게 뭐 나쁜 건가?"

"넌 우리 셋이 같이 살 수 있을 것 같아?"

빅토리아가 거의 비웃는 듯한 표정으로 반문했다.

"잭과 네가 얼마나 잘 지내는지 잘 알면서."

"내가 너희랑 같이 살 거라는 말을 한 적은 한 번도 없어, 빅토리아. 사실 난 어느 누구하고도 같이 살 수 없을걸. 너라고 해도 말이야. 그리고 한 가지 분명히 해두고 싶은 게 있어. 잭은 그렇다고 믿고 있는 모양이지만, 우리 두 사람이 대결하는 건 너 때문이 아니야. 오히려 반대야. 네가 아니었다면, 우리는 이미 오래전에 서로를 죽이려고 덤벼들었을 거야. 무슨 말인지 알겠니?"

"알 것 같아. 내가 느끼는 감정도 알고, 그게 아름답다는 것도 알아. 그러니 그걸 선물로 받아들여만 하고, 내게 그처럼 의미 있는 두 사람과 특별한 뭔가를 공유한다는 사실을 기뻐해야만 하겠지. 하지만, 그렇다면 왜 지금 너랑 같이 있다는 사실에 이렇게 죄책감이 드는 거지?"

"잭이 바보 같은 질투심으로 그런 기분이 들게 만드니까 그렇지. 그리고 그보다 더 나쁜 건, 사실 그의 일부는 그 사실을 받아들이고 이해하고 있다는 거야. 하지만 본능적으로 날 미워하고, 그 미움에 대한 이성적인 설명을 찾아야만 하기 때문에 그걸 정당화하기 위한 구실로 널 이용하는 거지. 사실은 그런 게 아닌데도. 언젠가 우리가 서로를 상대로 싸우게 된다 해도 넌 아무 잘못도 없다는 걸 알았으면 좋겠어. 실제로 넌 네 사랑을 통해 이전에는 그 누구도 해낼 수 없었던 일을 해냈잖아. 바로 셰크와 용이 한편이 되어 싸우는 것 말이야."

빅토리아는 한동안 그를 빤히 쳐다보다가 질문했다.

"얼마 동안이나, 크리스티안?"

그가 멈칫하자, 빅토리아는 정곡을 찔렀다는 걸 알았다.

"너도 이미 알 텐데."

셰크가 작은 소리로 대답했다.

"넌 아와 숲을 떠났을 때보다 더 강해지고, 더 차가워지고, 더 자신감에 넘쳐 돌아왔어."

빅토리아가 나지막이 말했다.

"네 내면의 셰크를 되찾은 거야. 그리고 잭을 죽이고 싶어하지. 그 어느 때보다도 더."

"그래, 아주 간절히 원해."

크리스티안이 솔직히 털어놓았다. 그의 눈에 반짝하고 미움의 빛이 떠올랐다.

"거의 널 사랑하는 만큼이나 그를 죽이고 싶어."

그가 새삼 얼음 같은 시선으로 빅토리아를 응시했다. 그 눈빛이 어찌나 강렬한지 빅토리아는 숨이 가빠와 조금 뒤로 물러섰다. 심장이 거세게 두근거렸다.

하지만 그가 키스하러 다가서자 그녀는 꼼짝도 하지 않았다. 빅토리아 역시 온 마음을 다해 그를 원했다. 크리스티안이 잔잔한 미소를 지으며 몸을 떼지 않았다면 그를 밀어낼 힘조차 없었을 게 분명했다. 그가 여전히 두 사람에 대한 마음을 절제할 수 있다는 게 내심 고마웠다. 크리스티안이 곁에 있기만 해도 자신을 자제할 수 없을 정도로 빠져버린다는 사실에 겁이 났다.

"우리가 여기서 살아난다면,"

크리스티안이 빅토리아를 다시 현실로 돌려놓으며 말했다.

"우리가 미움에서, 아슈란에게서, 셰크들로부터 살아날 수 있다면……"

빅토리아가 소곤거리며 물었다.

"그러면?"

"네가 잭과 함께 있어도 상관하지 않을 거야. 그게 네가 원하는 일이라면 그와 함께 산다고 해도 개의치 않겠어. 하지만,"

그가 미소 지으며 덧붙였다.

"나를 향한 마음이 여전하다는 걸 네 눈 속에서 계속 확인할 수 있는 한은…… 때때로 널 보러 달려올 거야. 때로는 뜨거운 네 몸을, 부드러운 살결을 찾을 거고…… 또 때로는 단지 이야기를 나누거나 네 눈을 바라보거나 아니면 그저 너와 함께하는 기쁨을 누릴 거야. 네가 내게 주는 건 언제나 받아들일 거야. 그 이상은 필요 없어. 그렇다고 그 이하에만 따르겠다는 건 아니야."

그가 빅토리아를 강렬하게 쳐다보자 그녀는 얼굴을 붉혔다. 당황해서 어찌할 바를 몰랐던 그녀는 미소를 지으며 고개를 흔들었다.

"그 말이 재미있니?"

크리스티안이 진지하게 말했다.

"네 마음의 일부는 나한테 속한 거야. 그걸 포기할 생각은 없어. 물론 넌 선택할 수 있어. 하지만 이미 난 나와 함께 떠날 수 있는 기회를 한 번 줬었고, 잭에 대한 네 감정이 그걸 받아들이는데 방해가 됐었지. 상황이 달라졌다고는 생각하지 않아. 그리고 앞으로도 바뀌지 않을 거라는 것도 알고.

어쩌면 네가 나에게 영원히 네 곁에서 떠나달라고, 잭과의 관계를 방해하지 말아달라고 청하게 될 수도 있겠지. 원한다면 그렇게 해줄게. 하지만 그건 네가 바라는 게 아니야, 그렇지?"

빅토리아는 그의 눈길을 피하며 혼란스러워했다.

"그래, 그건 네가 원하는 바가 아니야."

크리스티안이 말을 계속했다.

"그리고 잭도 속으로는 알아. 설사 네가 날 포기한다고 해도 네가 온전히 그의 것이 될 수 없다는 걸. 날 봐."

빅토리아가 고개를 돌렸지만 그는 그녀로 하여금 부드럽게 자신의 눈을 쳐다보게 했다. 두 사람은 다시 강렬하고 심오한 눈빛을 나눴다.

"알겠니?"

크리스티안이 속삭였다.

"언젠가 네가 나에게 속한 게 아니라고 말한 적이 있지. 넌 네 생명과 네 감정이 원하는 대로 할 수 있어. 절대로 널 내게 묶어 놓으려 하지 않을 거야. 하지만 네 영혼 속에는 온전히 내 것인 무언가가 있어. 그 마음이 계속 거기 있는 한……난 다시 찾으러 올 거야. 그때는 잭 같은 존재가 네 곁에 얼마나 많이 있든 상관하지 않을 거야. 네가 아무리 수없이 부정해도, 나한테서 멀어지려 해도 개의치 않을 거야. 네가 날 더이상 사랑하지 않는 그날이 오면 네 인생에서 사라지겠지만, 날 바라보는 네 눈에 그 감정이 여전히 깃들어 있는 한, 나는 내 것, 오로지 내게만 속한 그것을 찾아 다시 너에게 올 거야."

빅토리아는 자신도 모르게 부드러운 한숨을 내쉬었다. 그가 다시 키스했다.

'그 마음이 계속 거기 있는 한.'

빅토리아는 생각했다. 그의 목에 팔을 두른 그녀는 이번에는 망설이지 않고 더 가까이 다가갔다. 그를 여전히 사랑하고 있다는 사실을 부정할 수 없기에, 그리고 어찌되었든 그 사실만큼은 절대로 속일 수 없다는 걸 알기 때문이었다.

"유니콘과 셰크."

크리스티안이 빅토리아의 허리에 팔을 두르며 중얼거렸다.

"이상하지 않니? 그러면서도……어쩐지 피할 수가 없었어. 지금까지 온갖 일이 다 일어났는데도."

"네가 누군지, 그리고 무슨 일을 했었는지도 알아."

빅토리아가 속삭였다.

"아무리 그래도 어쩔 수가 없어. 내가 느끼는 감정을 멈출 수가 없어. 네 말이 맞아. 난 부정할 수 없어. 널 언제나 사랑할 거야, 크리스티안. 네가 아무리 내게 상처를 주더라도 말이야. 하지만 만약 그렇게 된다면 절대로 용서할 수 없는 일이 하나 있어. 뭔지 알지, 그렇지?"

"그래. 알아."

크리스티안이 다정하게 대답했다.

빅토리아는 한숨을 내쉬며 그의 어깨에 얼굴을 묻었다. 때문에 크리스티안의 표정에 허망하게 스쳐지나간 어두운 그림자를 보지 못했다.

알렉산더는 축하하느라 시간을 낭비하지 않았다. 사상자도 많았고, 곧 더 많은 전투가 이어질 거라는 사실을 알기 때문이었다. 시에셀이 딩그라 전체의 군대를 움직일 거라는 사실도, 다른 셰크들의 도움을 청할 거라는 사실도 알았다. 예를 들면 에이세슈 같은 셰크 말이다. 상부에서 허락만 한다면 바니사르의 총독은 조금도 주저하지 않고 암린 왕의 전군을 누르곤으로 보낼 것이다. 에이세슈는 저항군이 어떻게 산속에서 빠져나갔는지, 덴얄의 부하들이 인조 용, 즉 가린이 몰던 가짜 용으로 어떻게 자신을 속였는지 아직도 기억하고 있었다. 그리고 그 치욕을 쉽게 용서할 수 없었다.

다른 한편, 알산 왕자가 돌아와 항거를 시작했다는 소식이 난델트 전체로 퍼져나가며 급속히 전해지고 있었다. 그날 이후 더 많은 사람들이 누르곤으로 달려와 반란군에 합류하고자 했다. 대부분은 요정족의 부름에 응답하여 아와 숲에 은신하고 있던 사람들이었다. 또한 셰크에게 살벌하게 평정당했던 시아 사람들도 많았다. 이들은 셰크에 반대하여 반기를 들었다는 이유로 혹독한 처벌을 받았다.

대부분의 주민들은 이미 큰 교훈을 배웠기에 다른 왕국으로 옮겨가, 셰크에 복종한 나라들의 일상에 편입하여 살고 있었다. 하지만 많은 사람들의 마음속에는 여전히 복수의 열망이 불타고 있었고, 이들이 바로 자신의 영토와 민족의 명예를 위해 싸울 기회를 찾아 알렉산더와 그의 반란군 무리에게 온 것이다.

딩그라를 빠져나온 사람들도 있었고, 심지어 나네텐과 바니사르에서 온 사람들도 있었다. 채 일주일도 안 되어 요새는 사람들로 바글바글했다.

셰크들은 한참 시간이 지나고 나서야 움직이고 있다는 징후를 드러냈고, 알렉산더가 보낸 첩자들은 그의 동생인 암린 왕이 전투를 치를 군대를 준비하고 있다는 정보를 알려주었다.

"잔인하군요."

그 소식을 들은 덴얄이 의견을 말했다.

"셰크들은 바니사르와 딩그라 사람들을 보내 우리와 싸우게 하려는 거잖아요. 우리끼리 동족상잔을 벌이길 바라는 거군요."

"잔인한 게 아니오."

알렉산더가 차분하게 대꾸했다.

"현실적인 거지. 난델트를 감시하는 셰크들 대부분이 지금 용과 유니콘을 찾아 아위노르에 가 있지요. 에이세슈와 시에셀은 셰크 군대를 모을 수는 없지만 인간과 시슈로 구성한 군대를 지휘할 수는 있을 거요."

한편, 알렉산더는 다른 지역과 동맹을 맺는 일의 진행이 염려되었다. 바니사르를 떠나기 한참 전에 그는 슈르 이카일의 야만족과 친교를 맺으려고 두 명의 밀사를 보냈다. 전령들은 각각 귀 한 쪽씩을 잃은 채 돌아왔다. 그곳을 다스리는 가장 막강한 군주인 호르 둘카르의 대답으로, 즉 야만족들은 이방인 왕자와 힘을 합치지 않겠다는 뜻이다. 알산 왕자가 정말로 뱀들과 맞서서 그들과 동맹을 맺을 자격이 있는지 시험해보지 않는 한 말이다. 그런데 밀사들은 빈손으로 동맹을 청하러 갔고, 야만족들은 이를 엄청난 모욕이라 생각했다. 감히 호르 둘카르와 조약을 맺을 정도로 스스로를 강하다고 생각하는 자라면, 먼저 제 능력을 검증할 만한 혁혁한 공적을 보여줘야만 했던 것이다.

그래도 전령들이 살아서 돌아온 것이 다행이었다. 호르 둘카르가 전령들의 무례함에 대한 대가로 한쪽 귀만 자르고도 흡족해했다면, 그건 마음속으로는 알렉산더에 대해 호기심이 생겼고, 그가 어떻게 나올지 두고 보겠다는 요량이기 때문이었다.

알렉산더는 그가 무슨 꿍꿍이인지 아주 잘 알고 있었다. 어쨌든 야만족들과 관계를 가지는 것이 위험하다는 사실이 명백히 밝혀진 셈이었다. 슈르 이카일을 다녀왔던 전령들은 그 일에 걸린 위험을 잘 알면서도 그 임무를 자청했었다.

만약 카슬룬 탑이 함락된 이후 야만족들이 대단히 미묘한 상황에 처하게 되었다는 것을 알지 못했다면, 알렉산더는 이들을 다시 끌어들이기 위해 애를 쓰지도 않았을 것이다. 어찌되었든 간에 이들은 이미 수세기 전부터 기원도 알 수 없는 케케묵은 실랑이를 벌이며 오랜 세월 서로 싸워온 부족 집합체에 지나지 않았고, 뱀과 맞서 싸울 군대를 조직하기에는 너무 산발적으로 흩어져 있었다. 뱀들에게 이들은 그저 약간 성가신 정도일 뿐, 그 이상이 될 수 있을지 어떤지는 누구도 알 수 없었다.

이들은 한 번도 마법사들을 전적으로 신뢰한 일이 없었지만, 호르 둘카르 역시, 카슬룬 탑이 그들 가까이 있어 일종의 방패가 되어주었다는 사실만큼은 싫어도 인정할 수밖에 없었다. 하지만 카슬룬이 셰크들에게 정복당하고, 탑의 새 성주가 아슈란에게 충성을 바치는 지금, 야만족들의 독립도 심각한 위험에 처하게 된 것이다.

그러니 호르 둘카르가 바니사르의 왕자와 동맹을 맺을 가능성이 평소보다 훨씬 더 높은 상황이었다. 그리고 그가 평소에 늘 부려오던 성질에 비하면, 한쪽 귀를 잃는 것쯤은 이제껏 다른 전령들이 당해온 가혹 행위들에 비해 그리 심한 것도 아니었던 것이다.

알렉산더는 이제 야만족 대장이 요구하는 바를 들어줄 채비를 마친 셈이었다. 그들이 누르곤을 재정복했다는 소식이 난델트 전역 방방곡곡으로 널리 퍼져나갔으리라는 사실을 고려한 알렉산더는 새로운 전령을 슈르 이카일에 보내 야만족 대장과 담판을 짓게 했다.

그는 이번에는 그들이 두 귀를 그대로 달고 돌아오리라는 사실을 잘 알고 있었다.

크리스티안이 평소 습관대로 혼자 시간을 보내기 위해 두 사람을 모닥불 가에 남겨둔 채 어둠 속으로 사라진 어느 날 밤, 잭은 더이상 참을 수가 없어 빅토리아에게 말했다.

"언젠가는 네가 결정할 날이 오겠지, 그렇지?"

빅토리아는 고개를 들어 잭을 한참 쳐다보았다. 얼핏 빅토리아의 눈이 두 사람 주위를 둘러싼 밤의 어둠처럼 짙어 보였다.

"무슨 말인지 모르겠어."

빅토리아가 다정히 말했다.

"난 이미 오래전에 결정했어."

잭은 눈을 깜박이며 당황해했다.

"아, 그래? 처음 듣는 말이네."

하지만 그의 심장은 심하게 쿵쾅거렸다. 아마 빅토리아가 아와숲에서 선택을 했다는 말인가보다. 아위노르로 그와 동행하기로 했을 때, 그녀의 마음을 셰크가 아니라 그에게 주기로 했다는 말인가보다. 하지만 빅토리아의 눈빛에는 그녀가 마음속에 간직한 말이 그것과 다르다고 알려주는 뭔가가 있었다.

"난 이미 오래전에 결정했어."

빅토리아가 재우쳐 말했다.

"이제 결정을 내려야 할 사람은 너야."

"결정한다고, 뭘?"

"내 결정을 받아들일지 말지를 말이야. 너한테는 그 결정에 따르지 않을 권리가 있어. 네가 어떤 결정을 하든지 난 존중할 거야. 단지 너도 내 결정을 존중해달라는 부탁뿐이야."

잭은 돌연 빅토리아가 무슨 말을 하고 있는지 이해했다. 이미 선택을 했다는 말이다. 빅토리아는 두 사람 모두를 택한 것이다.

두 사람은 한동안 아무 말없이 그대로 있었다.

"아니, 안 돼, 그럴 수는 없어. 두 사람 모두와 같이 있을 수는 없어."

"난 누구와 같이 있겠다고 결심한 게 아니야, 잭. 너희 둘이 나와 같이 있든 말든 상관없이 난 두 사람을 사랑하기로 결정했어. 내 마음이 그렇게 말하기 때문이야. 내 사랑에 너희가 응답을 하느냐 마느냐는 너희들 문제야. 어쨌든 크리스티안은 나를 사랑해, 너는?"

잭은 두 손을 머리로 가져갔다. 어지러웠다.

"널 셰크와 나눠가지라고 부탁하지 마."

"네게 부탁하는 게 아니야. 넌 원하는 대로 할 수 있어. 네가 그걸 받아들이든 않든 간에 난 널 똑같이 사랑할 거야. 그리고 네가 그런 상황을 견디지 못하는 것도 이해할 거야."

"하지만, 어쨌든 넌 우리에게 세 사람이 함께 있기를 강요하는 거잖아."

"우리가 함께 싸워야만 하니까. 우리의 결속이 깨어진다면 당하기 쉬워질 테니까."

"당한다고?"

잭이 반복했다.

"네 말은 아슈란한테 당한다는 소리야? 예언 때문에?"

하지만 빅토리아는 대답하지 않았다.

지금은 복잡한 사랑 관계를 해결하는 것보다 아슈란에게 맞서 전략을 세우는 일이 훨씬 더 중요하다는 것을 잭은 잘 알고 있었다. 아무리 싫더라도, 이곳에서 살아서 나가기 위해 셰크와 같은 편이 되어야 한다는 사실을 받아들이고, 그와 가능한 한 잘 지내보기로 했다.

하지만 다음날이 되자 또다른 실랑이가 벌어졌다.

"너 미쳤구나! 그러니까 우리를 죽이겠다는 거야, 뭐야?"

"잭, 진정해……"

"아니, 나보고 진정하라고 하지 마, 빅토리아! 이 죽일놈의 셰크가 또다시 우리를 배신했다고!"

"최소한 설명은 들어봐야지, 안 그래?"

"무슨 설명이 더 필요해? 우리를 아슈란 앞으로 곧장 데려가고 있잖아!"

"물론 너희들을 아슈란 앞으로 데려갈 거야. 아니면 어디로 갈 거라고 생각한 거야?"

"하지만……"

"봤지, 빅토리아? 난 이놈이 믿을 수 없는 놈이란 걸 알고 있었다고!"

"한 번도 날 믿어달라고 한 적은 없는데, 용. 하지만 네 좁은 소견으로는 왜 우리가 드락웬으로 가야만 하는지 이해할 수 없겠지. 그러니 일일이 설명하면서 시간낭비하고 싶지 않아."

"이제 나도 참을 만큼 참았어, 이 셰크야!"

포효를 내지르며 용으로 변신한 잭은 거센 불길 한가운데서 크리스티안을 향해 돌아섰다. 크리스티안은 그대로 인간의 모습을 하고 있었지만 두 눈에 강철 같은 단호함을 빛내며 하이아스를 뽑아들었다.

두 사람을 지켜보고 있던 새끼 셰크는 변신한 잭을 보더니 쌕쌕거리며 바위 아래 몸을 숨기고는 증오심이 흘러넘치는 눈으로 계속 그를 노려보았다.

빅토리아가 잭과 크리스티안 사이에 끼어들었다. 지팡이를 놔두고 있어 휘두를 무기는 아무것도 없었다. 단지 용의 앞발과 뜨겁게 내쉬는 입김 그리고 하이아스의 차가운 칼날 사이를 몸으로 막아설 뿐이었다. 하지만 그녀는 단 한순간도 머뭇거리지 않았고, 눈을 내리깔지도 않았으며, 목소리에는 일말의 주저함도 없었다.

"너희가 서로를 죽인다면, 나 역시 죽게 될 거야."

크리스티안이 잠깐 빅토리아를 쳐다보고는, 남아 있는 의지력을 그러모아 검을 다시 칼집에 넣었다. 잭도 으르렁거리는 듯한 소리를 내더니 다시 인간으로 변신했다. 마음을 진정시키기 위해 여러 차례 깊은 숨을 내쉬었지만 눈에는 여전히 용의 불길이 이글거리고 있었다.

"이제 됐지?"

그러자 빅토리아가 크리스티안을 돌아보며 질문했다.

"왜 우리가 강을 건너게 한 거야? 뭣 때문에 이 길로 방향을 바꾼 거야?"

"난 방향을 바꾼 게 아니야."

셰크가 반박했다.

"처음부터 드락웬 탑으로 너희를 데려갈 생각이었어. 그게 바로 정확히 내가 하고 있는 일이야."

잭이 추궁했다.

"우릴 아슈란에게 건네주려는 거잖아!"

"그와 맞서려는 거야!"

크리스티안이 잭의 말을 정정했다.

"늦든 빠르든 우린 그렇게 하게 될 테니까. 그렇다면 빠르면 빠를수록 낫잖아. 너희 친구 알렉산더가 북쪽에서 항거를 시작했어. 그리고 운이 좋다면 셰크들은 너희를 찾느라 아직 남쪽에 있을 거고. 아슈란을 치기에는 지금이 적기인 셈이지."

"이렇게나 빨리……"

빅토리아가 중얼거렸다.

크리스티안이 빅토리아의 눈을 마주 보았다.

"너무 늦기 전에 그 일을 해내야만 해, 빅토리아. 아버지는 내가 용을 죽이길 기대하시지. 그래서 내게 다시 하이아스를 돌려준 거고, 그래서 내 셰크 부분을 되살리게 해준 거야. 그러니 이런 상태가 계속 이어진다면 결국 그렇게 되고 말거야……"

"정말로 나를 상대로 이길 거라고 생각하는 거야?"

잭이 인상을 쓰며 반문했다. 하지만 크리스티안은 그 말에는 콧방귀도 뀌지 않았다.

"……그러니 가능한 한 빨리 이 일을 끝내는 게 최선이야. 우리 둘이 서로를 죽이기 전에 아슈란을 죽이는 것 말이야."

빅토리아는 소름이 끼쳤다. 잭은 대꾸를 하려다, 돌연 크리스티안의 말이 무슨 소리인지 깨닫고 그대로 멈췄다.

"너는 지금 네 친아버지를 죽이겠다는 거야? 정말로 그럴 거야?"

크리스티안이 그를 돌아보았다.

"물론 다른 대안이 있기는 하지, 아주 구미가 당기는 일이기도 하고. 바로 널 죽이고 그 빌어먹을 예언의 종지부를 찍는 거야. 그러면 빅토리아도 무사할 테고, 셰크들이 빅토리아를 상대로 싸울 필요도 없고. 우리 아버지 역시 그렇겠지.

하지만 내가 널 죽이면……빅토리아의 일부도 함께 죽겠지. 네가 믿든 안 믿든 간에, 나에게는 빅토리아가 어떻게 느끼는지가 정말로 중요해. 그게 네가 아직도 목숨을 부지하고 있는 유일한 이유이기도 하지."

잭이 반박하려고 입을 열었지만 아무 말도 나오지 않았다.

셰크가 말을 계속 이었다.

"넌 빅토리아나 빅토리아의 감정이 나를 향한 증오심보다 더 소중하긴 한 거야? 아니면 너의 그 사랑은 그저 의미 없는 말로만 쌓아올린 건가?"

잭은 기분이 상해 등을 돌렸다. 크리스티안은 어린 셰크를 붙잡아 어깨에 올리고 다시 길을 나섰다. 그가 잭의 곁을 스쳐갈 때 크리스티안의 목소리가 잭의 머릿속에 들려왔다.

'난 빅토리아를 죽음으로 내모는 게 아니라고. 맹세하지만 그 애를 지키기 위해서라면 너도 죽이고 나도 죽을 수 있어. 그리고 빅토리아가 죽어야만 한다면, 기꺼이 나도 함께 죽을 거다.'

잭은 아무 말도 하지 않았다. 크리스티안 곁을 지나갈 때 새끼 셰크가 잭에게 독니를 드러내며 사납게 식식거리는 소리를 냈다. 하지만 잭은 빅토리아가 다가와 그의 손을 잡을 때까지 아무 반응도 보이지 않았다.

"난 준비됐어."

빅토리아가 다정하게 말했다.

"너는?"

잭이 빅토리아의 눈을 바라봤다. 빅토리아가 그의 눈에서 읽은 것은 죽음에 대한 두려움이 아니었다. 잭을 짓누르고 그를 망설이게 하는 건 빅토리아를 잃을지도 모른다는 끔찍한 두려움이었다. 그러자 빅토리아는 자신도 바로 그와 똑같은 감정을 느끼고 있다는 사실을 깨달았다. 크리스티안이 잭을 남겨놓고 자신만 데려가려 했을 때 사막에서 느꼈던 바로 그 두려움이었다.

잭이 감정을 추스르며 애정 어린 미소를 보냈다. 그러자 그는 잠시 동안 예전 그대로의 잭, 셰크에 대한 증오심에 사로잡혀 있지 않을 때의 다정하고 유쾌한 잭으로 보였다.

그렇게 세 사람은 다시 길을 계속 갔고, 이번에는 북쪽이 아니라 서쪽을 향해 발길을 돌렸다.

‘그들이 이리로 오는군.’

눈알을 굴리며 세스하크가 말했다.

“잘됐군.”

아슈란이 아무런 동요 없이 대답했다.

‘그건 우리가 바라던 바가 아닌데.’

뱀이 반론을 제기했다.

“키르타슈를 과소평가하는군. 그애는 영리해. 시간이 얼마 남지 않았다는 사실을 알고 있지. 아무리 고집을 부려도, 아무리 그 여자애가 중요하다 해도, 머지않아 결국 본능에 굴복하게 될 거야. 그는 그 점을 아주 잘 알고 있지.”

세스하크가 경멸을 담아 의견을 말했다.

‘그애가 진정한 셰크였다면 이미 오래전에 그 용을 죽이고도 남았을 거다.’

“틀림없이. 그래도 그애의 일부는 여전히 셰크야. 드락웬 탑까지 오려면 아직 먼 길이지. 자네 생각에는 그애가 얼마나 더 버틸 수 있을 것 같나?”

그들은 바이셀에서 잭과 빅토리아의 흔적을 놓쳤다.

바이셀은 셀레스티아에서 수도인 르히르 다음으로 중요한 도시였다. 북쪽으로 가는 길을 함께하고 있는 샤일, 사이세이, 키마라는 그곳에서 잭과 빅토리아에 대한 소식을 얻기를 기대했다. 며칠 전, 율 강가 옆의 작은 마을에서 한 천상족 남자가 폭풍우가 치던 날 밤, 그들이 자기 집에서 묵고 갔다고 말했다. 하지만 둘이 아니라 셋이라고 했다.

"크리스티안이 그애들과 동행한 거군."

샤일은 이렇게 말하며 왠지 불안한 마음이 들었다. 젊은 셰크는 값진 동맹이기에, 같은 편에서 싸운다면 살 수 있는 가능성이 더 높아질 것이다. 그건 기쁜 일이었다. 하지만 한편으로는 잭이 이제 용으로 변신했다는 사실도 알고 있었다. 그리고 그가 잘못 알고 있는 게 아니라면, 크리스티안은 셰크의 본능을 회복하고자 저항군을 떠났었다.

천상족 남자는 세 젊은이가 북쪽, 바이셀을 향해 가고 있다고 말했다. 하지만 샤일 일행이 그 도시에서 벌써 이틀째 보내고 있는데도 그들을 보았다는 사람이 아무도 없었다. 이 사실에 샤일은 당황했다. 만일 그 세 사람이 율 강을 따라 난델트로 가는 거라면 어쩔 수 없이 바이셀을 지나야만 하기 때문이었다.

그날 밤, 샤일은 여관에서 대륙의 지도를 자세히 살피며 자신들이 따라온 길을 손가락으로 더듬다가, 만일 세 사람이 난델트로 가는 게 아니라면 단 한 가지 가능성밖에 없다는 사실을 깨달았다.

"드라웬 탑이야."

공포에 질린 샤일이 중얼거렸다.

"강을 건너 네크로맨서를 만나러 가려는 거야."

샤일은 잠시 불편한 몸 상태를 잊고 일어서려다 쿵 하고 바닥에 넘어져 팔꿈치를 다쳤다. 사이세이가 일어서는 걸 도와주었고, 샤일은 이번에는 그녀의 손길을 뿌리치지 않았다.

"너무 늦기 전에 그들을 따라잡아야만 해요. 이대로 그런 일이 벌어져서는 안 돼요. 그들만으로는 드락웬 탑을 공격할 수 없어요."

"그 셰크가 두 사람을 함정에 빠뜨리려는 것일 수도 있어요."

키마라가 미간을 찌푸리며 말했다.

"빅토리아를 넘겨주기 전에 죽일지도 몰라요."

"아마 빅토리아에게 해를 입히진 않을 거야. 하지만 잭은 어떻게 되는 거지?"

샤일은 일 분도 더 기다릴 수가 없어 바로 그날 밤 여관을 떠났다. 육지로 이동하는 게 가장 안전하다는 걸 잘 알면서도 샤일은 여사제에게 황금새를 부르자고 청했다.

하아이 새들의 둥지가 도시 가까이에 있지 않아도 상관없었다. 새들은 아무리 멀리 떨어져 있어도 그들을 부르는 소리를 들을 수 있기 때문이었다.

두 마리의 멋진 황금새가 여행자들 곁에 내려앉자 샤일이 키마라를 돌아보았다.

"우리랑 같이 가지 않을래?"

혼혈 얀 족은 망설였다. 잭을 다시 만날 수 있다는 생각은 몹시 유혹적이었다. 하지만 잭이 자신에게 했던 마지막 말을 잊지 않았던 그녀는 그를 실망시킬 수 없다는 걸 깨달았다.

"아뇨. 전 난델트로 제 길을 계속 갈래요. 메시지를 전달해야만 해요."

샤일은 무슨 말인지 알아듣고 고개만 끄덕일 뿐 더이상 아무 말도 하지 않았다.

키마라는 두 마리의 황금새가 지평선 쪽에서 밝아오는 새벽빛을 뒤로하고 멀어져 가는 모습을 한동안 물끄러미 쳐다보다가 손에 입맞춤을 실어 그들에게 보냈다.

"널 위해서야, 잭."

키마라가 속삭였다.

"네 약속 꼭 지켜. 살아서 돌아오라고 했던 말, 명심해야 해."

똑같은 꿈이 밤마다 되풀이되고 있었다.

매일 아침, 크리스티안은 머릿속에 오직 한 가지 생각만 떠올리며 잠을 깼다. 잭을 죽이고 싶었다. 이 충동을 참아내기가 날마다 점점 더 힘들어졌다.

그렇지만 참을 수 있는 방법이 하나 있었다. 그는 잠에서 깰 때면 제일 먼저 고개를 돌려 빅토리아를 보았다.

빅토리아는 늘 잭의 품에서 잠을 잤다. 크리스티안이 감정을 참을 필요가 없다고 말한 그날 밤 이후, 두 사람은 항상 함께 있었다. 그동안 거리를 두고 있었던 날들이 너무나 힘들어, 이제 그 잃어버린 시간을 메우기라도 하려는 듯.

그런 모습을 봐도 크리스티안은 마음이 상하지 않았다. 질투는 의심과 불신에서 생겨난다. 다른 사람의 마음을 너무나 빤히 읽는 크리스티안은 질투를 느낄 수 없었다. 그저 빅토리아의 눈을 쳐다보는 것만으로도 그녀가 자신에게 느끼는 감정에 절대적인 확신을 가질 수 있었고, 그 눈빛에서 지울 수 없는 강렬한 사랑을 읽을 수 있었다. 그거면 충분했다.

게다가, 두 사람 역시 은밀한 순간을 나누었다. 잭도 알고 있었다. 하지만 크리스티안과 빅토리아가 지역을 탐색하러 함께 앞서 가거나 물을 찾아 강으로 같이 갈 때면 아무 말도 하지 않았다. 크리스티안과 빅토리아가 그 틈을 이용하여 입맞춤과 애무를 나누는 걸 너무나 잘 알고 있고, 또 그 일로 인해 힘이 빠지기도 했지만, 잭은 자기 안에 있는 미움을 스스로 다독이곤 했다. 그럴 때 크리스티안은 셰크라기보다는 인간으로, 자신과 똑같이 한 소녀를 사랑하는 젊은이로 보였다. 그리고 기꺼이 그를 두들겨 패서라도 이런 기분을 벗어던지고 싶지만, 그를 죽일 동기를 찾을 수가 없었다.

게다가 빅토리아와 대화를 나눈 이후, 그는 그녀가 셰크에게 품고 있는 감정을 걱정하지 않는 건 물론이고, 셰크가 정말로 어떤 생각을 품고 있는지 들추어내려고도 하지 않았다. 빅토리아가 이미 두 사람 모두를 사랑한다고, 무슨 일이 있더라도 계속 그럴 거라고 분명히 밝혔기 때문이었다. 이제 자신만 그 상황을 받아들일지 아닌지를 결정하면 된다. 크리스티안과 함께 빅토리아를 공유하든지, 그게 아니라면 차라리 그녀에 대한 마음을 접고 다른 사람과 공유할 필요가 없는 다른 여자를 찾을 때까지 기다리는 게 나을 것이다. 그러자 키마라 생각이 났고, 그때서야 자신 역시 선택을 했다는 사실을 깨달았다.

잭이 혼혈 얀을 거절했던 하디카흐에서의 그날 밤 이후 아무것도 변하지 않았다. 그랬다, 변한 건 아무것도 없었다. 키마라를 좋아한다. 하지만 사랑하지는 않는다.

그렇지만 빅토리아는 사랑한다.

너무나 혼란스럽고 복잡했다. 그래서 지금은 선택을 미루기로 하고, 그저 빅토리아와 함께 지내는 순간을 즐기며, 그녀가 크리스티안과 사라질 때면 아무 일도 없다는 듯 행동하기로 했다. 잭은 좋은 일만 생각하려고 했다. 빅토리아는 매일 밤 계속 그의 곁에서 잠들었다. 그녀는 셰크보다 자신과 더 많은 시간을 보내고 있고, 그래서 처음에는 잭도 승리감에 차 있었다.

한편, 크리스티안은 잭과 빅토리아가 이렇게 서로 품에 안고 잠들어 있을 때면, 그 모습을 일부러라도 보려 했다. 단지 자신의 인간성을 살리기 위해서만은 아니었다. 그 모습을 보면 사막에서 잭을 구할 때의 힘들었던 일이 떠오르기 때문이었다. 무엇보다도 잭을 구해야 했던 이유를 떠올릴 수 있었다. 빅토리아를 어깨에 지고 멀어져 갈 때, 크리스티안은 그녀가 얼마나 심하게 고통스러워하는지 느꼈고, 만일 그녀를 잭에게서 떼어놓는다면 빅토리아 안에 있는 무언가도 아무 대책 없이 함께 죽을 거라는 사실을 알았다.

그러자 잭과 함께 있게 해달라고 간청하던 빅토리아의 눈빛이 또다시 떠올랐다. 그 눈에서 본 것을 절대로 잊어서는 안 된다. 잭이 죽는다면 빅토리아 역시 그와 함께 생명을 마감할 거라는 사실도 잊어서는 안 된다.

절대로 그 사실을 잊어서는 안 된다. 왜냐하면 그 사실을 잊는 순간 늘 꿈에서 하던 대로……저 용을 죽이고 말테니까.

적을 끝장내고자 하는 욕구는 매일 밤마다 똑같은 꿈을 꾸게 할 정도로 그를 괴롭히고 있었다. 처음에는 그와 다시 만나 하루 종일 함께 보내기 때문이라고 생각했다. 하지만 잭은 그런 꿈 따윈 꾸지 않는 것 같았다. 잭의 증오심은 다른 식으로 나타나는 모양이었다. 그렇다면 이 꿈들은 뭔가 이상했다.

곧 불의 봉우리라는 이름으로 알려진 산맥이 지평선에 어렴풋이 모습을 드러냈다.

산은 숨 막힐 정도로 압도적인 장관을 연출하고 있었는데, 원추형 뿔처럼 지평선에 삐죽삐죽 솟은 화산들이 길게 고리처럼 연결되어 있었다. 아직도 활동중인 일부 화산은 오렌지빛 하늘로 연기의 소용돌이를 내뿜고 있었다.

산들을 보자마자, 잭은 이상한 표정을 지으며 시선을 떼지 못했다.

"왜 그래?"

빅토리아가 불안해하며 물었다.

"무슨 일이야?"

"이곳이 드락웬이야."

크리스티안이 말했다.

"불의 봉우리. 전설에서는 아주 먼 옛날 최초의 용이 이곳에 나타났었다고 말하고 있지."

"알고 있어."

잭이 즉각 대답했다가 말을 바꿨다.

"아니, 몰랐었어. 그냥 그런 느낌이 들었어."

빅토리아가 물었다.

"우리가 저 산들을 넘어가야만 하는 거야?"

"산맥을 빙 돌아갈 수도 있어. 하지만 산맥을 바로 가로질러가는 게 더 안전할 거 같아. 저 화산들에는 분화구가 있어. 북쪽에서 남쪽으로 쭉 이어지는 산맥을 따라 그 심연에는 용암 강이 흐르고 있고. 셰크에게는 너무 뜨거운 곳인 셈이지. 그래서 여긴 아무도 오지 않아."

"우리한테도 너무 뜨겁지 않을까?"

잭이 캐물었다.

"그리고 공기는? 숨은 쉴 수 있는 거야?"

"빅토리아가 지팡이의 마법을 쓰면 우리를 보호해줄 수 있어."

빅토리아가 고개를 끄덕이며 그러자고 동의했다.

산자락까지 가닿는 데 이틀이 더 걸렸다. 크리스티안은 두 화산 사이로 난 좁은 통로로 두 사람을 이끌었다. 산맥을 양분하는 거대한 심연은 조금 더 북쪽에 있으므로 그곳을 가로지를 필요는 없다고 했다.

하지만 아무리 그래도 뜨거웠다. 정말 너무나 뜨거웠다. 크리스티안이 하이아스를 빼들고 앞서가며 검에 자신의 힘을 전달하여 주변 공기를 식히려 했다. 어린 셰크는 크리스티안 곁에 딱 달라붙어서는 가능한 한 검 가까이에 있으려 했지만, 별 효과는 없는 것 같았다. 그래도 산기슭에 남는 게 어떻겠냐고 크리스티안이 텔레파시로 제안했을 때 새끼는 계속 함께 가겠다고 했다. 그와 마찬가지로 빅토리아도 길을 가는 내내 그런대로 잘 견디고 있었다.

하지만 잭은 갈수록 점점 더 불안한 마음이 들었다.

"이상한 느낌이 들어."

두어 차례 잭이 말했다.

"마치 사방에서 셰크들이 에워싼 것 같아."

"여기는 우리 둘밖에 없어."

크리스티안이 '입양한' 어린 뱀을 가리키며 차분하게 반박했다.

"아니, 그보다 훨씬 더 많아."

잭이 우겼다.

"모르겠어?"

크리스티안이 고개를 가로저었다.

"그래, 뭔가가 있는 것 같기는 해. 하지만 크게 신경 쓰지 마. 열 때문에 감각이 무뎌져서 그런 거야. 정신을 집중하면 여기에 뱀이 없다는 걸 알 수 있을 거야."

"그래, 사실이야."

잭이 한발 물러났다.

하지만, 시간이 지날수록 잭은 점점 더 화가 치밀어올랐고 공격적으로 변해갔다. 크리스티안은 잭의 증오심을 감지했고, 그 증오심이 마치 막 분출하려는 용암처럼 점점 더 커지는 걸 느꼈다. 그러자 그의 안에 있는 뭔가가 용이 아주 사소한 핑계를 대고라도 사투를 벌이도록 자신을 도발하기를 바라고 있다는 걸 알았다.

'열 때문이야.'

그는 속으로 생각했다. 그리고 정말로 대기 중에는 뭔가 이상한 게 있었다. 다른 셰크들을 떠올리게 하는 무언가가. 하지만 잭을 공격하라고 꼬드기는 건 그게 아니었다. 그건 자신의 본능이었다. 꿈속에서 수없이 잭을 죽였고, 수없이 그 일로 즐거움을 만끽하게 한 그 본능이었다.

어둠이 깊어 밤이 되었지만 이곳은 밤을 지새우기에 적당한 장소 같지 않았다. 일행은 발걸음을 멈추지 않았다. 그들은 밤새도록 계속 걸어갔고, 아침이 밝아올 무렵 세 사람은 이미 산을 빠져나왔다.

그들은 앉아서 휴식을 취하고 있었다. 잭은 틈이 갈라진 땅바닥에 털썩 주저앉으며 간헐적으로 숨을 내쉬었다. 그의 눈은 계속 산맥을 뚫어져라 쳐다보고 있었다. 빅토리아는 그의 눈빛에서 용의 불길이 타오르는 걸 감지하고는 안절부절못했다.

"잭, 괜찮아?"

다정하게 물었지만, 그는 급작스럽게 그녀의 몸을 떼어냈다.

"아니, 괜찮지 않아."

잭이 기분 나쁘게 대꾸했다.

"이런 빌어먹을! 넌 뱀들이 느껴지지 않는 거야? 그들은 사방에 있어. 아니면 여기 있었거나, 어쩌면 이리로 다가오고 있거나!"

크리스티안이 눈을 가늘게 뜨며 산맥을 향해 시선을 던졌다. 그리 뜨겁지 않은 지금, 그는 잭의 말이 옳다는 것을 확실히 감지할 수 있었다. 대기 중에 셰크의 본질 같은 것이 느껴졌다. 북쪽 조금 위, 용암의 심연이 시작하는 곳에 집중되어 있는 것 같았다.

하지만 그건 이치에 맞지 않았다. 셰크들은 불이 만연한 이런 장소에 절대로 가까이 오지 않는다. 그런데도 본능은 분명히……

"말도 안 돼."

고개를 흔들며 단호히 말했다.

"셰크한테는 너무 뜨거운 곳이야."

잭이 분개한 표정으로 그를 쳐다봤다. 빅토리아까지도 용의 불길이 점점 더 강해지는 걸 느낄 수 있을 정도였다.

"넌 여기 있잖아! 그리고 그 역겨운 뱀새끼도 그렇고! 정말로 다른 셰크 냄새가 나지 않는다고 부정할 셈이야? 아니면 날 바보로 아는 거야?"

크리스티안이 얼음 같은 시선을 던졌다.

"셰크가 있다는 걸 나도 느껴."

크리스티안이 시인했다.

"하지만……"

잭은 그의 말을 가로막았다.

"그럴 줄 알았어!"

그는 소리를 지르며 성질을 냈다.

"못된 뱀 같으니! 이제야 인정하는구나. 우리를 함정에 빠뜨린 거야!"

잭이 도미바트를 칼집에서 꺼내자 불길이 거칠게 일렁이며 빛을 발했다.

"멍청이."

크리스티안이 차가운 분노를 발했다.

크리스티안 역시 칼집에서 하이아스를 꺼냈다. 잭이 소리를 지르며 그에게 덤벼들었다. 두 검이 부딪히자 공기가 진동했다.

먼저 공격을 가한 건 크리스티안이었다. 잭도 서둘러 맞서려 했다.

하지만 새벽빛처럼 빛나는 지팡이가 두 사람 사이에 끼어들었다. 두 검의 칼날이 아이셀의 지팡이와 부딪치자 강렬한 불꽃이 튀었다. 두 사람은 그저 몇 걸음만 뒤로 물러났을 뿐이다.

"너희들 미쳤니?"

빅토리아가 폭발했다.

"지금 당장 그걸 집어넣어! 우리한테는 지금 이럴 시간이 없단 말이야!"

잭은 빅토리아의 말을 듣지 않았다. 용의 분노가 관자놀이에서 맥박쳤고 살인 본능이 그의 행동을 지배하며 그를 셰크에게로 내몰고 있었다. 그에게는 오로지 지금 이 순간만 존재할 뿐이었다.

빅토리아조차 존재하지 않았다. 그는 다시 크리스티안에게 덤벼들기 위해 가차 없이 빅토리아를 밀쳐버렸다. 셰크가 단호하게 그 일격에 대응했다.

"그만 해!!"

빅토리아가 소리를 질렀다.

그녀는 두 사람 사이에 끼어들었다. 목숨이 위험하다는 걸 알면서도 아랑곳하지 않았다. 잭이 분노에 찬 고함을 내지르며 다급하게 검으로 지팡이를 치워버렸다. 하지만 빅토리아는 침착하게 자신감에 찬 자세 그대로 두 사람 사이에 서 있었다. 잭이 눈을 가늘게 뜨며 몇 걸음 뒤로 물러서더니 검을 한쪽으로 던져버렸다. 빅토리아가 숨을 길게 내쉬었다.

하지만 그 안도감은 오래가지 못했다. 잭의 눈은 계속 그녀가 아니라 죽여야만 할 셰크에게만 고정되어, 다른 건 전혀 아예 보이지 않았기 때문이었다. 잭이 다시 포효하고, 용으로 변신하자 힘이 갑자기 풀려났다. 그는 고개를 뒤로 빼며 무시무시한 소리를 내지르더니, 날개를 펼치며 꼬리로 바닥을 내리치고는 빅토리아를 뛰어넘어 발을 앞으로 쳐들며 크리스티안에게 돌진했다.

"잭!!!"

빅토리아가 소리쳤다.

"잭, 안 돼!!"

크리스티안 역시 단 한 순간도 망설이지 않았다. 그는 변신을 실행하면서 남모르는 기쁨을 맛보았다. 빅토리아가 떠오르지도 않았다. 그저 용을 죽일 생각만으로 위협적인 소리를 내뿜으며, 치명적인 독이 새어나오는 독니로 덤벼들 뿐이었다.

빅토리아가 소리를 지르며 두 사람에게 달려가 멈추라고 간청했다. 하지만 무시무시한 두 생물은 그녀의 말을 듣지 않았다. 두 사람을 안으로부터 집어삼키고 있는 선조 대대로 내려오는 증오심에 비하면 빅토리아는 너무나 작고 무의미한 존재였다. 의식 한 편에서 크리스티안은 자신이 아버지의 계획에 굴복하고 말았다는 사실을 깨달았지만 이 순간에는 그것도 별로 중요하지 않았다.

용이 날아오르자, 뱀도 뒤따랐다. 둘이 공중에서 만났다. 용이 앞발로 잡으려 했으나 세크의 물결치는 몸통이 너무 미끄러워 뜻을 이루지 못했다. 키르타슈가 몸을 휙 젖히더니 얀드라크의 황금빛 나는 몸통에 독니를 박았다. 그러자 용이 분노에 차 크게 울부짖고는 불을 내뿜었다. 뱀은 불길을 피하려 했지만 그대로 한쪽 날개에 맞았고, 날카로운 비명을 질렀다. 얀드라크는 그의 주위를 맴돌고 있던 키르타슈를 물려고 했다. 하지만 어느 틈엔가 이미 뱀은 마디진 몸통으로 그를 질식시키고 있었다.

얀드라크는 균형을 잃었다. 키르타슈가 힘차게 날갯짓을 했지만 두 사람의 무게를 견딜 수가 없었다.

두 사람은 몸을 칭칭 감은 채, 서로를 물고, 서로를 해치는 남모를 쾌감을 맛보며 바닥으로 곤두박질치고 있었다. 마치 이 대결을 위해 태어난 듯, 그들의 삶은 서로 대결을 벌이지 않으면 아무 의미도 없는 듯했다.

빅토리아는 악몽 한가운데 있는 것 같았다. 그녀는 계속해서 두 사람의 이름을 부르며, 그녀의 말을 듣게 하려고 애썼다. 하지만 용이 울부짖는 소리와 뱀이 쉭쉭거리는 소리가 그녀의 목소리를 삼켜버렸다. 빅토리아는 자기도 모르는 사이에 울고 있었다. 자신이 세상에서 가장 사랑하는 두 존재가 이런 상황에 처한 걸 보자 마음이 갈가리 찢어졌다.

얀드라크가 뱀의 질식시킬 듯한 포옹에서 빠져나와 다시 위로 날아올랐다. 그러자 키르타슈도 그 뒤를 따랐다.

빅토리아는 그들을 따라잡을 수 없다는 걸 알았다. 이제 둘은 서로가 서로를 추격하며, 공격하고, 상처를 입히고 서로를 죽이고자 화산 위를 날고 있었다.

"빅토리아!"

눈물의 베일 사이로 빅토리아는 오렌지빛 하늘에서 자신을 향해 내려오는 두 황금색 물체를 보았다. 그들에게 주의를 기울일 여력조차 없었다. 그녀의 마음은 온통 얀드라크와 키르타슈, 용과 뱀이 불의 봉우리 위에서 벌이고 있는 싸움에만 매달려 있었다.

그녀는 두 마리의 하아이 새가 옆에 착륙하는 것도 거의 알아차리지 못했다. 샤일이 자신에게 말을 거는 것조차 의식할 수 없었다.

"빅토리아! 네가 무사하다니, 오, 신들이시여, 감사합니다. 무슨 일이니?"

빅토리아가 그제야 현실로 돌아왔다.

"둘이 서로 죽이고 있어요, 샤일, 서로 죽이고 있다고요! 말려야만 해요."

"새에 올라타라, 가자!"

사이세이가 자리를 내주려고 내려왔고, 빅토리아는 고마워하며 단번에 새의 등에 올라탔다.

곧, 두 사람이 불의 봉우리 위를 날았고, 별처럼 반짝이는 빅토리아의 지팡이 끝이 다른 모든 것과 동떨어진 채 서로 죽이려고 안간힘을 쓰고 있는 두 생물이 있는 방향을 가리켰다.

발 아래로, 부글거리는 용암의 심연이 불의 뱀처럼 구불구불 펼쳐져 있었다. 압도적인 풍경이었지만 빅토리아는 그 존재조차 알아차리지 못하고 있었다. 그녀의 눈은 오로지 조금 전까지만 해도 잭과 크리스티안이었던 두 존재에 못 박혀 있을 뿐이었다.

마침내 키르타슈는 용의 목에 독니를 박을 수 있었다. 그러자 용이 고통에 차 울부짖었다. 그때 멀리서 아득하게 부르는 소리가 들려왔다.

아, 하이아스. 크리스티안이 생각했다.

그는 용에게서 떨어져 멀찌감치 발아래 입을 벌린 용암의 골짜기 바로 위에서 다시 인간으로 변신했다.

검을 부르자 곧장 그것이 손 안에 모습을 나타냈다. 만족스러운 미소를 지으며 키르타슈가 용의 가슴을 찌르자 용에게서 놀람과 고통에 찬 비명이 흘러나왔다.

피가 솟구쳤다. 빛나는 붉은 피가 하이아스의 칼날을 덮었다. 얼음의 검이 굶주렸다는 듯 그 피를 들이켰다.

키르타슈가 용의 몸에서 검을 뽑자 용은 놀라서 어쩔 줄 모르는 열다섯 살 소년의 몸으로 다시 변해 있었다.

키르타슈는 치명상을 입은 잭이 불구덩이로 급하게 떨어져, 용암 강물에 첨벙하고 빠지더니 불의 심연 속으로 빠져드는 모습을 지켜보았다.

빅토리아의 한없는 고통에 찬 비명이 들려왔다. 그때야 그는 자신이 무슨 짓을 했는지 깨달았다.

모든 일은 순식간에 벌어졌다. 변신, 최후의 일격……크리스티안이 공중에서 인간의 몸을 유지할 수 있는 건 불과 몇 초뿐이었다. 떨어지기 시작한 그는 다시 셰크로 변신했다.

머릿속에서는 오직 단 한 가지 생각만이 망치 소리처럼 울려 퍼지고 있었다.

'내가 용을 죽였어. 내가 세상에 남아 있던 최후의 용을 죽였어.'

그의 의식 깊은 곳에서 세상의 모든 셰크들이 드디어 모든 용이 완전히 전멸한 것을 축하하는 소리가 들려왔다.

'마침내.'

세스하크가 말했다.

아슈란이 미소를 지으며 흡족해했다.

"우리가 예언을 이겼군. 우리가 신들을 이긴 거라네, 친구."

뱀의 왕이 승리에 찬 미소를 지으며 대답했다.

크리스티안은 여전히 어안이 벙벙한 채 착지하여 다시 인간으로 변신했다. 하이아스는 그의 옆에, 바닥에 떨어져 있었다. 그는 검을 집어들었다. 칼날은 예전처럼 부드럽게 푸른빛을 띤 흰색의 광채를 회복했고, 그 어느 때보다 확신과 자신감에 차 있었다. 눈을 감았다. 심한 부상을 당했으면서도 힘이 마구 솟구치는 기분이었다. 한 번도 느껴본 적이 없는 기분이었다. 그는 승리를 만끽하고 있었다.

하지만 그때 누군가가 자신을 쳐다보는 게 느껴졌다. 그 눈길이 어찌나 강렬한지 마치 목덜미가 불에 데기라도 한 것 같았다. 크리스티안은 눈을 뜨고 뒤를 돌아보았다.

빅토리아였다.

그 어떤 것도 크리스티안의 마음을 흔들리게 할 수 없었지만, 바로 그때의 빅토리아의 표정, 그녀의 눈빛은 그의 영혼을 떨리게 했다.

빅토리아는 황금새에서 내려와 휘청하더니, 당장은 일어설 수가 없어 바닥에 무릎을 꿇고 주저앉았다. 가슴에 손을 얹고 있는 모습은 마치 숨쉬기가 힘든 듯 혹은 마치 누가 심장을 뽑아가기라도 한 듯했다. 얼굴에는 극심한 고통과 어쩔 줄 모르겠다는 황당함이 뒤섞인 기이한 표정이 떠올라 있었다. 마치 방금 일어난 일이 믿기지 않는다는 듯이.

잭이 죽었다. 늘 한몸 같은 존재였기에 그가 언제 괜찮은지, 언제 위험에 처했는지, 언제 행복한지, 그리고 언제 사라져버렸는지 그녀는 너무나 잘 알 수 있었다. 잭과 자신을 이어주는 마법의 반지가 없어도.

잭은 이제 더이상 없다. 가버렸다. 영원히.

크리스티안은 그때서야 깨달았다. 만일 그녀를 죽였더라도, 그녀를 죽을 때까지 고문했다 해도, 지금 자신이 저지른 짓보다 더한 상처를 주지는 않았을 거라는 사실을. 본능을 다스리지 못한 자신이 증오스러웠다. 심장이 부서져 산산조각이 났고 그녀 곁으로 달려가고 싶었다. 용서를 구하고, 보상해줄 수만 있다면, 온몸의 살결 하나하나까지 전율하게 만드는 그녀의 눈길 속에 깃든 끝없는 고통을 지울 수만 있다면 뭐든 할 수 있었다.

하지만 아무것도 없었다. 이미 벌어진 일을 바로잡기 위해 할 수 있는 건 아무것도 없었다.

그는 영원히 그녀를 잃고 만 것이다. 빅토리아가 책을 잃은 것과 마찬가지로.

가까이서 쉭쉭거리는 소리가 들리자 그는 뒤돌아보았다. 거기 새끼 셰크가 있었다. 기쁜 듯, 흡족한 듯, 어린 뱀에게 어울리지 않는 능글능글한 표정으로 그를 쳐다보고 있었다. 그때 불현듯 크리스티안은 그 눈빛에서 누가 떠오르는지, 누가 저 어린 생물을 통해 그동안 내내 꿈속에서 말을 걸었는지를 깨달았다.

"세스하크."

크리스티안이 중얼거렸다.

더이상 말도 없이, 한 순간의 망설임도 없이 그는 잔뜩 겁에 질린 채 쌕쌕거리는 소리를 내며 웅크리고 있는 어린 셰크 위로 검을 뽑아들었다. 하지만 하이아스의 칼끝은 셰크의 옆 땅바닥에 박혔고, 주변의 땅은 서릿발이 내려앉은 듯 차가운 막으로 얼어붙어버렸다. 마치 검 주인이 느끼는 분노와 무기력함에 반응이라도 하듯.

'꺼져.'

크리스티안은 이렇게 말할 뿐이었다.

'감히 날 조종한 대가로 죽여버리기 전에 어서 꺼져.'

저 어린 것의 의식을 통해 꿈속에서 말을 건 자는 세스하크라는 걸, 어린 셰크는 아무 잘못도 없다는 걸 알고 있었다. 하지만 그래도 어쩔 수 없었다.

어린 뱀은 눈을 가늘게 뜨고는 전속력으로 기어 멀어져 갔다. 그리고 금방 바위 사이로 사라져버렸다.

빅토리아는 표정이 조금도 변하지 않은 채 새끼 셰크가 도망치는 모습을 응시했다. 완전히 넋이 나가 움직일 수도, 말을 할 수도 없었다. 크리스티안이 쳐다보았다. 그의 눈에 고통이 어렸다. 아주 깊은 고통이. 하지만 빅토리아는 알아채지 못했다. 그저 텅 빈 시선만 돌려줄 뿐이었다.

크리스티안은 바로 그 순간 자신이 잭을 죽이면서, 빅토리아도 함께 죽였다는 사실을 이해했다. 눈을 감았다. 뺨을 타고 흘러내리는 눈물을 막을 수가 없었다.

마지막으로 울었던 때가 언제인지 기억나지 않았다. 굉장히 낯선 기분이었지만 눈물은 그의 고통을 덜어주지 않았다.

최후의 용을 죽였다. 행복하고, 기쁘고, 만족했다. 셰크들은 다시 그를 받아들일 것이고, 그는 아버지 곁으로 돌아갈 것이며, 그를 위한 자리가 다시 마련될 것이다.

하지만 빅토리아를 잃었다. 다른 식으로 그녀를 잃었다면 견딜 수 있었을 것이다. 예를 들어 잭과 함께 영원히 사라진다거나, 심지어 자신이 죽었다 해도 지금 그녀에게 일어난 일처럼 끔찍하진 않았을 것이다.

빅토리아는 살아 있지만 속으로는 죽은 것이다. 잭을 잃은 상실감에서 벗어날 수 없을 것이다. 크리스티안은 자신조차도 그 공허함을 메워줄 수 없다는 걸 알았다. 그 고통의 원인 제공자가 바로 자신이기에 더더욱 그랬다.

그때 빅토리아가 비틀거리며 일어났고, 크리스티안이 놀라 쳐다보았다. 그녀에게 한 걸음 내디뎠지만 더이상 다가갈 수 없었다. 감히 그럴 수가 없었다.

휘청휘청, 마치 보이지 않는 실로 조종당하는 인형처럼 빅토리아는 불의 검, 도미바트가 버려져 있는 곳까지 걸어갔다. 그리고 검을 집었다.

그녀는 검에 데지 않았다.

검 역시 주인과 마찬가지로 죽어버렸기 때문이었다. 빅토리아는 멍한 시선으로 그것을 물끄러미 응시하고 있었지만 실제로는 검을 보고 있는 게 아니었다.

아무 생각도 할 수 없었다. 생각이 나지 않았다.

빅토리아는 다시 고개를 들어 크리스티안을 바라보았다. 그는 그녀의 눈에 깃든 무한한 공허와 고통을, 혼란을 보았다. 그 눈길은 '이해할 수 없어'라고 말하는 듯했다.

"빅토리아."

크리스티안이 작은 소리로 말했다.

"미안해. 정말 미안해. 널 다치게 하고 싶지 않았어. 내 말 믿어줘. 절대로 널 다치게 하고 싶지 않았어."

빅토리아는 그의 말을 듣지 못했다. 그녀의 정신은 너무나 멀리 가 있었다.

크리스티안은 뒤돌아서서 특유의 발걸음으로 멀어져 갔다. 빛을 발하는 하이아스를 오른손에 쥔 채, 그는 곧장 드락웬 탑으로 갔다. 빅토리아는 무슨 일이 벌어지고 있는지 파악하지 못한 채 그가 떠나는 모습을 멍하니 보았다.

그러고는 여전히 도미바트 칼자루를 손에 꼭 쥔 채, 떨어지는 낙엽처럼 서서히 바닥으로 쓰러지며 의식을 잃었다.

샤일은 더는 참을 수가 없어 달려왔다. 그때까지만 해도 그는 잭을 살해한 크리스티안이 빅토리아와 눈빛을 주고받는 그 순간, 에 끼어들 엄두를 내지 못하고 있었다. 경이로운 존재이자 초자연적인 생물인 두 젊은이가 서로의 눈을 바라보고 있는 동안 대기가 전율했다.

마법사의 목발이 땅에 난 구멍에 걸렸고, 그는 그대로 넘어지며 상처를 입었다. 사이세이가 서둘러 그의 곁으로 달려왔다.

두 사람은 함께 빅토리아에게로 다가갔다. 빅토리아는 창백한 얼굴로 땅바닥에 기절해 있었다.

"오, 빅토리아."

샤일이 두 눈에 눈물을 글썽이며 속삭였다.

빅토리아의 이마에서 별이 부드럽게 빛났다. 그것이 신비한 방식으로 고통을 전달하자, 그 고통이 얼마나 강렬한가를 느낀 사이세이는 가슴으로 손을 가져가며 숨죽여 흐느꼈다.

■ 5권 미리 맛보기

바로 그때, 뭔가가 내장 깊숙이 파고들었다. 차갑고 예리한 무언가가 그의 살을 후비더니 그대로 확 타올랐다.

크리스티안은 놀라 숨을 헐떡이며 눈을 떴다. 빅토리아가 그에게서 몸을 떼었고, 그는 고개를 숙여 아래를 보았다.

그의 아랫배에 도미바트가 꽂혀 있었다. 셰크의 피에 닿은 불의 검이 불길을 뿜어내며 옛 힘을 되찾고 있었다.

크리스티안은 고통에 찬 비명을 지르며 검을 뽑았다. 불길에 손바닥이 데었지만 개의치 않았다. 그는 초인적인 힘으로 검을 멀리 내던져버렸다.

도무지 믿을 수가 없었다. 그는 배에 난 치명적인 상처에 손을 가져갔다. 그리고 비통한 표정으로 빅토리아를 쳐다보았다.

빅토리아는 빛을 발하는 지팡이를 꺼내들고 복수의 처형을 끝낼 채비를 하고 있었다.

크리스티안은 그녀의 눈에서 진실을 읽었다.

그것은 사랑과 고통, 그리고 크리스티안을 죽이면서 빅토리아 자신도 함께 죽으리라는 결심이었다.

그리고 그는 알았다.

빅토리아가 그날 밤 죽음을 택하리라는 것을.

"빅토리아……"

셰크는 무릎을 꿇고 빅토리아 앞에 쓰러지며 중얼거렸다. 그리고 고개를 들어 빅토리아를 바라보았다. 치명적인 빛을 발하는 지팡이를 든 그녀가 무자비한 표정으로 다가오고 있었다.

크리스티안은 눈을 감고 죽음을 기다리며, 결국 자신의 사랑이 빅토리아를 구할 정도로 크지 못했다는 사실, 그리고 그의 내면의 다른 것들처럼 오염된 그의 사랑이 세 사람 모두를 파괴해버렸다는 사실을 비통하게 떠올렸다.

그때, 그림자 하나가 두 사람 사이에 끼어들었다. 아이셸의 지팡이가 크리스티안에게 가닿기 전, 불의 검 도미바트가 그것을 가로막았다. 빅토리아는 누가 감히 자신을 막아서는가 하는 눈빛으로 고개를 들었다. 초록색 눈이 그녀를 진지하게 바라보고 있었다.

"그만해, 빅토리아."

옮긴이 **고인경**
한국외국어대학교 스페인어과를 졸업하고 동 대학원에서 후안 고이티솔로에 관한 연구로 석사 학위를 받았다. 주한 멕시코 대사관에서 근무했으며 스페인어권 통번역 프리랜서로 활동하고 있다. 『전쟁의 풍경』『그리고 갑자기 천사가』『세계 최고의 극작가 셰익스피어』『천상의 선율을 담은 모차르트』 등을 우리말로 옮겼다.

문학동네 세계문학
이둔의 기억 4 제2부 트리아다

초판인쇄 | 2008년 2월 4일
초판발행 | 2008년 2월 15일

지 은 이 | 라우라 가예고 가르시아
옮 긴 이 | 고인경
펴 낸 이 | 강병선
책임편집 | 박여영
펴 낸 곳 | (주)문학동네
출판등록 | 1993년 10월 22일 제406-2003-000045호

주 소 | 413-756 경기도 파주시 교하읍 문발리 파주출판도시 513-8
전자우편 | editor@munhak.com
전화번호 | 031) 955-8888
팩 스 | 031) 955-8855

ISBN 978-89-546-0463-5 04870
978-89-546-0360-7(세트)

www.munhak.com